세상은 큰 놀이터다

## 세상은 큰 놀이터다

초판 1쇄 인쇄 2008년 8월 14일    초판 1쇄 발행 2008년 8월 22일

지은이 김정산    펴낸이 김태영

비즈니스 1파트장 신민식
비즈니스 1파트 직속팀 신민식
책임외주편집 퍼빙
마케팅분사 곽철식 이귀애    제작 이재승 송현주

펴낸곳 (주)위즈덤하우스    출판등록 2000년 5월 23일 제13-1071호
주소 서울시 마포구 도화동 22번지 창강빌딩 15층    전화 704-3861    팩스 704-3891
전자우편 wisdom7@wisdomhouse.co.kr    홈페이지 www.wisdomhouse.co.kr

값 10,000원    ISBN 978-89-5913-328-4 03810

* 잘못된 책은 바꿔드립니다.
* 이 책의 전부 또는 일부 내용을 재사용하려면 사전에 저작권자와 (주)위즈덤하우스의 동의를 받아야 합니다.

이 책의 국립중앙도서관 출판시도서목록(CIP)은 e-CIP 홈페이지(http://www.nl.go.kr/cip.php)에서 볼 수 있습니다.
(CIP 제어 번호 : 2008001998)

# 세상은 큰 놀이터다

| 김정산 지음 |

서
두
에
⋮

조선시대 내내 사라진 책으로 분류되었다가 1989년에 갑자기 나타나 그 내용이 세상에 알려지기 시작한 『화랑세기』는 아직도 진위논쟁에서 자유롭지 못한 기록이다. 과거에 비해 진본 쪽에 무게가 실리는 분위기지만 여전히 '악의로 가득 찬 위작'이란 주장도 만만찮다. 논쟁은 아마도 팽팽한 백중지세가 아닐까 싶다. 만약 진본이라면 서기 700년경에 신라인 '김대문'이 쓴 『화랑세기』는 우리 역사에서 가장 오래된 책이다.

그런데 진위를 가리는 일은 학자들의 몫이며, 내가 주목한 점은 기록의 가치 유무有無에 있다. 가치가 있는 기록이라면 위작이라도 마땅히 읽어서 알아야 옳고, 아니라면 아무리 진본이라도 굳이 그 세계에 발을 들여놓을 필요는 없을 것이다. 그런 면에서 소설가의 관점은 학자들과는 사뭇 다르다고 하겠다.

내가 읽은 『화랑세기』는 한마디로 '지구상에 존재하는 모든 관계의 보고寶庫'라 할 수 있다. 인간세상의 수많은 관계와 관계가 빚어내는 소통의 예술, 온갖 다양한 '커뮤니케이션의 집합체'가 『화랑세기』다.

사회가 발전할수록 관계는 다양하고 복잡해진다. 과거에는 없던 관계들이 생겨나기 때문이다. 그 다양하고 복잡한 관계를 통해 인간은 더욱 성숙해간다. 『화랑세기』에 묘사된 신라사회는 현대와 비교할 때 오히려 훨씬 더 다양하고 복잡하다. 심할 경우엔 아무리 개방적이고 진보적인 시각으로 접근해도 이해하기 어려워 고개를 절레절레 흔드는 관계들도 있다. 어쩌면 관계를 포용하는 현대 혹은 현대인의 성숙도가 신라사회 수준에 미치지 못하는 것인지도 모르겠다.

관계를 탐구하는 것은 인간의 본성과 본질을 탐구하는 것이다. 이런 다양하고 복잡한 관계들을 수용 혹은 포용했던 신라였기에, 인간의 격을 높이고 인생의 질을 높여서 마침내 '노블리스 오블리주'를 몸소 실천하는 통일의 주역들을 길러낼 수 있지 않았을까.

이 작품의 주인공인 '위화'는 『화랑세기』 첫 장에 나오는 초대 풍월주(화랑)로, 평생 풍류를 펼친 인물이다. 그는 신라 법흥왕 때 주로 활동한 사람인데, 공교롭게도 이 시기는 신라에 불교가 처음 유입되어 급속히 전파되던 무렵이다. 불교 이념이 뿌리를 내리기 위해서는 민간의 토속이념仙道과 어떤 형태로든 융화할 수밖에 없었고, 그 과정에서 풍류라는 진보적이고 새로운 개념이 생겨난 듯하다. 따라서 풍류는 불교라는 새 옷을 자신들의 몸에 맞추는 과정에서 발생한 신라인의 독창적인 패러다임이라고 유추할 수 있다. 이를 국가에서 제도화한 것이 화랑花郎이며, 화랑을 만든 인물이 위화다. 화랑은 '위화랑魏花郎'의 준말이고, 화랑도花郎徒라는 명칭도 '위화魏花를 따르는 낭도郎徒'에서 왔다.

시초에 화랑은 삶의 진리를 깨우쳐 인생을 즐기려는 풍류에서 출발했다. 거기에 무예武藝가 섞이고 격검擊劍이 가세한 것은 가야국이 망해서 가야파伽倻派가 합류한 뒷날의 일이다.

풍류란 먹고 마시고 춤추며 노래하는 것만이 아니다. 삶을 즐기고 살아 있음을 향유하려는 자세와 태도, 그에 따른 처세와 소통의 기술을 총칭하는 용어다. 요즘 용어에 '웰빙(참살이)'과 비슷하다고 할까. 인간의 격과 인생의 질을 높이는 모든 일을 일컬어 풍류라고 할 수 있다. 단순히 먹고 마시고 노는 일을 국가에서 제도까지 만들어 백년 이상 운용했을 까닭이 있으랴. 거기에는 반드시 그만한 가치가 있을 것이며, 그 가치를 추적하여 몇 가지 테마로 엮어본 것이 이 소설이다.

예나 지금이나 주위 사람들과 어울려 한바탕 신나게 놀고 가는 것이 인생 아니던가.

2008년 여름. 김정산

차
례

서두에… 8

무엇이든 지나친 것은 좋지 않다 13
인생은 두 번 살 수 없다 23
사람의 근본을 바꾸는 일은 불가능하다 29
영원히 변하지 않는 일이란 없다 34
자신을 속이지 않는 사람은 남도 속이지 않는다 44
아름다움은 그저 아름다움일 뿐이다 54
깊은 물이 큰 배를 띄운다 67
쉽게 얻으면 쉽게 잃는다 78
남녀간의 일에는 간여하지 않는 게 원칙이다 88
받을 줄도 알아야 한다 99
자신을 잘 대접할 줄 알아야 존귀해진다 109
너무 깊은 남의 비밀은 모르는 것이 좋다 121
사람의 크기는 앞에서는 보이지 않는다 134
산을 마주하면 산이 보이고 물을 마주하면 자신이 보인다 143

허상의 백만군대보다 눈앞의 벌 한 마리가 더 두렵다 [151]

어려움에 처하면 사람을 얻는다 [157]

생각과 처신이 다르면 인생 전체가 달라진다 [167]

세상에서 별을 줍다 [176]

같은 세상에 오고도 다른 인생을 살다 간다 [182]

옛일을 그리워하는 것은 실제로 돌아갈 수 없기 때문이다 [190]

옳은 인생도 없고 그른 인생도 없다 [203]

먼저 겪은 일은 뒷일에 편견이 되기 쉽다 [214]

새옹지마 [224]

사람의 마음을 읽는 데는 역지사지만 한 비결이 없다 [247]

화엄의 나날 [263]

세상은 큰 놀이터다 [273]

세상은 큰 놀이터다

## 무엇이든 지나친 것은 좋지 않다

무엇이든 지나친 것은 좋지 않다. 세상에서 제아무리 좋은 것이라 하더라도 지나치면 위험하다. 사람도 예외가 될 수 없다. 황제의 잘못은 선혜후가 지나치게 총애한 점이다. 사람들은, 일찍이 황상 부처의 지고지순하고 곡진한 사랑을 아름답다고 찬탄하였으나 세월은 절대로 과한 일을 그냥 놓아두지 않는다.

비처황제는 날이군(영주)에 행차를 나갔다가 본 어린 처녀가 자꾸만 눈에 밟혀 딴 일을 할 수가 없었다. 괴이쩍고도 고약한 일이었다. 나이 칠순에 아직 채 여물지도 않았을 열여섯 살짜리 계집애한테 다시 마음을 빼앗기다니!

"노사, 내가 말년에 설익은 풋것을 탐하니 아무래도 저승 갈 때가 가까웠나 보오."

혼자 고민하던 황제는 자신의 오랜 친구이자 산문의 고승高僧인 '법화'에게 흉금을 털어놓았다. 법화가 보니 황제는 아닌 게 아니라 용안에 수심이 가득했다.

"주책이 아니면 노망일 테지. 이 번뇌 망상에서 벗어날, 정신이 번쩍 들도록 큰 말씀을 하나 찔러 주오."

황제의 고민을 들은 법화가 웃으며 대답했다.

"벌과 나비가 꽃을 보고 탐하는 일을 어찌 수상타 하오리까. 더구나 마마께서는 너무 오래 홀로 지내신 까닭에 음양의 기류가 순탄치 않으십니다. 뜻이 흐르고 마음이 가는 대로 행하심이 옳습니다."

어언 이십 년 가까이 지난 옛날 일이지만 비처황제에겐 본래 평생을 함께 산 '선혜황후'가 있었다. '눌지왕'의 외손녀이자 이찬(지금의 장관 격) '내숙'의 딸인 선혜후는 황후가 될 당시엔 경사(신라의 서울 경주)에서 가장 아름다운 여자였다. 황제는 기린과 같고 황후는 만개한 꽃과 같다고 신하들은 입을 모았다. 황후의 고운 시선에는 여자도 녹아난다는 풍설도 돌았다. 그런데 만인의 부러움을 사던 그 금실 좋은 부부간에 단 하나 흠이라면 안타깝게도 슬하에 자식이 없다는 거였다.

젊어서는 자식 없이 사는 게 그다지 큰 문제가 아니었다. 자식보다는 사랑이 더 중요한 가치였다. 황제와 황후는 서로를 깊이 사랑했다. 황제에게는 황후가 첫사랑이었고 황후에게도 그러했다. 서로를 살뜰히 챙기고 보살피는 일에서부터 야밤에 벌이는 색사色事에 이르기까지 내외간엔 한 뼘도 빈틈이 없었다.

황제는 그 전의 임금이나 다른 남자들에 비해 그다지 색色을 즐기는 편이 아니었지만 황후한테만은 사정이 달랐다. 젊어서는 물론이고 십 년, 이십 년을 같이 살고도 몸이 아플 때만 빼고는 사흘을 그냥 넘기는 법이 없었다.

"색사는 금실지락의 근본이다. 애틋한 사랑과 곡진한 정분이 모두 색사에서 나온다. 색사를 등한히 하고도 금실이 좋기를 바란다면 이는 아무 일도 하지 않고 저절로 부자가 되기를 바라는 것과 무엇이 다른가?"

신하들이 지존 부처의 한결같은 애정에 탄복하며 그 비결을 물을 때마다 황제는 만면에 웃음을 머금고 그와 같이 대답했다.

그런데 귀신도 시샘할 황상 내외의 자별한 금실에 틈이 생기기 시작한 건 선혜후의 나이가 마흔 근처에 이르렀을 때였다. 그 무렵 선혜후에겐 갑자기 이상한 증세가 나타났다. 월경이 자주 끊어지고, 밤에 잠 설치는 날이 늘어나는가 하면, 온몸이 불덩이처럼 화끈거리다가 이내 손끝 하나 움직이지 못할 정도로 나른해지기도 했다. 변화는 몸에만 있는 게 아니었다. 어쩌다 한번 야릇한 생각이 일어나면 걷잡을 수 없고, 별것도 아닌 일로 화가 치밀거나 주체할 수 없이 웃음이 터져 나왔다. 또 별안간 땅이 송두리째 꺼지고 하늘에 커다란 구멍이 뚫린 듯 매사가 허탈하거나, 천지만물이 자신으로부터 분리되면서 형용할 수 없이 비참해지기도 했다. 어떤 날은 바람에도 펑펑 눈물이 나고, 흘러가는 구름과 내리는 비에도 바늘로 콕콕 찌르듯 가슴이 아파 왔다. 어제 일이 슬프고, 갓 낳은 강아지와 궁정에 핀 연꽃이 슬프고, 궁녀와 나인들의 재잘거리는 소리가 슬펐다.

"내 병을 좀 다스려 주오. 이대로는 도무지 살 수가 없구려."

황후의 간곡한 청을 듣고 맥을 짚던 어의가 한참 뒤에 조심스럽게 입을 열었다.

"사람의 몸도 절기와 같아서 황후께서는 이제 가을로 접어든다고 보시면 됩니다. 가을은 봄과 여름에 지은 곡식을 수확할 때인데, 슬하가 고적하니 자연히 슬프고 허망해지는 것입니다."

"그럼 어찌해야 옳소?"

"머지않아 경도가 완전히 끊어지고 나면 다시 평온해질 테니 안심하소서."

선혜후는 어의의 진단에 큰 충격을 받았다. 경도가 완전히 끊어진다면 다시는 수태하지 못할 게 분명했다. 황후는 긴 잠에서 깨어난 듯 새삼스럽게 아이를 갖고 싶은 강렬한 욕망에 사로잡혔다. 여자로서 피붙이 하나 남기지 못한다는 사실에 가슴이 통째 와르르 무너졌다.

영험한 절에 가서 기도와 치성을 권유한 사람은 황실의 제사를 주관하는 천주공(天柱公, 이름이 아니라 직책인 듯하다)이었다. 황제 또한 기꺼이 선혜후의 소청을 들어주었을 뿐더러 천주공의 아들 '묘심랑'에게 군사를 주어 사랑하는 황후의 호위까지 맡겼다.

황후가 자식을 빌러 절에 가서 보름이든 한 달이든 오지 않으면 황제는 그 기간만큼 내전에서 홀로 지내며 정분과 색사의 의리를 지켰다. 황실 법도에 따라 후궁과 잉첩을 두었으나 평소에도 황후가 아니면 흥이 나지 않았던 황제였다. 황후에게 사정이 있어 황제의 요구를 받들지 못할 때는 황후가 지정한 잉첩하고만 잠을 잤는데, 그조차도 곱게 단장한 잉첩이 침전으로 들어오는 것을 보면 고개를 절레절레 흔들며 물리치는 경우가 훨씬 많았다.

얼마 뒤 황후는 바라던 아이를 얻어 돌아왔다. 황후의 배가 점점 불러지고 날카롭던 표정에는 어느덧 화사하고 평화로운 기운이 감돌았다. 황제가 날짜를 꼽아 보고 혼자 고개를 갸웃거렸다. 그러나 황후에게는 아무것도 묻지 않았다.

달이 차자 선혜후는 딸을 낳았다. 황제가 친히 '보도'라는 이름을 지어 주었다. 보도가 태어나고 얼마 뒤부터 황후는 다시 묘심의 호위를 받으며 절문을 찾기 시작했다. 딸 하나로는 부족하다는 게 이유였다. 사람들은 황실 대통을 이으려는 황후의 노력과 정성이 지극하고 갸륵하다며 입을 모아 찬탄했다.

이태 뒤에 황후는 또 딸을 낳았다. 아들이 아니어서 서운하게 여기는 이들이 많았지만 황제는 크게 기뻐했다. 그는 갓 태어난 둘째 딸에게 이번에도 친히 '오도'라는 이름을 지어 주었다.

오도가 태어나 아직 채 백일이 지나지 않았을 때 하루는 황제가 대낮에 딸을 보러 갑자기 내전에 들었는데 묘심이 황후의 전각에서 바삐 나와 허리를 굽혀 절했다. 황제가 보니 옷매무새가 흐트러져 있고 얼굴에는 당황하는 기색이 역력했다.

사정은 방에서도 마찬가지였다. 황후 역시 급히 동여맨 듯한 옷자락 아래로 속곳이 삐져나와 있고 허둥거리는 처신과 놀란 안색이 예사롭지 않았다.

한눈에 모든 일을 간파한 황제였지만 황후의 입에서 무슨 말이 나올지 가슴이 조마조마했다.

천주공의 아들 묘심은 아버지 덕분에 궁중에서 자랐는데, 얼굴이 여자처럼 아름답고 색사를 잘해 후궁들과 더불어 상통하는 일이 잦았다. 한번 묘심과 통한 후궁은 재미와 기쁨을 잊지 못해 늘 먼저 그를 유혹했다. 황제도 궁중에 떠도는 소문을 여러 차례 들어 알고 있었으나 천주공을 워낙 아우처럼 아꼈기 때문에 한 번도 나무란 일이 없었다. 그런 묘심에게 황후의 호위를 지시했으니 도적에게 보물을 맡긴 격이었다. 황제는 뒤늦게 묘심의 일을 후회했지만 이미 엎질러진 물이었다.

"고변할 일이 있나이다."

먼저 입을 연 사람은 황후였다.

"무슨 고변인지 모르나 다음에 하오. 오늘은 그저 고요히 보내고 싶구려."

황후의 말을 한사코 듣지 않으려는 황제의 표정이 무척이나 안쓰러웠다.

"이 말씀을 드리지 않으면 저는 참으로 나쁜 계집이옵니다. 평생 신첩을 사랑하고 귀애해 주신 승은을 너무도 잘 알기에 더는 숨기지 못하겠나이다."

황후는 흐느껴 울면서 묘심과 상통해 임신한 사실을 털어놓았다. 황제의 용안에 내려앉는 낙담과 절망의 빛이 역력했다. 고변을 다 듣고 난 황제는 한동안 원망에 가득 찬 눈빛으로 선혜후를 노려보았다.

"이제 마음이 편한가?"

황제가 작지만 노기 띤 음성으로 물었다. 황후는 여전히 흐느끼며 고개를 끄덕였다.

"허망하도다, 내 어찌 너와 같은 계집을 그토록 사랑하였던가……."

황제는 신음처럼 깊이 탄식하며 천천히 자리에서 일어났다.

"어린아이와 사통한 허물을 말하려는 게 아니다. 네가 지금 나에게 한 짓은 수천 개의 바늘로 온몸을 찌르는 것처럼 가혹하고, 상처에 소금을 뿌리는 것보다 더 잔인하며, 살려달라고 비는 자에게 오히려 철퇴로 내리치는 것만큼이나 몹쓸 짓이다."

황후는 그때처럼 차가운 황제의 표정을 단 한 번도 본 적이 없었다. 격노한 황제는 그날로 유사에 명하여 묘심을 잡아 죽이고 황후를 폐하여 궐 밖으로 내쫓았다. 세간의 상상을 초월한 강경한 조치였다. 일은 거기서 끝나지 않았다. 황후를 내쫓고 얼마 뒤에는 둘째 딸인 오도마저 선혜후의 사가로 보내 버렸다.

"보도는 내 딸이지만 오도는 선혜가 사통하여 낳은 남의 자식이다. 천한 계집의 사녀私女를 어찌 황궁에서 기른단 말인가?"

황제는 백관들 앞에서 그렇게 공언했다. 비처제는 천성과 바탕이 어질고 매사에 너그러웠기에 신하들은 더욱 의아하고 두려운 느낌을 받았다. 당시 사람들 중에는 선혜후와 묘심이 총애를 배신하여 당연한 처벌을 받았다는 축과 아무리 그렇더라도 황제의 처사가 지나쳤다는 축으로 나뉘었다.

법화가 주석한 절에서도 젊은 중들 사이에 한바탕 논쟁이 일었다.
"믿음이 크면 배신감도 크고, 사랑이 깊으면 미움도 깊다더니 그렇다면 앞서 황제의 지극한 사랑이 황후에겐 도리어 화가 되지 않았습니까? 또한 사랑은 끝없는 자비인데 황제의 처사에는 자비가 없습니다. 솔직하게 모든 사실을 털어놓은 황후에게 너무 가혹한 벌이 아닌지요?"
한 학승이 법화에게 물었다. 황제와 친한 법화가 단호한 어조로 대답했다.
"가혹하기는커녕 오히려 미약하다. 내가 만일 황제였다면 그보다 더한 벌을 내렸을 게 틀림없다. 그러므로 황후에 대한 황제의 지극한 사랑은 황후의 홍복이 분명하고, 일이 이쯤에서 끝난 것도 황제의 사랑과 자비가 없이는 어려운 일이다."
뜻밖의 대답에 학승은 눈이 휘둥그레졌다. 법화가 차근차근 설명을 덧붙였다.
"황후는 용서받기 힘든 세 가지 큰 우를 범했다. 먼저 하고많은 사람 중에 황제의 친조카나 다름없는 묘심과 사통하고 이를 스스로 그만두지 못한 것이 첫째 잘못이다. 실수는 누구나 할 수 있다. 그러나 실수에는 반드시 뒤에 뉘우침이 있어야 한다. 뉘우침이 뒤따르지 않는 실수는 실수가 아니다. 실수인 줄 알았다면 먼저 스스로 그만두었어야 한다. 또한 스스로 불편한 마음을 없애려고 고변하는 바람에 황제께 고통과 괴로움을 모조리 전가한 것이 두 번째 잘못이다. 이는 자신만 위할 줄 알았지 그 말을 듣는 상대의 마음을 전혀 헤아리지 못한 가볍고 경솔한 처사다. 허물은 먼저 황후에게 있었고, 따라서 그 허물의 대가인 양심의 가책을 안고 가는 일 역시 황후가 평생 감당해야 할 업보가 아니던가."

법화의 설명을 들은 학승이 가만히 고개를 끄덕였다.

"하면 황후의 마지막 잘못은 무엇입니까?"

학승의 질문에 법화가 다시 입을 열었다.

"황제의 정치적인 입지를 전혀 고려하지 않은 점이다. 알다시피 황제는 오랫동안 정실 자식이 없었던 까닭에 마복자(摩腹子, 권력 있는 자에게 색色을 바쳐 얻은 아들)를 여럿 두었다. 따라서 지금 마복칠성(일곱 명의 마복자)은 모두 황제의 서자이거나 양아들 들이다. 그런데 거의 매일 밤 황제의 총애를 받은 황후가 적통을 잇지 못했다면 이를 끝까지 자신의 허물로 가져갔어야 옳았다. 다시 말해 황후와 묘심의 일은 사사로운 개인사가 아니라 국가와 사직의 근간을 송두리째 허물어뜨릴 만한 큰 사건이다. 만일 후사를 잇지 못하는 책임이 전적으로 황제에게 있다면 마복칠성을 낳은 일곱 어머니들은 전부 황제와 사직을 우롱한 새빨간 거짓말쟁이가 되고 만다. 이를 수습하기 위해 황제로선 부득불 묘심을 복주하고 뒤에 낳은 오도만을 황후의 사녀로 인정하여 바깥으로 내친 것이다. 어찌 이를 큰 자비라 하지 않겠느냐?"

"잘 알겠습니다. 그렇다면 법사께서 보시기에 황제의 잘못은 하나도 없습니까?"

그러자 법화는 오래 답이 없다가 한참 뒤에 다음과 같이 덧붙였다.

"무엇이든 지나친 것은 좋지 않다. 세상에서 제아무리 좋은 것이라 하더라도 지나치면 위험하다. 사랑도 예외가 될 수 없다. 황제의 잘못은 선혜후를 지나치게 총애한 점이다. 사람들은 일찍이 황상 부처의 지고지순하고 곡진한 사랑을 아름답다고 찬탄하였으나 세월은 절대로 과한 일을 그냥 놓아두지 않는다."

# 인생은 두 번 살 수 없다

어차피 인생은 두 번 살 수 없으니 이렇게 산 사람은 저렇게 살아 보기를 원하고, 저렇게 산 사람은 또 이렇게 살아 보기를 바라는 게 아닐는지요. 이는 마치 여러 갈래 길 가운데 어느 한 길을 택해 걸어간 나그네가 목적지에 이르러 자신이 모르는 다른 길을 궁금해하는 것과 같은 이치입니다.

"망령이 났지, 틀림없이 망령이 난 게야!"

그날도 새벽녘에 깨어 잠을 설친 황제는 아침부터 뒷짐을 진 채 궁궐을 서성이며 혀를 찼다. 일흔도 넘은 나이에 어쩌자고 심신이 자꾸 어린애처럼 달뜨는지 비처제는 그 이유가 궁금했다.

이름이 '벽화'던가.

운명의 그날, 날이군 관사 앞마당에 홀연 비단옷을 몸에 감고 나타난 처자를 보는 순간 황제는 그만 눈이 부시고 말문이 막혔다. 한마디로 사람이 아닌 것 같았다. 청명한 가을볕을 배경으로 수레에서 내린 처자 주위에 갑자기 수만 마리 나비 떼가 날아오르는 듯한 착시마저 일어났다. 절로 벌어진 황제의 입에서 몇 차례나 탄성이 흘러나왔다.

돌이켜보면 모든 일은 숨 한 번 쉴 동안에 판가름이 났다. 오랜 세월에 걸쳐 서로 깊이 사귀고야 비로소 사랑할 수 있다고 철석같이 믿어 온 황제에게 벽화의 출현은 그 자체로 충격이자 기변奇變일 수밖에 없었다. 충격은 충격이되 칠십 평생 처음 겪는 달콤하고 황홀한 충격이었다.

벽화의 인사를 받고 난 뒤에도 황제는 오랫동안 말문을 열지 못했다. 불가에서 말하는 억겁의 윤회를 묵묵히 함께 걷는 여인, 전생의 어디쯤에서 애달프게 헤어졌던 운명의 짝을 마침내 이승에서 해후한 듯한 신비로운 느낌도 들었다. 그러자 하도 오래 잊고 살아서 기억마저 가물거리는 춘심이 다시 발동하고, 심장이 젊었을 때와 같이 쿵쾅거리며 뛰기 시작했다. 벽화 외에는 아무것도 보이지 않았고, 벽화를 보고 있는 순간엔 아무 소리도 들리지 않았다. 그야말로 찰나에 세상이 변하고 우주가 바뀌어 버린 격이었다.

"말 한마디 나눠 본 일 없는 생면부지의 처자에게 그토록 깊이 빠질 수도 있는가?"

황제는 가까운 신하들에게도 기회가 닿을 때마다 물어보았지만 별 신통한 해답을 얻지 못했다.

"물론입니다. 색이란 본래 무지몽매함에서 비롯되는 것입니다. 몇 차례 상접하여 알고 나면 곧 헤어 나올 수 있습니다."

"사흘을 굶으면 십 리 밖의 밥 짓는 냄새가 코에 닿습니다. 그러나 음식을 배불리 먹은 뒤에는 옆집에서 고기를 구워도 잘 알지 못하는 게 사람의 오감입니다. 평소에 색을 너무 멀리하신 탓이 아닌가 합니다."

대답을 들을 때마다 황제는 가만히 고개를 저었다.

쉽게 생각하면 젊고 아리따운 여자를 보고 한눈에 반한 것일 테지만 단순히 그것만으로 자신의 때늦은 변절과 색탐色貪을 설명하기엔 다소 부족함이 있었다. 벽화보다야 못하지만 궁중에도 젊고 아리따운 미색들은 얼마든지 있었기 때문이다.

다만 그 무렵에 한 가지 수상쩍은 변화는 있었다. 그는 자주 자신이 걸어온 일생을 되돌아보곤 했다. 어려서는 효행으로 칭송이 높았고, 젊어서는 학문과 교우에 매진하느라 딴 데 한눈을 팔 겨를이 없었다. 보위에 오른 뒤로는 백관들의 신망과 존경을 잃지 않으려고 더욱 근신했으며, 즉위 초반의 극심했던 천재지변과 잦은 전란 앞에서는 먹고 입는 것조차 삼가고 가릴 만큼 수신修身에도 엄격했다. 오로지 덕망 높은 임금과 성인군자의 길만을 걸어온 칠십 평생이었기에 누구 앞에서든 떳떳하고 당당했던 이가 곧 비처제였다.

그런데 어느 날부터인가 회의가 일기 시작했다. 왜 그렇게만 살아왔던가.

그에게 인생은 하루하루가 고행의 연속이었고, 노역의 반복이었다. 그 길고 오랜 나날 가운데 정작 기뻤거나 즐거웠던 일은 한 손에 꼽을 정도였다. 천하가 자신의 발아래요, 늘 만승의 위엄을 지니고 살았지만 사실은 세상 전체가 항상 자신을 주시하고 감시한 셈이었다. 어려서는 부모가, 젊어서는 조당 중신들이, 그 뒤로는 앞서 살고 간 무수한 성현들과 당대 만백성의 이목이 줄곧 감시자 구실을 톡톡히 하였다.

그렇게 수십 년 임금 노릇에 충실하고 어느 날 눈을 떠 보니 남은 거라곤 늙고 쪼그라든 육신과 성군聖君이란 허울뿐이었다. 아, 왜 반드시 그렇게만 살았던가!

"학문도 좋고 벼슬도 좋지만 너희는 부디 나이에 걸맞게 살아라. 지내놓고 보니 젊어서 노성한 것과 늙어서 철없는 것이 모두 꼴불견이더라."

편전에서 젊은 신하들과 한담을 나눌 때 황제는 자주 그런 말을 입에 담았다. 반드시 성군이 아니면 어떤가. 황제가 아니면 또 어떤가. 한 번뿐인 인생을 왜 그토록 남의 눈치나 보면서 스스로에게 엄격함과 불편함만 강요했더란 말인가.

뒤늦은 회한은 자신의 성향을 고스란히 빼닮은 젊은 학사들을 볼 때면 더욱 통렬히 가슴을 후려쳤다.

"만일 내가 다시 청춘으로 되돌아간다면 철마다 사냥도 부지런히 나가고, 천변만화하는 산천경개도 실컷 구경하고, 곱고 아리따운 비빈과 처첩도 대궐 전각이 부족할 만큼 거느릴 것이다."

황제는 부쩍 복잡하고 골치 아픈 일을 멀리하고 좋은 일, 아름다운 것에만 관심을 보이기 시작했다. 날이군 행차도 청풍과 적산(단양)의 단풍 절경을 구경하고 환궁하던 길이었다.

"저런 풍광이 젊어서는 왜 눈에 들어오지 않았는지 모르겠구나! 임금으로서는 어떤지 모르지만 사사롭게 나는 실패한 사람이다. 딴에는 열심히 살았으나 아무것도 남은 게 없도다. 너무 허무하도다."

신하들은 황제가 아직도 선혜후의 일로부터 벗어나지 못해 괴로워한다고 여겼다. 그러므로 다들 송구스럽게만 여길 뿐, 아무도 황제를 위로하거나 달래 주지 못했다.

"폐하께서는 아름다운 처자에게 빠지신 게 아닙니다."

날이군에서 돌아와 스스로 어처구니없는 노년의 변화를 묻고 다니던 황제에게 귀가 번쩍 열리도록 솔깃한 조언을 한 사람은 뜻밖에도 하찮은 '노래자이(신라시대의 가수)'였다. 당대 최고의 소리꾼인 '뫼치'라는 그 중늙은이는 어느 날 대궐 주연에 불려와 흥을 돋우다가 황제의 질문에 아무도 후련한 대답을 내놓지 못하자 말미에 입을 씻고 조심스럽게 간하였다.

"아뢰옵기 송구하오나 어차피 인생은 두 번 살 수 없으니 이렇게 산 사람은 저렇게 살아 보기를 원하고, 저렇게 산 사람은 또 이렇게 살아 보기를 바라는 게 아닐는지요. 이는 마치 여러 갈래 길 가운데 어느 한 길을 택해 걸어간 나그네가 목적지에 이르러 자신이 모르는 다른 길을 궁금해 하는 것과 같은 이칩니다. 폐하께서는 이승에서 경험해 보지 못한 일들이 아직도 많은데, 세월은 미친 말처럼 자꾸 앞으로 달아나기만 하니 그것이 아쉽고 안타까울 뿐, 반드시 그 처자에 관련된 문제만은 아닌 듯합니다."

비처제는 뫼치의 말에 무릎을 치며 크게 고개를 끄덕였다.

"네 어찌 그와 같은 이치를 아는가?"

황제가 묻자 뫼치가 웃으며 대답했다.

"신은 평생 노래를 불러 명성을 얻었으나 만일 다시 태어난다면 노래 따위는 부르지 않을 작정입니다. 대신에 학문을 열심히 닦아서 벼슬길에 한번 나서 보고 싶은 게 꿈입니다. 어찌 폐하의 심정을 모르오리까? 황궁에서도, 저자에서도 세월은 똑같이 흐르고 사람이 살아가는 이치도 매일반이올시다."

황제는 잠시 침묵하고 나서 다시 물었다.

"하면 벽화의 일은 어찌해야 옳겠는가? 지금 꽃다운 처자와 사랑을 나누기엔 내가 너무 늦지 않았느냐?"

"세상에 살아 있는 동안에는 어떤 일도 늦은 게 없습니다. 그러나 더 미루다가는 정말로 늦어 버리고 말 것입니다."

# 사람의 근본을 바꾸는 일은 불가능하다

대저 하늘로부터 받아 나온 사람의 근본을 바꾸는 일은 거의 불가능하다. 황상은 다시 태어나도 지금과 똑같이 살 사람이다. 두고 보라. 그는 선혜후에게 빠져서 살았던 일을 후회하지만 이번에 새로 맞아들인 벽화후에게 다시 또 빠지고야 말 것이다.

☀ "어여쁘도다, 정말 눈에 넣어도 아프지 않을 만큼 곱고 어여쁘도다……."

어린 벽화를 벗겨 놓고 임금은 황홀감에 빠져 더 이상 말을 잇지 못했다. 저 앳되고 새파란 것을 품에 안을 수 있다는 사실이 마냥 감격스럽기만 했다. 게다가 살을 섞고 정을 나누면 자신도 금방 덩달아 젊어질 것 같은 착각에 휩싸였다. 이승에선 자칫 만나지조차 못할 뻔한 어린 여자를 안는다는 사실도 묘한 감흥을 불러일으켰다.

"이리 오너라. 한번 만져 보고 싶구나."

부끄러워 어쩔 줄 몰라 하는 벽화를 임금은 등촉 가까이 불러서

팔과 다리, 가슴과 엉덩이를 차례로 어루만지고 쓰다듬었다. 솜털이 보송한 매끄러운 살결은 손길이 스치기만 해도 공처럼 튀었다. 젊다는 게 바로 이런 거지 싶었다.

"꽃다운 네 곁에 이처럼 날바탕으로 있으니 늙은 내 꼴이 더욱 가관이다. 어쩌자고 너는 이리도 곱고, 어쩌자고 나는 또 이리도 추한가. 너의 이 젊음과 아름다움을 나눠 가질 수만 있다면 황제가 아닌들 무엇이 애달프랴. 너는 일평생 내가 만난 사람 가운데 가장 아름답고 높고 귀한 사람이다. 어찌 존중하는 마음을 갖지 않겠는가."

비처제는 벽화를 향해 끓어오르는 탐심과 춘정을 견디지 못해 미복 차림으로 날이군을 찾아갔다. 그리고 벽화의 사가에서 함께 첫날밤을 보냈다. 그러나 눈이 감탄하고 마음이 흡족한 것과는 달리 오래 쓰지 않은 양경陽莖이 도무지 주인의 뜻에 따라 주지 않았다. 뜻밖의 복병을 만난 셈이었다.

절세미인을 곁에 두고도 양경이 일어나지 않으면 취할 수 없고, 아무리 사랑스러워도 취하지 못한 여자와 부부지연을 맺을 방도는 세상에 없었다. 비처는 벽화를 자리에 뉘여 놓고 애처로울 정도로 갖은 애를 썼지만 결국 교합에는 실패하고 말았다. 실로 무참한 일이 아닐 수 없었다.

벽화의 사가에서 두 번째 동침하던 날에도 사정은 크게 다르지 않았다. 애가 타고 조바심이 날수록 오히려 요긴한 부위는 더욱 움츠러드는 느낌이었다. 한동안 갖은 노력 끝에 가까스로 양경을 일으켜도 정작 합궁을 시도하려들면 기다렸다는 듯 스르르 맥이 풀려 버리곤 했다.

  사랑하는 어린 여인 앞에서 연거푸 창피를 당하고 대궐로 돌아오자 비처는 세 치 양경에 기운을 북돋우는 일이라면 수단과 방법을 가리지 않았다. 틈만 나면 음란한 생각에 젖었고, 근신과 궁녀들로부터 수시로 음사에 관한 여러 가지 이야기를 청해 들었다. 어의를 불러 상의도 하고 양기에 좋다는 약도 몇 첩 지어먹었다. 젊은 여자를 차지하려는 칠순 임금의 노력은 실로 눈물겨운 데가 있었다.

  세 번째 잠행을 나갔을 때 비처제는 날이군 인근의 고타군(안동) 민가에서 하루를 묵었다. 수백릿길 발품에 심신이 지치는 우를 미리 막아 보자는 계산에서였다. 미복 차림의 황제 일행이 하룻밤 묵기를 청한 집에는 나이 든 노파가 혼자 살았다. 그 노파는 찾아온 길손들이 누구인지 전혀 알지 못했다.

  "지금 사람들은 임금이 어떤 사람이라고 하오?"

  저녁상을 차려온 노파에게 비처제가 농담 삼아 물었다.

  "만백성이 임금을 일컬어 성인군자라고들 하지만 나는 절대로 그 말을 믿지 않소."

  노파가 뜻밖에도 고개를 절절 흔들며 단호하게 대답했다.

  "소문에 따르면 황제는 날이군의 한 처자와 동침하려고 사람들 이목을 피해 자주 이 촌구석을 드나든다고 합디다. 이는 비유하자면 용이 고기의 탈을 쓰고 물가에서 놀다가 어부한테 잡히는 격이지요. 지금 황제는 만승의 위엄을 갖추고도 스스로 신중하지 못하니 만일 이런 사람을 성인이라고 한다면 세상에 어느 누가 성인이 아니겠소?"

그 말을 듣자 비처제는 돌연 가슴이 철렁 내려앉았다. 세상에 비밀은 없다더니 촌구석에 사는 노파까지도 자신이 비밀리에 행한 잠행을 직접 본 듯이 알고 있었다. 안색이 벌겋게 변한 황제가 아무 대꾸 없이 한참을 매시근히 앉았다가 노파가 사라지고 나자 신하들에게 가만히 속삭였다.

"서둘러 대궐로 돌아가야겠다. 천하의 이목은 과연 무섭구나."

비처제는 환궁하자마자 일관을 불러 택일을 재촉했다. 일관이 육십갑자를 짚어 길일을 뽑았으나 황제는 더 앞당겨 보라고 성화를 부렸다. 그러고는 택일한 날짜가 돌아오기도 전에 사람을 날이군으로 보내 벽화를 궁으로 맞아들이고 다시는 잠행을 하지 않았다. 두 사람은 얼마 뒤 정식으로 혼례를 올렸고 벽화는 열여섯 나이에 신라의 황후가 되었다.

법화가 한가한 때에 비처제를 만나 물었다.
"고타군에서는 왜 그렇게 서두르셨습니까?"
황제가 웃으며 대답했다.
"비록 재미와 즐거움을 모르고 살아온 일생이 후회가 되기는 해도 그렇다고 말년에 실덕을 할 수야 없는 노릇이 아닌가? 가만 생각해 보니 평생 쌓아 온 덕과 권위가 하루아침에 무너지는 것도 내겐 너무 슬프고 가혹한 일일세."

법화가 이 말을 듣고 산문으로 돌아와 젊은 학승들에게 말했다.

"대저 하늘로부터 받아 나온 사람의 근본을 바꾸는 일은 거의 불가능하다. 황상은 다시 태어나도 지금과 똑같이 살 사람이다. 두고 보라, 그는 선혜후에게 빠져서 살았던 일을 후회하지만 이번에 새로 맞아들인 벽화후에게 다시 또 빠지고야 말 것이다."

## 영원히 변하지 않는 일이란 없다

세월 흐르고 사람 변하는 일 새삼 무섭다. 그러고 보면 지금 나한테 기쁘고 즐거운 일도 얼마 지나지 않아 다시 변하고 바뀔 테니 세상을 사는 일이 참으로 묘하다. 도대체 영원히 변하지 않는 일이 천하에 단 한 가지라도 있을지 의심스럽구나.

　　　벽화의 나이는 황제가 아는 것처럼 열여섯이 아니라 실은 열아홉 살이었다. 그 청초한 나이에 황후가 되어 대궐에 들어온 벽화는 당시 신라에서 가장 아름다운 여자였다. 그는 시골 날이군에 있을 때 아버지의 엄명으로 아무 영문도 모른 채 수레에 올라탔다.

　일을 꾸민 사람은 아버지 '파로'와 고을 수령 '원부'였다. 그들은 임금이 날이군에 행차한다는 소식을 듣자 급히 벽화에게 비단옷을 구해 입히고 수레를 명주로 둘러싸서 마치 진상품처럼 위장해 임금 앞으로 데려갔다. 임금은 백성들이 진귀한 음식을 만들어 대접하려는 줄 알고 수레를 열어 보도록 했는데 뜻밖에도 그 안에서 젊은 여자가 나왔던 것이다.

황후가 되기 전에 벽화에게는 부모 몰래 사귀던 남자가 따로 있었다. 고타군 수령의 막내아들인 '선흠'이라는 청년이었다. 두 사람은 이 년간이나 서로 각별한 마음을 주고받으며 이따금 강가나 산그늘 밑에서 만나 사랑을 키워 왔다. 벽화의 미색이야 사방 고을에 일찌감치 정평이 났지만 선흠의 옥골선풍도 만만치 않았다. 두 정인 남녀가 손을 맞잡고 한적한 오솔길을 거니노라면 마주치는 사람들은 하나같이 눈을 떼지 못하고 하늘이 낸 천생배필이라며 찬탄을 금치 못했다.

소나기 장하게 퍼붓던 어느 여름날, 비를 그으려고 잠깐 들어간 빈집 헛간에서 둘은 처음으로 부둥켜안고 서로 입을 맞추었다. 입술에 입술이 닿고 혀와 혀가 뒤엉키자 벽화는 순식간에 몸이 달아오르고 숨이 가빠졌다. 점점 거칠게 내뱉는 선흠의 날숨은 왜 그리도 달고 향기로운지, 벽화는 그 냄새에 취해 구름 속을 노니는 듯 정신이 몽롱해지고, 높은 낭떠러지에서 굴러 떨어지는 것처럼 아찔한 어지러움을 느꼈다. 흥분한 선흠이 서투른 솜씨로 벽화의 옷고름을 풀었다. 비에 젖은 웃옷이 절반쯤 헤쳐지자 희고 봉긋한 젖가슴 한쪽이 수줍게 고개를 내밀었다. 선흠은 무슨 보물이라도 만지는 양 조심스레 젖가슴에 손을 갖다 댔다. 빗방울에 놀란 꽃망울처럼, 솟아오른 젖 봉오리가 파르르 떨렸다.

벽화는 그날 선흠의 여자가 되고 싶었다. 귀로만 들어온 색사에 대한 호기심도 있었지만 그게 전부는 아니었다. 선흠의 여자가 되고, 선흠과 혼례를 올리고, 선흠의 아이를 낳고 싶었다. 한 이불에 누워 눈을 떠서 하루 종일 헤어지지 않고 밤을 맞이할 수만 있다면 얼마나 행복할까, 그런 상상으로 벽화의 가슴은 마구 두방망이질을 쳤다.

그런데 선흠의 태도는 벽화의 예상과는 딴판이었다. 어느 순간 그는 벽화의 가슴에서 손을 떼고 풀어헤쳤던 앞섶도 다시 고이 여미며 주었다. 벽화가 어리둥절한 눈빛으로 선흠을 올려다보았다.

"이런 너저분한 장소에서 아름다운 너를 범하고 싶진 않아."

선흠의 말투는 몹시도 단호했다. 아닌 게 아니라 그곳은 버려진 농가의 헛간이었다. 눅눅한 습기와 곰팡이 냄새 말고도 사방엔 쥐똥이 나뒹굴고 수많은 거미줄과 정체 모를 벌레들이 득실거렸다.

"번듯하게 예를 갖춰 너를 아내로 맞고 싶어. 이담에 금침이 깔린 환한 등촉 밑에서 너를 내 여자로 만들 거야. 조금 늦으면 어때? 그때까지 서로 마음만 변치 않으면 되지."

그 일이 있고 얼마 지나지 않아 벽화는 수레를 타고 관아로 가서 임금을 알현했다. 아버지의 엄명으로 나이도 세 살이나 낮추어 열여섯이라고 속였다. 아무것도 모른 채 어른들이 시키는 대로 한 일이었지만 설혹 사전에 알았더라도 유별나게 엄격한 아버지의 명을 거역하기는 힘들었을 터였다.

뒤늦게 모든 내막을 알아차린 벽화는 혼비백산한 가슴을 가까스로 쓸어내렸다. 아버지보다 늙고 할아버지보다도 더 늙은 황제에게 시집을 간다는 건 상상만으로도 온몸에 소름이 돋을 만큼 끔찍했다. 벽화는 빠른 시일에 선흠을 만나 어떻게든 혼사를 재촉해 볼 심산이었다. 한데 그 말을 꺼내기도 전에 청천벽력과도 같은 일이 또 일어났다.

해거름에 평상복 차림의 노인이 하인들을 앞세우고 찾아왔을 때만 해도 벽화는 그저 멀리 사는 낯선 친척이 찾아온 것이려니 무심히 여겼다. 노인이 부모님의 환대를 받으며 안방에 들고 잠시 뒤, 어머니가 상기된 얼굴로 벽화의 방문을 왈칵 열어젖혔다.

"어디 보자, 너 혹시 몸엣것이 있는 건 아니지?"

어머니는 다짜고짜 벽화의 아랫도리부터 살폈다.

"왜 그러세요?"

"왜 그러나마나, 지금 당장 뒤란에 가서 말끔히 목욕재계하고 새 옷으로 갈아입어라! 어서!"

벽화는 그 서슬에 휘둘려 감히 더 묻지도 못하고 어머니의 말씀을 따랐다. 물을 받아 목욕을 하는데 어머니 '벽아부인'이 들어와 등을 훔쳐 주며 말했다.

"우리 딸이 천복을 타고났구나. 오늘밤 너와 우리 집엔 천운이 활짝 열렸다. 이 세상에서 가장 귀하고 높은 어른을 네가 모시게 되었단다. 천하에 이보다 더한 영광이 또 어디 있겠느냐?"

이어 벽아부인은 지금 안방에 납신 분이 전날 관아에서 본 나라님이며, 벽화가 그날 밤에 해야 할 일과 하지 말아야 할 일들을 일목

요연하게 설명해 주었다.

벽화는 들을수록 기가 막혔다. 수많은 생각들이 한꺼번에 머릿속을 어지럽히는 중에도 제일 또렷하게 떠오르는 것은 선흠의 해맑은 얼굴과 손가락을 걸고 약속한 말들이었다.

"싫어요, 어머니! 저는 임금님을 모시기 싫어요!"

벽화의 눈에서 닭똥 같은 눈물이 주르르 쏟아졌다.

"제겐 따로 정해 둔 정인이 있어요. 그 사람과 평생을 함께 하기로 이미 물릴 수 없는 약조를 해 두었단 말이에요!"

"시끄럽다!"

딸의 눈물 섞인 하소연을 벽아부인은 냉정하고 날카로운 호통으로 가로막았다.

"아버지의 엄명이시다! 네 감히 아버지의 명을 어기려느냐?"

"어머니……."

"더군다나 하늘이 보살피고 음부의 조상들이 도와서 나라님이 너를 찾아 먼 길을 친히 오셨거늘, 네가 아무리 어리고 철이 없기로 어찌 이처럼 어리석게 군단 말이냐? 충과 효는 사람의 근본이다. 남자들은 충을 이루려고 목숨까지 예사로 버리는데, 아녀자로서 만백성의 부모인 나라님의 간택을 받고도 응하지 않는다면 이는 곧 대역죄에 버금갈 큰 불충을 저지르는 것이다. 그러고도 어찌 살아남기를 바라겠니? 네가 사람의 자식으로 과연 그와 같은 불충과 불효의 길을 가려느냐?"

벽화는 그때만큼 무서운 어머니 얼굴을 이전에는 단 한 번도 본 적이 없었다. 이제 열아홉, 아무리 제 고집이 있어도 부모의 강압과 노여움 앞에선 주눅이 들 수밖에 없는 나이였다.

"안방에 금침을 깔아 두었으니 잔소리 말고 지극 정성으로 나라님을 모셔라. 어떤 말씀도 거역하거나 싫은 내색을 해선 안 돼. 만일 네가 잘못해서 나라님 눈 밖에 나면 너는 고사하고 우리 식구 모두가 하루아침에 죄인이 될 수도 있으니 어미 말을 부디 명심하고 또 명심해라."

아직 어리고 착하기만 한 벽화는 집안 식구가 모두 죄인이 될 수도 있다는 말에 소스라치게 놀랐다.

"그럼 감옥에 갈 수도 있다는 말씀이세요?"

벽화가 눈물이 그렁그렁 맺힌 눈으로 반문하자 벽아부인은 진지한 표정으로 고개를 끄덕였다.

"감옥은 차라리 다행이지. 임금님 말씀 한마디면 백 사람, 천 사람을 한꺼번에 죽일 수도 있단다."

잔뜩 겁을 집어먹은 벽화가 황급히 손등으로 눈물을 훔쳤다.

"어떻게 하라구요, 어머니? 다시 한 번 자세하게 말씀해 주세요!"

그렇게 해서 벽화는 칠순 임금과 첫날밤을 보내게 되었다.

하지만 두 차례씩이나 황제와 동침하고도 벽화는 여전히 숫처녀였다. 이후 대궐에서 보낸 화려한 꽃수레를 타고 입궐하기까지 벽화는 선흠과 만나 꼭 한 번 관계를 맺었다. 적극적으로 요구한 쪽은 벽화였다. 이제 임금의 여자가 되면 다시 만날 수도, 볼 수도 없다는 벽화의 말에 선흠은 대번 눈물부터 글썽였다.

"그러니까 더 이상 망설이지 말란 말이야. 황제에게 시집을 가는 건 내가 어쩔 수 없는 거지만, 지금 이건 어른들이 어쩔 수 없는 거야."

벽화의 재촉에 선흠은 마지못해 응했다. 정조를 얻고 사랑을 잃는 슬픈 순간이었다. 상대가 웬만해야 덤벼도 보고 안 되면 도망이라도 가지, 두 정인은 사랑의 약속이 아닌 이별 의식으로 처음이자 마지막인 관계를 가졌다.

부모는 딸이 황후가 되는 일을 천우신조라고 말했지만 벽화는 오히려 이를 천우신조로 여겼다. 진심으로 사랑한 남자와 초야를 보내게 해준 천지신명께 감사했다. 이런 일이 가능하도록 옆에서 도와준 이는 하나뿐인 오빠 '위화'였다. 벽화는 어려서부터 위화를 하늘처럼 믿고 의지했다. 그는 황제가 다녀간 뒤 누이동생 벽화가 연일 눈물바람으로 지내자 가만히 귀엣말로 속삭였다.

"선흠이라고 했니? 그 아이를 정 잊지 못하면 네가 황후가 된 뒤 얼마든지 다시 만나도 돼. 황후만 돼봐라. 세상에서 하지 못할 일이 아무것도 없단다."

그 말을 듣고 나서 벽화의 생각이 조금씩 바뀌기 시작했다. 게다가 위화는 고향을 떠나기 전에 선흠을 만나보라고 귀띔하고 자신이 출입하던 색주가에 은밀히 손을 써서 방까지 잡아 주었다. 위화가 아니었다면 벽화로선 엄두조차 내지 못할 일들이었다.

선흠과 통하고 나서 벽화는 많이 차분해졌다. 앞으로 맞닥뜨릴 대궐 생활에 호기심도 일어나고 만인의 추앙을 받는다는 황후 자리에 욕심도 생겼다. 황후가 되고 나면 무엇이든 다 할 수 있다니 언젠가는 선흠을 대궐로 불러서 지금 못 다한 사랑을 원 없이 나누리라 다짐도 했다.

그로부터 먼 훗날의 일이지만 벽화후는 대궐 연회에서 우연히 선흠과 재회했다. 선흠은 벽화를 만나야겠다는 일념으로 열심히 학문을 닦아 벼슬길에 나섰으나 미관말직부터 시작한 벼슬아치가 대궐 근처에 이르기까지는 장구한 세월이 걸렸다.

두 사람은 궁정 뒤뜰에서 스치듯 조우했지만 벽화는 선흠을 알아보지 못했다. 그도 그럴 것이 날이군에서 헤어진 옥골선풍의 미청년은 온데간데없고, 복두를 눌러 쓴 후줄근한 차림의 관인 하나가 허리를 굽혀 인사한 뒤 유별난 시선으로 벽화를 쳐다봤을 뿐이었다. 그가 선흠일 거라고는 상상조차 할 수 없었다.

자리를 옮겨 연회가 시작되었다. 이때에도 벽화는 상석에 앉고 선흠은 말석이라 도무지 닿을 수 없는 거리에 있었다. 연회가 열리는 내내 벽화에게 애타는 눈빛을 보내던 선흠이 궁여지책으로 필묵을 가져다가 시 한 수를 짓고 그것을 지나다니는 나인에게 부탁해 벽화에게 건넸다. 벽화가 종이를 펴 보니 다음과 같은 글귀가 적혀 있었다.

아리따운 정인은 나를 떠나 단숨에 황후가 되었는데

> 관직은 잔별처럼 무수하고 님 계신 월성(대궐)문은 멀기도 하여라
> 남녀가 가야 할 길이 처음부터 다르게 정해져 있으니
> 봄날 날이에서 잃은 짝을 가을이 깊도록 다시 볼 길 없네

벽화는 글을 받고야 비로소 선흠을 알아보았다. 그때부터 벽화 또한 틈만 나면 선흠을 훔쳐보았다. 기억 속의 선흠은 생각만 해도 여전히 가슴 떨리는 사람이었다. 그러나 정작 눈앞에 나타난 선흠은 기억과는 생판 달랐다. 날이군에서는 단연코 군계일학이었지만 조당 중신들 틈에 섞어 놓고 보니 그만한 사람은 얼마든지 있었다. 오히려 화려한 멋쟁이들이 득실거리는 대궐 연회장에서 선흠의 외양은 어딘지 초라하고 궁색해 보이기까지 했다. 벽화는 실망과 낙담을 금치 못했다. 공연히 서글픈 느낌마저 일었다.

연회가 파한 직후에 벽화는 깊은 한숨을 쉬며 시종에게 넋두리를 늘어놓았다.

"소싯적에는 오디를 따먹으러 온 산천을 헤집고 다녔는데 작년에 먹어 본 오디는 시금털털하기만 했을 뿐 아무 맛이 없었다. 그런가 하면 어려서는 어머니가 명주옷 한 벌을 지어 주어도 달포가 기쁘고 즐거웠으나 지금은 그보다 더한 비단옷을 몸에 감고 살아도 별다른 감흥이 없다. 옛날과 지금이 이처럼 다른 까닭은 무엇이냐. 설마 오디가 변하고 옷이 변할 리 있겠느냐, 내 입맛이 변하고 내 마음이 변한 탓이지. 오늘 겪어 보니 사람도 이와 같아서 예전에 그토록 좋아한 정인을 만나도 조금도 설레거나 반갑지 않구나. 세월 흐르

고 사람 변하는 일이 새삼 무섭다. 그러고 보면 지금 나한테 기쁘고 즐거운 일도 얼마 지나지 않아 다시 변하고 바뀔 테니 세상을 사는 일이 참으로 묘하다. 도대체 영원히 변하지 않는 일이 천하에 단 한 가지라도 있을지 의심스럽구나."

얼마 뒤 연회장에서 서찰을 몰래 건네준 나인이 들어와 바깥에서 선흠이 잠시 뵙기를 청한다고 알렸다. 벽화는 잠시 생각에 잠겼다가 필묵을 들어 답시 한 수를 지었다.

    만산홍엽도 처음에는 초록이었는데
    변색을 탓하지 않음은 세월이 흐르는 이치를 알기 때문이다
    남녀가 서로 다른 길을 이만큼 지나왔으니
    봄날에 따서 놀던 풀잎을 무슨 수로 낙엽에서 다시 찾으랴

벽화는 글귀를 나인에게 주며 다음과 같이 말했다.
"이미 뽕나무밭이 변하여 푸른 바다가 되었으니 다시 만날 일이 없다고 전하여라."

> **자신을
> 속이지 않는
> 사람은 남도
> 속이지
> 않는다**
>
> 욕심을 버리면 사람은 누구나 무장무애할 수 있다. 욕심은 사람을 불투명하게 만든다. 그래서 충정의 깊이를 잴 수 없고 사랑의 크기를 가늠할 수 없다. 하지만 아무것도 바라는 바가 없는 사람은 자신을 샅샅이 꾸밀 필요가 없으므로 누가 보기에도 거울처럼 맑고 투명해진다.
> 기쁘면 웃고 슬프면 우는 것 한 가지만 평생 실천할 수 있어도 그는 반드시 보통사람의 범주를 뛰어넘을 것이다.

   ☀ "내가 며칠 전 기방에 갔다가 우연히 마복칠성이란 이름을 들었는데, 그들이 누구이며 무얼 하는 사람들이오?"

   도성으로 이사를 한 지 달 반가량 지난 어느 날부터 위화는 가까운 사람을 만나면 자주 그렇게 묻고 다녔다.

   "아직도 마복칠성을 모르십니까?"

   질문을 받은 사람들은 대부분 놀라거나 어이없어 하는 눈치들이었다.

   "황제폐하의 마복자 일곱 사람을 흔히 그렇게들 부릅니다."

   그래서 알게 된 이름이 아시, 수지, 이등, 태종, 비량, 융취, 그리고 원종(훗날의 법흥제)이다.

모두가 위화와 엇비슷한 또래들로 아직 정사의 전면에 나서지는 않았지만 하나같이 나라의 동량지재요, 당대 최고最高의 청년 집단이었다. 젊어서부터 비처제를 도와 국정을 보필해 온 귀족 중신의 자제들로, 핏줄과 계보를 따져도 선대 황실의 혈육이거나 공주의 아들들이며, 모두가 왕자와 같은 지위를 누린다는 설명이 뒤따랐다. 시일이 흐르고 때가 오면 그들 가운데에서 국상도 나고, 장수도 나올 거라고 사람들은 이구동성 입을 모았다.

"마복자 일곱 중에서 대장은 부군(副君, 다음 황위 계승권자의 직함)의 장자인 국공國公 원종입니다. 마복칠성이 황제를 섬기는 의리는 친부모 이상이고, 마복칠성에 대한 황상의 총애도 친자식을 대하는 것과 조금도 다를 바 없지요. 아니, 그 어머니들이 황제의 총애를 받아 낳았으니 친자식이라고 보시면 됩니다."

위화는 황후의 오빠이자 임금의 '사사로운 아우' 자격으로 대궐을 무상출입할 때여서 황제의 총애로 말하면 누구에게도 뒤지지 않는다고 자부하던 터였다. 더군다나 늙은 황제가 새로 맞아들인 벽화후에게 한창 몰입하던 중이니 황후의 오빠인 위화에게 쏟는 애정 또한 갈수록 자별했다.

"마복칠성이 대전과 내전을 나처럼 아무 때나 드나들 수 있는가?"

위화가 궐내 사정을 잘 아는 자에게 물었다.

"그렇지는 않습니다. 조당까지는 몰라도 대전과 내전을 출입하려면 따로 비표를 받아야 합니다."

"그럼 되었네. 난 또 이름이 워낙 거창해서 엄청난 자들인 줄 알았지. 허허허."

위화는 단순하기 짝이 없는 사람이었다. 그는 조당 서열이나 권력의 향배 따위엔 애당초 별 관심이 없었고, 용상에 앉은 황제 외에는 별로 어려운 사람도 없었다. 심지어 어떨 때는 황제조차도 그다지 어렵게 여기지 않는 듯했다.

"황후가 아직 어려서 성질이 고약한 데가 있습니다. 이럴 때는 나무라고 야단을 치기보다는 살살 달래는 게 비결입니다. 특히 맛있는 걸 주면 아무리 화가 나 있어도 금방 풀어집니다. 아무쪼록 황제께서 하나하나 가르쳐 가면서 잘 사십시오."

위화가 그렇게 말할 때 마침 황제 옆에 법화가 있었다. 시종들은 위화가 황제 앞에서 흰소리를 지껄일 때마다 가슴을 졸이며 황제의 눈치를 살폈으나 황제는 매번 껄껄거리며 웃기만 했다.

"알았노라. 아우의 조언을 명심할 테니 앞으로도 계속해서 짐을 가르쳐 달라."

"여부가 있겠습니까. 걱정하지 마십시오."

위화가 절하고 물러간 뒤 법화가 황제에게 말했다.

"보아하니 황후의 오라버니인 듯한데 사람이 활달하고 거침이 없어서 좋습니다. 바탕 맑은 것이 한눈에 보입니다."

"대사 눈에도 그런가? 좌우간 내 앞에서 눈총 받아가며 아무 말이나 막 하는 사람은 보던 중에 처음일세."

황제가 흐뭇한 표정으로 다시 목소리를 높여 웃었다.

이후에도 위화의 거침없는 행동은 줄곧 많은 사람의 입길에 오르내렸다. 대개는 버릇이 없고 무례하다는 게 총평이었다. 그러나 반드시 그렇지만도 않은 게, 평상에는 관복도 입지 않고 내전을 들락거리다가도 편전에서 문무백관들의 행사가 있는 날이면 누구보다 예복을 잘 차려입었고, 만조의 중신들이 황제를 모시고 궁중예식을 거행할 때는 황제에게 더없이 공손하고 깍듯했다. 워낙 타고난 골격과 바탕이 좋아서 같은 옷을 입어도 태가 남달랐고, 중신들과 나란히 서서 똑같이 절을 해도 멋과 품위가 두드러졌다. 그 바람에 평소에는 위화를 흉보던 신하들조차 그의 품새를 찬탄하며,

"내 옷은 열 냥인데 위화 옷은 만 냥일세."

"같은 남자가 봐도 저런데 여자들이야 오죽할까."

"여색女色 고운 거야 진작 알았어도 남색男色이 저토록 아름다운 줄은 위화를 보고야 알았네."

하고 혀를 내두르기도 했다.

위화는 누가 자신을 흉보든 칭찬하든 전혀 개의치 않았다. 내일 천하가 뒤집혀도 오늘 냇물에 가랑잎을 띄우고 한가롭게 놀 수 있는 사람이 위화였다. 그에게 중요한 건 내일이 아니라 오늘이요, 오늘 중에도 지금 당장이 제일 중요했다. 조금도 심심하거나 지루한 것을 참지 못했으며, 오로지 매순간을 유쾌하고 즐겁게 보내는 데만 관심이 있었다.

벽화후가 대궐에 들어간 초기에는 대전 문지기들이 위화를 알아보지 못해 몇 차례나 출입을 가로막았다. 다른 사람 같으면 불같이 화를 낼 만한데 위화는 오히려 자신을 막는 문지기들과 종일 대전 문 앞에서 놀았다. 한 번은 아버지 '섬신(파로의 바뀐 이름)'이 온갖 재담을 섞어가며 문지기들과 놀고 있던 위화를 보고,

"너는 황제와 황후에게 문안을 여쭈러 가서 어찌하여 내전에는 들어가 보지도 않고 하찮은 자들과 종일 낄낄거리다가 그냥 돌아오느냐? 제발 체통을 좀 생각해라."
하며 꾸짖었다. 그러자 위화가 대수롭지 않은 얼굴로 대답했다.

"저는 관인이 아니라 황제의 아우이고 황후의 형입니다. 서열도 없고 지위도 없습니다. 무슨 체통이 있겠습니까? 왕하고도 사귀고 소하고도 사귈 수 있는 사람이 곧 저입니다."

본바탕이 이러니 세간에서 아무리 부군이 어떻고, 국공과 마복칠성이 어떻고 떠들어도 자신과는 하등 무관한 일로만 여겼다. 그는 곧 마복칠성이란 이름조차 뇌리에서 까맣게 잊어버렸다.

마복칠성들의 눈에는 위화가 신기하다 못해 불가사의한 인물처럼 비쳐졌다. 어쩌다 대궐 앞이나 왕경의 대로변에서 마주쳐도 시종 뻣뻣이 고개를 들고 지나치기 일쑤요, 주가酒家의 처마 밑에서나 중신들의 길흉사에서 조우할 때 역시 이쪽에서 알은체를 하지 않으면 흔한 목례조차 먼저 건네는 법이 없었다. 만인이 그들 앞에서 다투어 절을 하고 예를 갖추어도 천하에 오직 한 사람, 위화만은 예외였다.

마복칠성들은 그런 위화의 태도를 언제까지나 마냥 두고 볼 수만은 없었다. 한번 데려다 손을 봐야겠다는 공론이 일어날 즈음 일곱 마복자 가운데 둘째인 '아시'가 '원종'에게 말했다.

"다음에 위화를 보면 형님이 먼저 하배를 해 보시지요."

아시의 권유에 다른 마복자들은 어리둥절한 표정을 지었으나 원종은 껄껄거리며 웃었다.

"알았다. 네 말대로 하마."

얼마 뒤 원종은 말을 타고 가다가 대궐에서 나오는 위화와 마주쳤다.

"인사가 늦었습니다. 저는 원종이라고 합니다."

칠 척이나 되는 거한巨漢 원종이 급히 말에서 내려 공손히 허리를 굽히자 위화도 엉겁결에 맞절을 했다.

"아, 그렇소? 내 이름은 위화요."

비록 맞절은 했지만 위화의 태도는 원종에 비해 뻣뻣하고 거만했다.

"알고 있습니다. 제가 어찌 황후마마의 오라버니를 모르겠습니까?"

그럴수록 원종은 더욱 깍듯하게 나왔다.

"언제 한번 모시고 약주라도 대접하고 싶습니다만."

"그럽시다. 적당한 때를 서로 맞춰 보지요."

"미리 기별을 주십시오. 귀공자의 부르심이라면 저는 언제라도 괜찮습니다."

"알았소."

원종이 깍듯할수록 위화는 더 한껏 거드름을 피우며 대답했다.

"그럼 살펴 가십시오."

원종이 돌아서는 위화의 등에 대고 다시 한 번 목례를 했다.

위화는 갑자기 신바람이 났다. 천하의 마복칠성, 그 중에서도 우두머리라는 원종이 뜻밖에도 먼저 하배를 했으니 촌놈 위화로선 사정도 모르고 우쭐거릴 만했다. 그는 집에 오자마자 아버지 섬신에게 이 사실을 자랑했다.

"뭐라고? 국공이 먼저 너한테 하배를 했어?"

아들로부터 자초지종을 들은 섬신은 소스라치게 놀랐다. 아들과는 달리 그는 시류와 권세에 몹시 민감한 사람이었다. 늙은 임금이 날이군에 왔을 때 어린 딸을 수레에 실어 바쳤을 만큼 출세 지향적인 인물이기도 했다. 딸이 황후가 되어 대궐로 들어가자 그 역시 하루아침에 지위가 높아져서 이때는 파진찬 벼슬을 얻어 관직에 있었다. 이름마저도 촌스럽기 짝이 없던 '파로'에서 꽤나 세련되고 중후한 '섬신'으로 바꾼 그였다.

"그래서 넌 어떻게 했느냐?"

섬신이 숨가쁘게 물었다.

"어떻게 할 게 있나요? 그냥 인사를 받았지요."

위화가 태연히 대답하자 섬신이 돌연 벌겋게 달아오른 얼굴로 소리쳤다.

"국공이 너에게 먼저 하배를 한 까닭은 너를 자신의 신하로 삼기 위함이다. 그 단순하고도 빤한 이치를 어찌 모른단 말이냐?"

"국공이 절 신하로 삼다니요? 저는 황제의 신하입니다. 국공 따위가 어떻게 감히 저를 신하로 삼는단 말씀입니까?"

"국공이 어디 영원히 국공이냐?"

섬신이 반문했다.

"지금 황제는 늙었다. 칠순 황제가 언제까지 보위에 있을 거라고 보느냐?"

따지고 들던 위화가 잠시 생각에 잠기는 눈치였다.

"길어야 몇 해다. 그런 다음엔 황제 자리가 자연히 부군에게 흘러갈 텐데 부군의 장자가 곧 국공이 아니냐? 국공은 대망을 가지고 있으니 언젠가는 반드시 황제가 될 사람이다. 너는 지금 당장 국공을 찾아가 백배사죄해라. 그리고 앞으로 신명을 바쳐 성심껏 그를 섬겨라. 장담하거니와 네 세대의 황제는 틀림없이 국공이다."

조정의 권력 판도를 정확하게 꿰뚫고 있던 섬신의 단언이었다. 그러나 위화는 아버지의 권유대로 당장 국공을 찾아가 사죄하지는 않았다. 매사는 순리에 따라야 한다는 게 그의 생각이었다.

"다음에 자연스럽게 만나지면 그때 하지요."

위화가 말을 듣지 않고 미적거리는 사이에 섬신은 더욱 애가 탔다.

얼마 뒤 과연 위화와 원종은 또다시 노상에서 조우했다. 이번엔 위화가 먼저 말에서 내렸다. 주변에 지켜보는 사람이 많았지만 그는 개의치 않고 아예 땅바닥에 넙죽 엎드려 큰절을 했다.

"지난번에는 제가 큰 결례를 범했습니다."

"결례라니요?"

"존귀하신 분을 알아 뵙지 못하고 먼저 인사를 받았으니 돌려드립니다."

한 번 절하고 일어난 위화가 곧 또 절을 했다.

"이제 인사를 다시 드립니다. 비록 천하고 용렬한 놈이지만 국공께서 거둬 주신다면 평생을 한결같은 마음으로 받들어 섬기겠나이다."

원종은 터져 나오는 웃음을 가까스로 참으며 물었다.

"그 사이에 갑자기 무슨 일이 있었소?"

그러자 위화가 공손히 허리를 굽히며 대답했다.

"특별한 일은 없습니다. 다만 어리석은 촌놈이 귀인을 알아보는 데 약간의 시일이 걸렸을 뿐입니다."

훗날 산문의 납자들이 지나간 일을 두고 법화와 문답을 나누었다.

"위화랑의 제일 덕목은 무엇입니까?"

"누구를 만나든, 어디에서든 막힘이 없고 거리낌도 없는, 바로 무장무애無障無碍함이다. 알면 아는 대로, 모르면 모르는 대로 거침없이 행동한 점이 최고 덕목이요, 그 바람에 만인으로부터 사랑을 받을 수 있었다."

"그렇다면 그 무장무애의 근원은 무엇인가요?"

"욕심을 버리면 사람은 누구나 무장무애할 수 있다. 위화는 아무것도 바라는 게 없었다. 그런 까닭에 황제 앞에서도, 국공 앞에서도 자유로울 수 있었다. 바라는 게 있는 사람은 바로 그 욕심 때문에 스스로 말과 행동에 거짓이나 제약을 두게 마련이다. 탐욕은 사람을 불투명하게 만든다. 그래서 충정의 깊이를 잴 수 없고 사랑의 크기를 가늠할 수 없다. 하지만 아무것도 바라는 바가 없는 사람은 자신을 삿되게 꾸밀 필요가 없으므로 누가 보기에도 거울처럼 맑고 투명해진다. 겉으로 절을 하면서 속으로 욕을 하지도 않고, 앞에서는 갖은 아첨을 다 떨다가 돌아서서 해를 가하는 법도 없다. 이런 사람은 눈에 보이는 그대로 믿으면 그만이다. 위화가 처음 국공을 만났을 때 거드름을 피운 것이나 뒤에 많은 사람들이 보는 데서도 개의치 않고 큰절을 올린 것이 결국은 같은 이치다. 자신을 속이지 않는 사람은 남도 속이지 않는다. 바로 그 점이 위화를 시종일관 천진난만하고 무장무애하게 만들었다. 이것이 쉬운 일 같지만 세상을 살면서 그러기가 쉽지 않다. 기쁘면 웃고 슬프면 우는 것 한 가지만 평생 실천할 수 있어도 그는 반드시 보통사람의 범주는 뛰어넘을 것이다."

# 아름다움은 그저 아름다움일 뿐이다

아름다움은 본래 실체가 없는 것인데 그걸 구태여 구부하고 나누려고 했던 게 잘못이다. 무상은 무상일진대 아름다움이라고 다르겠느냐? 세속의 잣대로 말하자면, 보이는 아름다움도 보이지 않는 아름다움도 모두가 그저 아름다움일 뿐이지.

"아우가 그새 도성의 풍류를 섭렵하였던가?"

하루는 원종이 위화에게 물었다.

두 사람은 사나흘이 멀다하고 자주 어울리는 사이로 발전했다. 음식은 먹어 봐야 알고 사람은 겪어 봐야 안다고, 시초만 해도 갑자기 황제의 총애를 등에 업고 나타난 위화를 잔뜩 경계했던 마복칠성들도 차츰 어울리며 보니 마음이 놓였다. 우선은 바탕이 순박하고 성품이 서글서글한데다, 당초 우려했듯이 무슨 야망이나 흑심이 있는 인물도 아닌 듯했다. 그저 놀기 좋아하고 멋 내기 좋아하는 천하의 한량일 뿐이었다. 굴러온 돌이 박힌 돌을 빼낼까 잠시나마 노심초사했던 일이 위화를 알고 나자 실소를 자아낼 지경이었다. 특히 원종은 사귈수록 위화가 귀엽고, 우습고, 급기야 사랑스럽기까지 했다. 두 사람은 나이를 따져 어느새 서로 호형호제하는 사이가 되었다.

"풍류라면 저도 웬만큼은 알지요. 제가 아무리 촌에서 왔지만 장부가 어찌 풍류를 모르오리까?"

"허허, 그래?"

원종은 자신만만해 하는 위화를 이끌고 자신의 단골집인 고급 색주가를 찾았다.

"이 사람은 내 막내아우다. 어서들 들어와 인사부터 여쭈어라."

원종의 단골 주가는 그동안 위화가 드나들던 곳과는 유와 격이 달랐다. 집채부터가 으리으리했고, 위화로선 듣지도 보지도 못한 음식들이 상다리가 휘어질 만큼 거방졌으며, 시중을 드는 여자들은 하나같이 매우 아름다워서 누구를 보고 있어도 눈이 부셨다. 이따금 날이군에서 찾아오는 옛날 벗들을 이끌고 위화가 들락거리던 싸구려 주가와는 천양지차였다.

"국공의 막내아우라면, 그럼 마복칠성이 이제 팔성이 되옵니까?"

"아무렴, 팔성이지. 팔성이고말고."

"광영이옵니다. 참으로 팔성답게 잘 생기셨습니다."

주모의 깍듯한 인사 뒤로 눈부신 미색들이 잇달아 들어와 나부시 맵시 나게 절들을 하였다. 좀 전까지만 해도 자신만만하게 활개를 치며 따라온 위화는 그 휘황하고 고급스러운 분위기에 압도되어 금세 야코가 죽어 버렸다. 하루아침에 벼락출세를 해서 도성으로 온 그에겐 아직도 낯설고 생경한 것들이 그만큼 많았다.

이름조차 알 길 없는 맑은 술이 몇 순배 돌고 나자 곧 여흥과 가무가 시작되었다. 무복을 차려입은 놀이패 남자들이 손에 꽃을 들고 한바탕 신나게 화무花舞를 돌자 뒤이어 가락패가 들어와 청아하게 금琴을 뜯고 구슬프게 현絃을 탔다. 작은 북소리에 맞춰 무희와 가희가 어우러지는 광경은 전날 황궁의 잔칫날에 구경한 것보다 오히려 아름다웠다. 어떤 여인은 금을 뜯는 소리를 운으로 삼아 낭창하게 시문을 짓기도 했다. 현이 곡성처럼 울어대며 애간장을 녹일 때는 위화조차 눈물이 났다. 기쁘다가는 슬프고, 슬프다가는 곧 흥겨워지는 마법의 술자리가 밤이 깊도록 이어졌다.

"여봐라, 풍류가 무엇이더냐?"

기분 좋게 대취한 원종이 불쑥 좌중에 물었다.

"밥을 먹고 똥을 싸는 데도 풍류가 있던가?"

"그건 누구나 다 하는 일입니다. 누구나 다 하는 일엔 풍류가 없습니다."

한 여인이 웃으며 대답했다.

"그럼 어떤 게 풍류인가?"

원종이 다시 물었다. 위화가 속으로 풍류에 대해 생각하는 사이에 다른 여인이 앞질러 말했다.

"화조풍월이옵니다."

"화조풍월도 풍류지만 음풍농월도 풍류입니다."

"어찌 화조풍월과 음풍농월만 풍류일까. 호연지기를 기르는 일도 풍류의 일종이지요."

여인들의 대답이 막힘 없이 이어지자 원종이 껄껄대며 웃었다.

"옳다. 흔하게는 음주가무와 천하게는 주색잡기가 모두 풍류거니."

원종의 말이 떨어지고 좌중이 잠시 침묵에 빠졌다.

"도령님께서도 한마디 거드시지요."

저녁 내내 위화 옆에 붙어 시중을 들던 여인이 고개를 돌리며 권했다. 모든 이의 시선이 위화의 입술로 향했다. 그러나 위화는 적당한 대꾸가 금방 떠오르지 않았다. 그가 어물거리는 시간이 길어지자 곁에 앉은 여인이 재치 있게 둘러댔다.

"뭘 그처럼 복잡하게들 말씀하세요? 풍류란 멋이고, 멋이 있으면 모두가 풍류입니다. 반대로 멋이 없으면 제아무리 화조풍월 가운데 있어도 풍류가 아니지요."

"그럼 어떤 게 멋이 있는 건지 어디 예를 들어 대답해 보라."

원종의 말이 떨어지기 무섭게 여인이 조금도 망설이지 않고 대답했다.

"멋이 있으려면 우선은 남과 달라야 합니다. 가령 남들이 감탄할 정도로 노래를 잘 부르는 건 풍류입니다. 모두가 술에 취해 비틀거릴 때 홀로 일어나 추연(鄒衍, 중국 전국시대 제나라의 사상가)의 시 한 수를 읊는 것도 풍류입니다. 물소리 청아한 계곡에 드러누워 낮잠을 자는 것은 풍류가 아니지만, 떨어지는 물소리에 맞춰 비파를 뜯는 일은 풍류입니다. 달밤에 날아가는 기러기를 쳐다보는 건 풍류가 아니고, 그 정경을 보며 그림을 그리거나 시문을 짓는 일은 풍류입니다. 아름다움이 밖에 있는 건 풍류가 아니고, 안에서 우러나는 건 풍류입니다. 미녀의 몸을 탐하는 일은 풍류가 아니지만, 마음을 뺏는 일은 풍류입니다. 그래서 풍류를 아는 사람은 만인으로부터 존경과 선망을 받는 것입니다."

그리고 나서 여인은 취기 탓인지 수치스러움 때문인지 이미 마른 대추처럼 붉어진 위화의 얼굴을 섬섬옥수로 가리키며,

"여기 우리 낭군님의 이토록 아름다운 용모 또한 필경은 풍류이옵니다."

하여서 좌중이 일제히 손뼉을 치며 맞다고 깔깔거렸다. 원종이 위화에게 잔을 돌린 뒤 여인들을 향해 말했다.

"위화랑은 나의 등통(한나라 문제의 총애를 받던 신하)이다. 앞으로 이곳에 오시거든 알아서 잘 모셔야 한다."

그 말을 원종 옆에 앉은 여인이 맞받았다.

"국공께서는 이제 사귄 등통만 중하고 예전부터 섬겨온 주가의 두후(두태후. 한나라 문제의 비)들은 하루아침에 내치시는 건가요?"

"예끼, 그럴 리가 있느냐?"

"그게 아니라면 등통에게 두후를 부탁해야지, 어찌하여 두후에게 등통을 부탁하십니까?"

"허허, 듣고 보니 그렇구나. 네 말이 맞다!"

이래서 또 한바탕 왁자하게 웃음이 일었으나 위화만은 여전히 상

기된 낯으로 시종 꿔다 놓은 보릿자루처럼 술잔만 비웠다. 그는 원종과 여인들이 나누는 농담을 도무지 알아들을 수 없었다. 그날의 충격은 위화로 하여금 많은 생각을 하게 만들었다.

"그렇다. 사람은 무조건 많이 배우고 알아야 한다. 등통도 모르고 두후도 알지 못하면서 어찌 멋을 논하고 풍류를 좇는단 말인가!"

그때부터 위화는 술도 끊고, 사람도 만나지 않았다. 당장 아버지 섬신공에게 글과 학문을 배울 만한 스승을 구해 달라고 부탁했다. 그래서 만난 이가 법화였다. 위화가 법화를 찾아가 머리를 조아리며 말했다.

"문文이 없는 멋은 멋이 아니고, 학學을 모르는 풍류는 천박한 풍류입니다. 진실로 멋과 풍류를 배워 한 생을 즐기려면 무엇을 어떻게 해야 할지를 이제야 겨우 깨달았습니다."


위화가 '수련'이란 여인을 만난 것은 이듬해 봄이다. 그 무렵 위화는 법화의 절에서 우연히 만난 뫼치의 음색에 반해 겨우내 쏟아지는 폭포 밑에서 열심히 노래를 배웠다.

하루는 뫼치가 활연히 내지르는 위화의 구슬픈 노래 한 자락을 듣다 말고 문득 눈물을 흘리며,

"타고났구려. 겨우 그만큼 배우고도 장단 고저에 청음과 탁음까지 자유자재로 부릴 줄 아는 것을 보면 필시 이승에서 얻은 재주는 아니오. 나한테 여러 사람이 노래를 배워 갔지만 도령만한 이는 없었다오."

하고 극찬한 뒤에,

"그간의 노고도 풀고 색주가 여흥 장단에 어울리는 비법도 배울 겸 오늘은 겸사겸사 주당에나 가십시다."

하며 데려간 곳이 금성에서 한다하는 풍류객들이 출입하는 소문난 장소였다. 그 집 주모가 뇌치의 누이라는 말은 주가에 가서야 들었다. 뇌치가 문을 열고 들어가면서 벽화후의 오라버니를 모셔 왔다고 말하니 주모가 기쁨을 감추지 못하고,

"이처럼 가까이 뫼시게 되어 영광이오. 마침 엊그제 데려다 놓은 청초한 미인이 있으니 부디 어여삐 여겨 주소서."

말을 마치자 곧바로 불러다가 인사를 시킨 아이가 수련이었다.

수련을 보는 순간 위화는 벌린 입을 다물지 못했다. 경사에 온 뒤로 워낙 아리따운 여인들을 많이 본 터라 웬만한 미색에는 심드렁해하던 그도 그만 첫눈에 둘러빠져 정신이 혼미할 정도였다.

"네 나이가 몇이냐?"

"이제 갓 스물이옵니다."

"좋구나, 방년이로다."

"……방년이 무엇입니까?"

"꽃다운 나이라는 말이다."

"아, 네. 저는 지체 높은 귀공자께서 이년 저년 욕을 하시는 줄 알았소."

"허허허, 인물만 고운 줄 알았더니 이제 보니 제법 농도 잘하는구나."

수련은 눈이 반달처럼 선명하고 콧날이 세워 놓은 칼날처럼 오뚝했다. 화려한 미색이었다. 그러면서도 긴 목에 웃는 모습이 기품 있고 표정이 선하면서도 행동은 우아했다. 인물 곱고 자태 빼어나기가 쉽지 않은데 수련은 어느 것 하나 흠잡을 데가 없었다. 약간 비음이 섞인 목소리까지도 무척이나 매력적이었다.

위화는 곧 수련에게 흠뻑 빠져 버리고 말았다. 절세미인을 곁에 두고 마시는 술은 이미 술이 아니라 물이었다. 나중에 뫼치가 걱정스러운 얼굴로,

"약주가 과하십니다. 이제 그만하시지요."

하며 만류를 거듭했지만 위화는 연신 괜찮다며 손사래를 쳤다. 만취한 위화가 급기야 수련에게 잠 청까지 넣을 기미를 보이자 뫼치가 은근히 옷자락을 끌어당겼다.

"색사는 폐장을 해칩니다. 노래와는 상극이니 자제합시오."

"그런 말씀 마오. 아무리 폐장이 녹아난들 저런 미색을 보고 어찌 하룻밤 어울리지 않을 수 있겠소?"

위화는 뫼치의 팔을 뿌리치고 수련에게 다짜고짜 물었다.

"어떤가? 네가 나와 오늘밤에 특별한 연분을 쌓아 보려느냐?"

수련이 부끄러운 듯 고개를 숙이며 야릇한 웃음을 지었다.

"해웃값만 넉넉히 주신다면 거절할 까닭이 없나이다."

"그깟 해웃값이야 얼마든지 주마. 설마하니 천하의 위화가 잠을 청하고 같이 잠잔 값을 떼어먹기야 하겠느냐?"

취한 위화가 호탕하게 너털웃음을 터뜨렸다.

이렇게 시작된 두 사람의 관계는 식을 줄 모르고 한동안 지속되었다. 그런데 만나는 횟수가 거듭될수록 위화의 눈에 자꾸만 거슬리는 점이 생겨났다. 수련이 아름답고 우아한 외모와는 달리 속에 든 것이 너무 없고, 또한 지나치게 재물을 밝힌다는 사실이었다.

"서방님, 오늘은 하루 종일 붙어 있었으니 셈을 곱으로 쳐주오."

수련이 기방에 나가려고 단장을 하며 말했다. 위화가 보니 수련은 대부분의 시간을 얼굴을 다듬고 몸을 치장하는 일에 썼다.

"네가 재물에 독이 바짝 올랐구나. 인정은 뒤주에서 나고 색정은 마음과 언행에서 나는 법이다. 표리부동도 유분수지, 그토록 아름다운 얼굴과 자태를 하고 어찌 그리 탐욕이 심하고, 말이 천박한가?"

"서방님이 쓰는 문자는 다 알아듣기 어려우나 내 셈은 한 치도 틀림이 없소. 셈대로 값을 쳐주지 않으면 다시 보지 않을 테니 그런 줄 아오."

처음엔 농인 줄만 알았던 많은 것들이 농이 아니라는 사실을 깨닫고 나자 위화는 수련에게 따끔한 충고를 아끼지 않았다.

"너의 그 아름다움이 언제까지 갈 거라고 보느냐?"

"그런 건 한 번도 생각해 본 적이 없소. 할 짓 없으면 낮잠이나 자지, 그딴 생각을 무엇 하러 하오?"

"기왕 말이 났으니 지금이라도 어디 한번 생각을 해 보려무나."

위화는 얼마 전까지만 해도 고급 기방에서 농담조차 알아듣지 못하던 자신의 일이 떠올라 더욱 수련의 무식함과 천박함을 깨우쳐 주려고 애썼다.

"……글쎄요, 나이를 먹으면 늙고 추해지기는 할 테지만 딱히 언제 그렇게 되는지야 누가 알겠소?"

"어쨌든 영원하지는 않을 게 아니냐?"

"그렇겠지요."

"그럼 지금부터 내가 하는 말을 잘 새겨들어라. 겉의 아름다움은 세월이 조금만 흘러가도 금방 사라지는 물거품 같은 것이다. 그러나 속으로 아름답고 기품이 있는 사람은 비록 나이가 들어도 쉽게 허물어지지 않는다. 아니 어쩌면 갈수록 더 아름다워질 수도 있다. 지금 너의 겉모습은 비할 데 없이 아름답지만 속은 전혀 그렇지 않으니 안타깝구나. 만일 이대로 노력하지 않고 내버려 둔다면 얼마 가지 않아서 너는 곧 추한 여자가 될 테고, 그럼 아무도 너를 찾지 않을 것이다."

위화의 호언장담에 수련은 어리둥절한 표정을 지었다.

"속이 아름다우려면 무엇을 어떻게 해야 하우?"

"우선은 틈이 나는 대로 글을 읽어라. 또 남이 하는 좋은 말은 가슴에 새겨두고 아침저녁으로 스스로를 닦는 데 힘써라. 네가 면경을 들여다보고 치장하는 데 쓰는 시간만큼만 글을 읽고 사유하는 데 쓴다면 능히 안팎의 아름다움을 함께 가꿀 수 있을 것이다."

그러자 수련이 돌연 깔깔거리며 웃었다.

"아이고, 서방님! 팔자 좋은 소릴랑 작작 하시구려."

한바탕 웃고 난 수련이 정색을 하며 말했다.

"찾아오는 손님도 다 받지 못하는 판에 글을 읽을 틈이 어디 있소? 아침에 일어나면 분칠하고 손님 맞기에 바쁘고, 밤에는 또 여흥과 주독에 만신창이가 되어 자리에 눕자마자 코를 고는 처지로 언제 무엇을 읽고 무엇을 닦으란 말씀이오? 그런 건 서방님처럼 한가롭게 말 타고 놀러 다니는 사람들한테나 가당한 소리고, 저는 어서 빨리 재물을 벌어 모아야 합니다. 그래서 경사 한복판에 고래등 같은 큰 집을 짓고, 늙고 병든 양친과 남의 집에 살러간 여섯 형제들을 모두 데려다 옛날처럼 다시 행복하게 사는 게 꿈이오. 그 꿈을 이루려면 부모가 낳아 준 이 몸뚱이 하나가 밑천인데, 이제 서방님 얘기를 듣고 보니 앞으로 더욱 악착같이 살아야겠소. 얼마 뒤엔 하나뿐인 이 밑천마저 사라진다니 그렇게 되기 전에 손님도 더 받고 더 열심히 벌어야 하지 않겠소?"

그날 이후 위화는 수련을 멀리했다. 무식하고 천박한 여자에게 정나미가 떨어졌기 때문이다.


그런데 서로 보지 않고 지내는 동안 위화는 자꾸만 수련이 떠올라 마음이 편치 않았다. 밤이고 낮이고 불쑥불쑥 고개를 쳐드는 수련의 아름다운 모습 때문에 급기야 애가 타고 괴롭기까지 했다.

처음 얼마간은 이를 악물고 버텼다. 보지 않으면 차츰 잊혀지는 사람이 있고, 보지 않아서 오히려 더 생각나는 사람도 있다. 수련은 후자였다. 아침에 떠오르면 하루가 괴롭고, 저녁에 보고 싶으면 밤에 잠이 오지 않았다.

그에 반해 수련은 위화와 헤어진 뒤로 단 한 차례도 그를 떠올린 적이 없었다. 무정하다기보다는 그만큼 바빴던 탓이다. 화려한 미색에 홀려 줄을 선 손님들 때문에 잠자는 시간조차 부족한 수련이었다.

위화에게 일각이 여삼추라면 수련에게는 삼추가 일각이었다. 위화한테서는 지루하고 긴 시간이 수련에게는 그야말로 순식간에 지나갔다. 위화는 결국 그리움에 못 이겨 수련을 찾았다.

"정말 오랜만이구나."

위화가 죽었다가 살아난 사람을 만난 듯 다짜고짜 덥석 껴안으며 반가운 인사를 건네자 수련이 고개를 갸우뚱하며 손가락을 꼽아 보다가,

"어머나, 그렇네요. 그새 벌써 석 달이 지났군요."

하며 웃었다. 위화가 스스로 크게 한탄한 뒤 혼잣말로 중얼거렸다.

"내면의 아름다움이 비록 중하나 실제로 눈에 보이는 아름다움도 그에 못지않다. 세상에 없고 눈에 보이지도 않는 아름다움을 좇으려고 눈앞의 아름다움을 멀리했으니 어리석은 자는 수련이 아니라 바로 나다."

나중에 위화는 법화에게 가서 수련과 있었던 일을 털어놓았다.

"무엇이 잘못되었는지요?"

위화의 질문을 받고 법화가 대답했다.

"아름다움은 본래 실체가 없는 것인데 그걸 구태여 구분하고 나

누려고 했던 게 잘못이다. 무상無常은 무상無常일진대 아름다움이라고 다르겠느냐? 세속의 잣대로 말하자면, 보이는 아름다움도 보이지 않는 아름다움도 모두가 그저 아름다움일 뿐이지."

# 깊은 물이
# 큰 배를
# 띄운다

대의란 모두 맑은 바탕에서 나온다. 심성이 맑아야 뜻이 맑고, 뜻이 맑아야 인심과 천심을 두루 헤아릴 수 있다. 그것을 달리 표현한 것이 풍류다. 풍류를 아는 사람만이 대의를 깨달을 수 있고, 대의를 깨닫는 사람만이 세상을 움직였던 것은 고금의 역사가 이미 여러 차례 증명한 바 있다.

위화와 수련의 관계는 자주 삐걱거렸다. 위화는 수련의 미색을 탐했고, 수련은 위화의 높은 지위와 그가 주는 재물을 탐했다. 서로 바라는 바가 다른 관계가 오래 가기는 힘든 법이다.

엎친 데 덮친 격으로 노황제 비처가 갑자기 세상을 떠났다. 비처제는 벽화후를 궁에 들인 뒤로 거의 날마다 젊은 황후와 어울렸는데, 얼마 지나지 않아 타계하자 좋지 않은 소문이 퍼져 벽화후의 처지가 많이 난처하였다.

"황제가 나이를 잊고 황후에게 너무 빠졌다."

"젊은 황후가 색사의 재미를 안 게 화근이다."

"두 지존의 춘추 차이가 너무 나서 황제가 수명보다 일찍 돌아가셨다."

이런 말들이 벽화후의 귀에 실제로 들리는 듯했다. 황제가 붕어하신 날부터 국상 기간 내내 중신들은 물론 궁녀와 나인들까지 삼삼오오 모여서 쑥덕거리는 모습이 젊은 황후의 눈에는 한결같이 자신을 흉보는 것처럼 비쳐 벽화후가 마음고생을 톡톡히 했다.

비처제의 뒤를 이어 6촌 아우이자 부군인 육순의 '지증제(『삼국사기』에는 지증왕이 64세에 위를 계승했다고 나온다)'가 임금이 되었다. 비처제가 살아 있을 때부터 예정된 일이었고 이변은 없었다.

지증이 새 황제가 되면서 국공 원종의 지위는 더욱 격상되었다. 그는 앞서 선혜후가 낳은 비처제의 외딸 보도공주와 혼인함으로써 스스로 황위 계승의 입지를 굳혔고, 이는 아버지 지증이 보위를 물려받게 만드는 데에도 결정적인 쐐기가 되었다. 황제가 된 지증은 장남 원종을 태자로 삼아 아들의 공헌에 보답했다. 그가 순탄하게 국통을 이은 공의 절반은 원종의 것이었다.

그러나 위화는 이와 정반대였다. 원종과 더불어 수위를 다투던 위화의 태산 같은 지위는 하루아침에 땅바닥으로 곤두박질쳤다. 그도 그럴 것이, 원종은 스스로가 높았으나 위화의 지위는 누이를 총애하던 비처제로부터 나온 것이었다. 그런데 비처제가 돌아갔으니 그 위세가 온전할 리 없었다. 땅에 뿌리를 박고 핀 꽃과 강물에 떠다니는 꽃의 수명이 어찌 같을 수 있으랴.

이런 사정은 위화의 아버지 섬신공도 매한가지였고, 심지어 황궁의 벽화후조차 앞날을 염려해야 할 만큼 입지가 흔들렸다. 본래 선제의 황후는 태후가 되어 별궁에 거처함이 마땅하나, 아직 대궐 물정을 익히지 못한 어린 나이에 태후가 가당찮고, 그렇다고 자식이 있어 위에 오른 것도 아닌 데다, 새 황제의 사가私家 식솔들이 바깥에서 잔뜩 들어왔으니 여러 모로 사정이 곤란했다. 벽화후는 오직 새 황제의 처분만 바라는 지경이 되었다.

　"이참에 그냥 낱이로 돌아가서 살면 안 될까요?"
　하늘처럼 믿고 의지해 온 남편을 잃고, 극심한 마음고생에 거처마저 불확실해진 벽화가 아버지를 만나 울먹이자 섬신공 또한 별묘책이 없어 땅이 꺼지도록 한숨만 쉬었다. 그 역시 자신을 백안시하는 조정대신들의 달라진 태도를 온몸으로 느끼고 불안해하던 터였다. 한참 뒤에 섬신은 맥없는 어투로 대답했다.
　"위화가 국공과 친하니 그쪽으로 말을 넣어 새 황제의 뜻을 타진해 보겠습니다. 너무 심려하지 마소서."
　집으로 돌아온 섬신은 위화를 불러 앉히고 벽화후의 곤란한 처지를 의논했다.
　"태후께서 그 일로 심기가 몹시 미편하니 뵈옵기조차 민망하더라. 해서 말이다만 네가 국공에게 은밀히 청하여 대궐에 별궁 한 채를 마련해 봄이 어떠한가? 태후뿐 아니라 우리 집안의 세도가 모두 궁에서 나오는데, 태후께서 출궁하시고 나면 언제 다시 지금과 같은 복록을 누리겠느냐?"

"잘 알겠습니다."

늘 그렇듯 위화의 대답은 수럭수럭했다. 섬신은 위화가 곧 원종을 만나 일을 해결할 거라고 믿었다. 그런데 며칠이 지나도 위화한테서는 아무 기별이 없었다. 애가 탄 섬신이 위화에게 다시 말을 꺼냈다.

"국공을 뵈었느냐?"

"아직 뵙지 못했습니다."

"명 짧은 사람은 그새 여럿 나자빠졌겠다. 만사 제쳐두고 어서 그 일부터 마무리를 지어라."

"네."

그러고 또 며칠이 지나갔다. 섬신은 위화가 바깥에서 들어오기만 하면 이제나저제나 무슨 응답이 있을까 눈치를 살폈으나 위화는 그런 아버지의 타는 속내를 아는지 모르는지 줄곧 딴전만 피웠다. 견디다 못한 섬신이 하루는 대문을 열고 들어서는 위화를 보는 순간 다짜고짜 버럭 역정을 냈다.

"이놈아! 아비 말을 귓등으로 듣니, 똥구멍으로 듣니? 근 열흘이 지나도록 어찌하여 한마디가 없느냐!"

"……무, 무슨 말씀이신지요?"

호통소리에 깜짝 놀란 위화가 고개를 늘어뜨리며 잔뜩 기어 들어가는 목소리로 반문했다. 섬신은 이제 숫제 분통이 터졌다.

"저런, 저 빌어먹을 놈을 보게! 아비와 누이는 하루하루 애간장이 단 불에 던져 넣은 마른 장작처럼 타들어 가건만, 무슨 말씀이냐고? 에라, 이 설삶은 말대가리 같은 놈아, 이놈아!"

화가 머리끝까지 치민 섬신은 도성 관가에서 힘들게 배운 체통도 잊고 옛날 시골에서나 하듯 마구 욕설을 퍼부으며 닥치는 대로 아무거나 집어 들고 위화를 쫓아갔다. 혼비백산한 위화가 섬신의 매질을 피해 마당을 두어 바퀴 돌고 그대로 대문 밖으로 달아나니 섬신이 도주하는 위화의 등 뒤에다 대고,

"국공을 만나 담판을 짓기 전엔 아예 들어올 생각도 말아라, 이놈아!"

하며 고함을 질렀다.

그러나 위화에게도 사정은 있었다. 우선은 원종이 태자가 되어 예전처럼 만만히 어울릴 수 없는 데다, 어려운 부탁을 하자고 대궐에까지 찾아간다는 것도 썩 마음에 내키지 않았다. 태자가 된 이후로 부제父帝를 보필해 정사를 살피느라 평소 즐기던 늦잠조차 자지 못한다는 다른 마복자들의 전언傳言 또한 위화를 무춤거리게 만들었다. 하지만 가장 큰 이유는 뭐니뭐니 해도 위화의 속마음이었다.

"어떻게 하시려구요?"

수련이 걱정스러운 얼굴로 물었다.

"글쎄, 순리에 따라야지."

"순리가 무엇이오?"

"가만히 두면 저절로 되는 것이 순리일 테지."

"서방님은 참 속도 편하시오."

수련이 찬인지 흉인지 모를 소리를 퉁명스레 내뱉었다.

위화는 며칠 동안 수련의 거처에 머물며 밥 신세, 잠 신세를 톡톡히 졌다. 집에 가지 못하니 돈이 있을 리 없고, 돈이 없으니 수련이 원하는 바도 채워 주지 못했다. 비록 빈털터리라도 과거엔 위세 하나는 있었는데, 황후가 흔들리는 판에 황후의 오라비가 영이 설 턱도 없었다. 얼마 지나지 않아 수련은 위화의 면전에 대놓고 공공연히 짜증을 부리기 시작했다.

"허구한 날 방구석에만 틀어박혀 있으면 밥이 나옵니까, 국이 나옵니까? 바깥에라도 좀 나가 보시오!"

"이젠 너마저 나를 괄시하느냐?"

"괄시고 뭐고, 이러다간 정말로 산 입에 거미줄 치게 생겼소. 끈 떨어진 연 신세 같은 서방님을 믿고 사느니 차라리 남산 돌부처를 믿지. 여러 말이 다 시끄럽소. 어쨌든 나는 내일부터 주가에 나가 돌아오지 않을 테니 그런 줄 아오."

"어허, 그놈의 인심 한번 고약하다. 그처럼 막보다가 내가 다시 끈을 얻어 하늘로 올라가면 어떻게 하려고 그러느냐?"

"그땐 그때고 지금은 지금이오. 날짜도 까마득한 잔치에 먹자고 미리부터 굶을 수야 있소?"

말만 그런 게 아니라 수련은 이튿날 모처럼 꽃단장을 하더니 정말로 주가에 나가 버리고 말았다. 빈방에 흐드러진 햇살과 더불어 홀로 남은 위화의 신세가 처량하기 짝이 없었다.

수련의 거처에서 나온 위화는 무작정 산천을 떠돌았다. 남의 집 헛간에서 자기도 하고, 동냥밥도 얻어먹었지만 위화는 이를 수치로 여기지 않았다. 길을 가다가도 갑자기 흥이 오르면 뫼치에게서 배운 노래를 부르며 덩실덩실 춤도 추었다. 활연히 내지르는 위화의 목소리는 이미 그 바닥의 고수인 뫼치조차 탄복한 것이었다. 그 타고난 음색에 슬픈 노래를 실으면 청중들의 애간장이 녹고, 빠르고 흥겨운 가락을 실으면 그대로 잔치판이 되었다. 위화가 춤추고 노래하는 곳엔 금방 사람들이 구름처럼 모여들었다.

  어느 맑은 보름밤, 위화는 저자에서 한바탕 신명나게 놀고 난 뒤 구경꾼들을 모두 이끌고 비처제가 묻혀 있는 능으로 향했다. 지은 지 얼마 되지 않은 황릉 주변엔 금줄이 둘러져 있었으나 위화는 개의치 않고 금줄을 넘어 봉분 위로 올라갔다. 천지는 비어 있고 머리 위엔 오직 보름달 하나가 달랑 떠 있을 뿐이었다.

>     천하의 옛 주인은 흙을 덮고 누웠는데
>     모두가 제 앞가림에 속절없이 분주하다
>     남의 집 담 밑에서 진종일 눈물 흘리며
>     한번 헤어져 영영 보지 못하는 일을 슬퍼하노라
>     무심한 세태에 마음 상한 적 몇 번이던가
>     끊어진 연과 실은 다시 만날 길 없어서
>     달은 서西로 나는 동東으로 흐르네

교교한 월광 밑에서 죽은 황제로부터 선물로 받은 쥘부채를 펴들고 노래를 부르는 위화의 모습이 마치 신선과 같았다. 이따금 상쾌한 바람이 불 제면 가객의 도포 자락이 황금 달빛에 펄럭이며 묘하고 신비로운 분위기를 자아냈다. 구경꾼들은 하늘로 올라간 황제의 넋이 바람과 달빛으로 감응하는 거라고 믿었다. 뒤늦게 달려온 능지기조차 그만 땅바닥에 퍼더버리고 앉은 채로 구경에 넋을 잃었다. 여기저기에서 탄성이 터져 나오고, 감격에 겨워 눈물을 흘리는 사람도 있었다.

"사람이 아니라 신선이다."

"계림 최고의 풍류남이다."

"죽은 황제를 기리는 위화의 의리는 마복자들보다 한 수 위다."

사람들은 침이 마르도록 위화를 극찬했다.

위화가 아직 봉분 위에서 노래하고 있을 때 '아시공'이 뒤늦게 소문을 듣고 달려왔다. 비처제의 일곱 마복자 가운데 둘째인 아시는 지증제가 즉위한 뒤 종묘와 사직에 관한 일을 맡아보고 있었다. 그는 마침 퇴청하는 길에 사람들이 잔뜩 능묘 쪽으로 향하는 것을 보고 수상히 여겨 뒤를 밟았는데, 새로 지은 능각에 이르렀을 때 정체불명의 어떤 작자가 무엄하게도 망제의 봉분 위에 올라가 노래하고 춤춘다는 능지기의 말을 듣자 팔을 걷어붙이고 쫓아왔다. 처음엔 아시도 꾀죄죄하고 남루한 차림의 가객歌客을 금방 알아보지 못했다. 그저 미친 걸인이려니 여기고 붙잡아다 혼을 낼 요량으로 인파를 헤치고 능 가까이 와서야 비로소 그가 위화인 줄을 알았다.

그 뒤로 아시 역시 노래와 멋에 취해 군중 틈에 섞여 한참을 구경했다. 여느 사람들처럼 그도 눈물을 흘렸고, 구경꾼들이 위화의 의리를 찬탄할 때는 내심 부끄러움마저 느꼈다. 새 황제가 즉위한 이후 조정 안팎의 변화와 바빠진 공무에 쫓겨 비처제의 죽음을 슬퍼할 겨를조차 없던 그에게 시종 애끓는 목소리로 세태의 무심함을 탓하는 위화의 절규가 가슴을 치지 않을 수 없었다. 노래를 들으며 아시는 비처제한테서 받은 생전의 사랑과 보살핌을 순서 없이 떠올렸다. 그래서 저절로 눈물이 나고, 옛날이 그립고, 죽은 황제가 못 견디게 보고 싶어졌다. 그 또한 망제로부터 누구보다 각별한 총애를 받았던 사람이었다.

"이제 보니 위화의 됨됨이가 나보다 낫고, 위화의 하루가 나보다 풍요롭구나. 모름지기 사람은 위화처럼 살아야 한다. 어찌 그를 본받지 않으랴."

이튿날 아시는 태자궁에 들어가 전날 밤 능에서 있었던 일을 원종에게 자세히 전하면서,

"선제를 추모하는 위화의 풍류가 도성 민심을 휘어잡고 있습니다."

하고 말했다. 원종도 그제야 돌아가신 비처제를 떠올리고 잠시 슬프고 숙연한 느낌에 사로잡혔다.

"그러잖아도 벽화후의 일로 황제와 중신들이 모두 골머리를 앓고 있는데, 별궁을 따로 짓더라도 궁중에서 모셔야 옳을 듯싶네."

한참 시간이 흐른 뒤에 원종이 젖은 눈으로 말했다.

"형편대로 하려면 궐 밖에 거처를 마련해야 하겠지만 선제께서 말년에 그토록 애호하시던 정리를 살핀다면 태후로 모셔야 마땅하지 않겠나? 우리가 모두 선제의 지극한 총애를 받던 사람들인데, 선제께서 남기고 간 정인情人 한 사람을 보살피지 못한대서야 의리도 아니고 도리도 아니지."

그러고 나서 원종은 아시를 보고 빙그레 웃음을 지었다.

"위화가 겪을수록 참 영특한 인물이야. 평소 그와 나의 친분을 감안하면 벽화후의 일로 이미 내게 여러 차례 청탁을 왔어야 하는데, 어찌된 영문인지 지금까지 단 한마디가 없어서 이를 무척 궁금하게 여기던 터였네. 그런데 이제 자네 말을 들어 보니 그는 선제의 능에 올라가서 노래 한 곡을 불러 제 누이의 일을 감쪽같이 해결한 셈이 되었네. 곤란한 청탁은 입 밖에 내지도 않고 오히려 엉뚱한 쪽으로 에둘러쳐서 원하는 바를 얻은 격이니, 대교약졸大巧若拙이란 곧 위화를 가리키는 말일세."

그 일을 계기로 벽화후는 그대로 궁중에 머물렀고, 섬신도 다시 예전 같은 지위와 권세를 회복하였다.

법화가 이 이야기를 전해 듣고 학승들에게 말했다.

"큰 사람은 큰 것을 말하고, 작은 사람은 작은 것을 말한다. 그러므로 큰 사람이 하는 말을 작은 사람은 알아듣지 못한다. 위화가 능에 올라가 노래를 지어 불러 만인을 감동시킨 것과, 원종이 태자궁에서 그 노래를 듣지 않고도 능히 뜻을 간파한 것은 두 사람이 모두 대의大義를 알았기 때문이다. 어처럼 큰 사람들이 대의로써 소통하는 법을 작은 사람들이 무슨 수로 알겠느냐? 대의란 모두 맑은 바탕에서 나온다. 심성이 맑아야 뜻이 맑고, 뜻이 맑아야 인심과 천심을 두루 헤아릴 수 있다. 그것을 달리 표현한 것이 풍류다. 사람이 죽었을 때 당장 빈소에 엎드려 통곡하는 것은 풍류라고 보기 어렵지만, 시일이 오래 흐른 뒤에도 옛정을 잊지 않고 능묘를 찾아가 슬퍼하거나 그리워하는 것은 풍류다. 삶과 인간의 격을 높이는 멋있는 것들은 전부 풍류다. 풍류를 아는 사람만이 대의를 깨달을 수 있고, 대의를 깨닫는 사람만이 세상을 움직였던 것은 고금의 역사가 이미 여러 차례 증명한 바 있다."

# 쉽게 얻으면 쉽게 잃는다

사람은 같은 일을 겪고도 배우고 느끼는 바가 다 다르고, 같은 구덩이에 빠졌지만 헤쳐 나오는 길도 제각각이다. 위화처럼 한 번 실수로 대오의 경지에 이른다면 먼저 한 놈을 잃고 뒤에 열 놈을 얻은 셈이지만, 섬신처럼 똑같은 실수를 되풀이한다면 먼저 한 놈을 잃고 뒤에 다시 열 놈을 잃는 격이다.

    태자궁과 벽화궁은 인접해 있었다. 그 바람에 원종과 벽화후는 대궐에서 마주치는 일이 잦았다. 벽화는 비록 나이는 어렸으나 태후의 지위에 있었으므로 두 사람이 격식을 차려 인사할 때면 늘 원종이 먼저 하배했다.

    어느 무더운 여름날, 원종은 야밤에 바람을 쐬러 바깥에 나왔다가 건너편 담장 너머에서 찰박거리는 물소리를 들었다. 가만히 보니 어둠 속에서 여인 하나가 웃통을 벗고 등목을 하는데, 나중에 나인이 나타나 옷을 건네며 주고받는 말을 들어본즉 벽화후였다. 그날 이후로 원종은 바깥에서 물소리만 들리면 괜히 마음이 싱숭생숭

했다.

한번은 이런 일도 있었다. 원종은 태자궁에 들어온 뒤 옛날처럼 자주 마복자 아우들과 어울리지 못했다. 그래서 하루 날을 잡아 술과 고기를 마련하고 아우들을 모두 태자궁으로 초청했다. 시초엔 마복칠성만 모였는데 아시와 수지가 동시에,

"위화는 안 불렀습니까?"

하고 물으니 과묵하기로 조명이 난 태종 이사부까지,

"위화가 있어야 술맛이 나지요."

하며 거들었다. 원종도 그제야 위화가 빠진 줄을 알았다.

"그렇군. 등통을 빠뜨린 건 내 불찰일세. 칠성은 연원이 오래고 팔성이 된 건 근년의 일이라 자꾸 깜빡깜빡하네. 지금이라도 부르면 되지."

이래서 위화가 뒤늦게 불려왔다.

장정 여덟이 모처럼 만나 초저녁부터 한담과 농담으로 시간 가는 줄 모르고 어울렸는데, 위화는 중간에 잠깐 벽화궁으로 건너가 누이를 보고 돌아와서 벽화도 위화가 태자궁에 온 줄을 알게 되었다.

그날은 술판이 거방져서 모두 대취한 날이었다. 초경에 반주로 시작한 술이 삼경을 넘기도록 이어져 본래 말술인 원종이나 태종도 막판에는 걸음을 제대로 걷지 못할 만큼 비틀거렸다. 궁에 들어온 일곱 사람이 하나같이 시종들의 부축을 받으며 나갈 적에 원종이 기어코 아우들을 배웅한다고 궁문까지 따라 나갔다가 돌아서 들어오는데 갈 지之자 걸음이 더욱 종잡을 수 없었다. 그때 태자궁 마당

에 여인 하나가 다소곳이 서 있다가 원종이 석등에 부닥칠 뻔하자 급히 달려와 허리를 붙들었다. 만취한 원종은 그가 당연히 태자비 보도라고 여겼다.

"이 아리따운 여인은 뉘신가? 하늘에서 달빛을 타고 오신 선녀인가, 땅에서 연기처럼 솟아난 지신의 따님인가?"

원종이 여인의 어깨를 답삭 끌어안으며 좀체 하지 않던 농까지 건넸다. 그래도 여인은 아무 대꾸가 없었다. 원종은 유쾌한 기분으로 여인의 부축을 받으며 침전으로 향했다. 그가 신을 벗고 전각에 들려 하자 여인이 비로소 원종의 허리를 놓고 뒤로 물러섰다.

"왜 그러시오? 어서 같이 드십시다."

"……저는 벽화입니다."

그 말에 원종은 소스라치게 놀랐다. 황망히 자세를 고치며 등촉에 유심히 사람을 비춰 보니 과연 거기까지 자신을 부축해 온 여인은 보도가 아니라 벽화후였다.

"태후께서 여기엔 어인 일이십니까?"

원종이 취중에도 예를 갖추며 묻자 벽화가 공손히 대답했다.

"밤이 깊도록 잠도 오지 않는 터에 마침 사가의 오라비가 가까이 와 있다기에 혹여 작별 인사라도 나눌까 싶어 어슬렁거리던 중이었습니다."

그러고 나서 벽화는 잘 주무시라는 인사까지 남기고 총총히 자신의 전각으로 사라졌다. 그 일이 있은 뒤로 원종은 벽화를 보면 웃으며 하배를 했고, 벽화 역시 살가운 눈웃음으로 화답했다.

한편 벽화의 아버지 섬신은 한창 꽃다운 나이에 그만 과부가 돼 버린 딸의 처지를 걱정하던 끝에 새 황제인 지증에게 색공色供을 들이려고 수작을 꾸몄다. 지증제에겐 정후인 '연제황후'가 있었다. 연제후는 원종의 모후이기도 했다. 섬신은 이번에도 '원부'와 계략을 짰다. 날이군 수령 원부는 비처제에게 벽화를 소개한 공으로 조정에 들어와 벼슬을 살고 있었다.

"선제를 모신 태후께서 황상에게 색공을 든다는 게 다소 무참한 일이긴 합니다. 과연 수락을 하실는지요?"

원부가 걱정스럽게 반문했다.

"수락을 하고 말 게 어디 있소? 태후는 내가 알아서 할 테니 공은 적당한 계기나 한번 만들어 보오. 그깟 놈의 허울만 남은 태후가 무에 그리 중하오? 아직 피지도 않은 새파란 나이에 남편이 있나, 그렇다고 태산 같은 지위를 받쳐 줄 자식이 있나? 어떻게든 황상을 섬겨 피붙이 하나는 남겨야지. 지금이야 다행히 태후 대접을 받고 있지만 후사가 없는 한 일평생 물 위의 뜬 풀처럼 오락가락할 뿐이오."

"그렇기는 합니다만."

"문제는 오히려 황상이 선제처럼 내 딸에게 마음을 빼앗길지, 그게 걱정이오."

"허허, 별 걱정을 다 하십니다. 태후의 미색에 녹아나지 않을 남자가 천지에 어디 있겠습니까."

날이군에서부터 섬신과 원부는 죽이 잘 맞았다. 이래서 궁리 끝

쉽게 얻으면 쉽게 잃는다 **81**

에 내놓은 계책이 연제후가 절에 다니러 갔을 때를 기다려 황제와 벽화가 한 상에서 저녁을 먹도록 만들자는 거였다. 명분은 벽화가 황제에게 대궐에서 혼자 지내기가 너무 고적하니 바깥에 나가 살도록 해달라는 요청 겸 신세한탄을 하는 걸로 삼았다. 당시엔 불도佛道가 막 들어와 한창 세력을 넓혀갈 때였는데, 지배층들이 대부분 지대한 관심을 가졌지만 특히 황실을 중심으로 독실한 신자들이 많았다. 연제후 역시 궐 밖에 있을 때부터 마복칠성의 어머니들과 어울려 자주 절문을 찾던 사람이었다.

"저는 내전 나인을 재주껏 구워삶아 황후가 절에 가시는 때를 알아올 테니 공은 태후께 말씀을 드려 사전에 허락만 받아 놓으십시오."

"알았소. 내 쪽 일은 염려하지 마시오."

며칠 뒤 섬신은 원부로부터 날짜를 받았다. 이에 벽화후를 만나 계획을 털어놓으니 벽화가 이야기를 다 듣고 섬신의 시선을 피한 채 한참을 잦바듬히 앉았다가,

"꼭 그래야 합니까?"

미간을 찌푸리며 못마땅한 어투로 물었다. 눈치 빠른 섬신이 그 한마디로 딸의 의중을 간파하고 돌연 엄한 표정으로 꾸짖듯 말했다.

"신이 아비로서 설마 해가 될 일을 권하겠소? 이게 다 누구를 위한 일인지 정녕 몰라서 물으시오? 날이에서 살 때를 생각해 보오. 그리고 지금 태후가 과연 어떤 지위에 있는가를 살펴보시오!"

"저는 대궐에 들어온 뒤로 조금도 행복하지 않습니다. 오히려 날

이에서 마음대로 살 때가 더 좋았습니다."

"그건 아직 인생을 모르고 물정을 몰라서 하시는 말이오. 젊어서는 누구나 다 그렇지. 그런 까닭에 자식은 부모 뜻을 거역하지 말고, 아이들은 어른 말씀을 새겨들으라는 거요. 이 세상에서 제 자식에게 나쁜 일을 권할 부모는 단 한 사람도 없소. 태후께서도 효를 모르지 않을 터, 더 나이가 들어 스스로 살아가는 묘리를 터득할 때까지는 무조건 부모 뜻에 따르시오. 뒤에 돌아보면 반드시 크게 다행스러워할 때가 있을 겁니다."

벽화는 본성이 착하고 순한 여자였다. 과거 날이군에서와 마찬가지로 이번에도 아버지의 강압에 억눌려 더 이상 거역하지 못했다.

"……잘 알았습니다."

마지못해 대답은 했지만 섬신이 물러가고 나자 가슴이 무겁고 답답해 견딜 수가 없었다. 칠순 황제를 잃고 또 이내 육순의 새 황제에게 색공을 들라니 아무리 생각해도 자신을 위한 일은 아닌 성싶었다. 벽화는 궁녀를 시켜 급히 위화를 궁으로 불러들였다.

"오라버니, 어찌 해야 합니까? 저한테 부디 옳은 가르침을 주세요."

벽화가 섬신이 한 말을 모두 전한 뒤에 간곡히 부탁했다. 그제야 위화도 섬신이 꾸미는 일을 대강 알아차렸다.

"태후마마의 뜻은 어떠합니까?"

위화가 묻자 벽화가 격한 감정을 억누르며 가까스로 대답했다.

"저는 싫습니다. 당연히 싫지요. 이제는 저도 서로 사랑하는 사람과 한번 살아보고 싶습니다! 색을 바쳐 지위를 사는 추하고 천박한 일은 제발 그만두었으면 좋겠어요!"

벽화의 대답이 떨어지자 위화가 웃으며 말했다.

"그럼 그렇게 하십시오. 무얼 걱정하십니까?"

"……아버지 말씀이 워낙 지엄하고 무서워야지요. 자고로 부모 뜻을 거역하는 것은 효가 아니라고 배웠습니다. 게다가 제가 아직 나이 어리고 세상 물정에 어두운 건 사실이므로 자칫 제 마음대로 하는 것이 뒷날 오히려 해가 될지도 모른다는 불안한 마음도 아주 없지는 않습니다."

걱정하는 벽화후의 얼굴이 무척 진지하고 어린아이처럼 순박했다. 위화가 그런 누이의 모습을 한동안 애틋한 시선으로 바라보고 나서 입을 열었다.

"비록 충효忠孝와 우애友愛가 중하긴 하지만 거기엔 큰 원칙이 있습니다. 임금을 먼저 생각하지 않는 충은 충이 아니고, 부모를 먼저 생각하지 않는 효는 효가 아닙니다. 자신의 이익만을 위하여 사귀는 벗이 어찌 참다운 벗이며, 상대의 처지와 형편을 헤아리지 않는 사랑을 어찌 진정한 사랑이라고 하겠습니까? 부모와 자식의 일도 이와 같습니다. 부모가 자식을 위하고 자식이 부모를 섬기는 마음을 의심할 까닭은 없습니다. 그것은 하늘로부터 받아 나온 본성입니다. 그러나 지금 태후의 일을 놓고 보면 아버지가 반드시 태후의 형편을 먼저 고려했는지는 저도 의심이 갑니다. 만일 그랬다면 아버지께서 일을 꾸미기 전에 미리 태후의 뜻을 물어보았어야 옳습니다. 지금 이 일은 태후께는 일생의 중대사입니다. 엄밀히 말해 아버지의 일이 아니고 태후마마의 일입니다. 그러므로 아버지의 말씀이 태후의 뜻과 어긋난다면 따르지 않아도 무방합니다. 그것을 불효라고 말하기는 어렵습니다."

위화의 조언을 들으며 벽화의 표정은 눈에 띄게 밝아졌다.

"하면 저는 어찌 해야 옳습니까? 날짜가 이미 정해져 있습니다."

"가지 않으면 그만입니다."

"아버지께서 노발대발하실 텐데요?"

"그게 대숩니까? 만일 곤경에 처하면 제가 그렇게 시켰다고 하십시오. 뒷일은 모두 제가 알아서 하겠습니다."

벽화는 위화를 믿고 약속한 날짜에 내전으로 들어가지 않았다. 그런 줄을 까맣게 모른 채 계획대로 일을 꾸민 섬신과 원부는 큰 낭패를 보았다. 벽화후가 은밀히 뵙기를 청한다는 말이 이미 지증제에게 전해진 터여서 기다리다 못한 황제가 급기야 바깥으로 나와 어찌하여 태후가 납시지 않느냐고 근신들에게 물어보기까지 했다. 그 일로 원부는 자신을 도와준 시종장과 늙은 내관으로부터 믿지 못할 사람이란 질책을 들었고, 섬신 역시 주위에서 크게 신용을 잃었다.

화가 머리끝까지 치민 섬신이 벽화후를 찾아와 입에 거품을 물고 호통을 치자 말문이 막힌 벽화가 어쩔 수 없이 위화를 핑계 삼아 위기를 모면했다. 섬신은 손에 몽둥이를 들고 위화를 찾아 온 도성을 헤집고 다녔다. 소문을 들은 위화는 여러 곳으로 도망을 다니다가 결국 법화가 주석한 절로 피신했다. 몽둥이를 든 섬신이 그곳에도 나타났지만 법화는 위화가 오지 않았다고 거짓말로 둘러대서 화를 입지 않게 해주었다.

"이미 황실에 들어간 여인으로 황가에 색을 바치는 것은 당연한 도리다. 어찌 한사코 이를 막았는가?"

섬신이 돌아간 뒤 법화가 위화에게 물었다.

"저는 오직 제 누이의 뜻을 받들었을 뿐입니다."

위화가 대답했다.

"하면 날이에서는 왜 그렇게 하지 않았던가?"

"그때는 저도 보고 배운 바가 일천하여 세상 사는 묘리를 잘 몰랐습니다."

두어 차례 고개를 끄덕이던 법화가 문득 미심쩍은 표정을 짓고 위화를 돌아보았다.

"오직 그뿐인가?"

그러자 위화가 제법 진지한 낯으로 대답했다.

"선제가 돌아가신 뒤에 한 가지 크게 깨달은 바가 있습니다."

"그게 무엇인고?"

"하루아침에 얻은 것은 하루아침에 잃을 수도 있습니다. 그러나 어렵게 얻은 것은 잃기도 어렵다는 사실입니다."

이 일을 두고 나중에 법화가 학승들에게 말했다.

"섬신과 위화는 같은 실수를 범했으나, 위화는 한 번 실수에 그쳤고 섬신은 실수를 되풀이했다. 이처럼 사람은 같은 일을 겪고도 배우고 느끼는 바가 다 다르고, 같은 구덩이에 빠졌지만 헤쳐 나오는 길도 제각각이다. 위화처럼 한 번 실수로 대오大悟의 경지에 이른다면 먼저 한 냥을 잃고 뒤에 열 냥을 얻은 셈이지만, 섬신처럼 똑같은 실수를 되풀이한다면 먼저 한 냥을 잃고 뒤에 다시 열 냥을 잃는 격이다."

학승 가운데 장난꾸러기 하나가 손을 번쩍 들어 질문했다.

"그럼 처음부터 실수를 한 번도 하지 않은 사람의 셈은 어떻게 됩니까?"

법화가 주장자를 높이 들어 그 학승의 머리를 후려치는 시늉을 한 뒤 대답했다.

"평생 실수를 한 번도 하지 않는 사람은 먼저 한 냥을 잃지도 않겠지만 뒤에 열 냥을 얻을 까닭도 없다."

# 남녀간의 일에는 간여하지 않는 게 원칙이다

위화가 처음에 일을 어렵게 만든 것은 원종을 누구보다 잘 알았기 때문이다. 그러므로 위화가 틀렸다는 원종의 말은 잘못된 것이다. 하지만 위화가 한 가지 간과한 게 있다. 남녀간의 애사에는 어떤 경우에도 간섭하거나 간여하지 않는 게 절대 원칙이다.

　　원종은 부쩍 위화에게 살갑게 굴기 시작했다. 특별한 용건이 있는 것도 아닌데 진귀한 음식을 마련해 위화를 태자궁으로 초청하는 날이 늘어났다. 비처제의 죽음 이후 한때 소원했던 두 사람의 관계가 다시 옛날처럼 이어졌다. 많은 사람들이 그 이유를 매우 궁금하게 여겼다.

　"태후께서 홀로 지내시는 모습이 애처롭고 안쓰럽네. 등통의 뜻은 어떠한가? 이 좋은 세상에 왜 꽃다운 누이를 혼자 외롭게 내버려두시는 겐가?"

　어느 날 원종이 취기를 빌어 은근히 물었다. 위화는 그저 웃기만

88　세상은 큰 놀이터다

했을 뿐 별다른 대꾸가 없었다.

"태후께서 마음에 둔 사람이 있다는 얘기를 혹시 듣지 못하였나?"

며칠 뒤에 원종이 또 슬쩍 지나가는 말투로 물었다. 그때도 위화는 웃기만 했다. 원종은 몸이 달아서 더 자주 위화를 불러댔다.

위화는 태자궁에 들어갈 때마다 인접한 태후궁에도 잠깐 얼굴을 내비쳤다. 그러나 벽화와 자세한 이야기를 나누지는 않았다. 돌아올 때에도 바깥에서 잠시 인사를 전하거나, 시간이 아주 늦으면 그조차도 하지 않았다.

"요사이 태자궁 출입이 잦습니다. 무슨 일이 있는지요?"

사나흘이 멀다 하고 태자궁을 드나드는 위화에게 벽화후가 궁금한 듯이 물었다.

"일은 무슨 일입니까. 아무 일도 없습니다."

"그런데 왜 그토록 태자와 자주 어울리십니까?"

"태후께서는 대궐에 계셔서 잘 모르실 테지만 태자와 저는 본래 바깥에서도 자주 만났습니다. 태자가 되신 후로 워낙 바쁘셔서 한동안 뜸했다가 요즘 한가로운 때를 얻어 다시 부르시는 것뿐입니다."

위화의 대답을 들은 뒤에도 벽화후는 좀체 의문이 가시지 않았다. 아무리 그렇기로 너무 잦다는 느낌을 지울 수 없었다. 벽화후도 태자궁의 동향에 지대한 관심과 호기심을 보였다.

"태자께서 무슨 말씀이 없으셨습니까?"

대궐에 들어온 위화를 볼 때마다 벽화후가 물었다. 그러나 위화는 웃으며 줄곧 고개만 저었다.

"특별한 말씀은 없었습니다."

하루는 위화가 오히려 벽화후에게 반문했다.

"왜 자꾸 물으십니까? 무엇이 궁금하신지요?"

그러자 벽화후가 갑자기 얼굴을 붉히며 황급히 손사래를 쳤다.

"아, 아닙니다. 궁금하긴요……."

이런 어정쩡한 상태는 반년 이상 지속되었다. 그동안 원종은 여러 차례 벽화후를 흠모하는 자신의 속마음을 위화에게 슬쩍슬쩍 내비쳤지만 위화의 반응은 한결같이 미지근했다. 그저 원종의 얘기를 묵묵히 들어 주기만 할 뿐 그 일에 관해 먼저 말을 꺼내거나 개입하는 일이 없었다.

그건 벽화후에게도 마찬가지였다. 원종과 벽화후는 경쟁이라도 하듯이 위화를 사이에 넣어 서로 호감을 털어놓으며 그가 연분의 가교 노릇을 해주기를 은근히 바라는 눈치였지만 위화는 도통 모르쇠로 일관했다. 그 바람에 시일이 흐를수록 당자들은 애가 탔다.

"태후가 내게는 아예 관심이 없다고 하시던가?"

어느 날, 원종은 작심을 하고 위화에게 물었다. 위화가 중간에서 아무 얘기도 전하지 않았을 거라고는 꿈에도 생각하지 않은 원종이었다.

"그런 말씀은 없었습니다."

위화가 분명한 어조로 대답했음에도 원종은 믿으려 하지 않았다.

"괜찮으니 어서 솔직히 얘기를 해보오. 이런 일은 솔직한 게 제일이야."

"솔직하게 드리는 말씀입니다. 정말로 그런 말은 못 들었습니다."

"하면 어찌하여 공에게 전한 내 뜻에 아무 화답이 없으신 게지?"

"……글쎄올습니다."

위화가 시치미를 뚝 떼고 능청스럽게 대꾸했다.

"등통은 그 이유가 무엇이라고 보오?"

"제가 어찌 감히 태후의 뜻을 알겠습니까."

"공이 모르면 누가 안단 말이오? 무슨 얘기라도 좋으니 어디 속 시원하게 다 털어놔 보구려!"

원종이 작심하고 다그치는 서슬에 못 이겨 위화는 자신 없는 말투로 대답했다.

"선제께서 창졸간 돌아가신 까닭에 태후께서는 아마도 큰 충격을 받으신 듯합니다. 그래서 이제 다시 누군가를 받들고 섬기려면 평생을 같이 살 수 있는 짝을 고르시는 모양입니다."

그리고 위화는 잠시 사이를 두었다가,

"물론 이는 어리석은 제 짐작일 뿐 태후께서 하신 말씀은 아닙니다."

하고 덧붙였다. 원종은 크게 고개를 끄덕였다.

"아니야, 일리가 있는 말씀일세. 당연히 그러실 테지. 그래서 저토록 신중하신 게야!"

그 뒤로 원종은 더욱 벽화후에게 잘 보이려고 애를 썼다.

한데 이와 유사한 일은 태후궁에서도 있었다.

"요즘도 태자께서는 특별한 말씀이 없으십니까?"

"네."

"두 분이 만나면 주로 무슨 얘기를 합니까?"

"그저 세상 돌아가는 얘기를 하지요."

"저에 관한 말씀은 한마디도 없으시구요?"

"글쎄요. 혼자 외로우시겠다고 염려하시는 말씀은 두어 차례 들은 듯도 합니다."

그러자 한동안 궁리에 잠겼던 벽화후가 낙담한 표정으로 말했다.

"하긴 태자 부처의 금실이 곁에서 보기에도 시샘이 날 만큼 좋지요. 태자는 그 기굴한 풍모만큼이나 과연 장부 중의 장부요, 천하의 영웅입니다. 저도 이담에는 그런 헌헌장부의 배필이고 싶습니다."

이때에도 위화는 끝까지 침묵했다. 이쪽저쪽에서 들은 자신의 말 한마디면 당장 두 사람의 연분이 시작되었을 일을 그 뒤로도 무려 반년이나 시일을 더 보탠 것은 순전히 위화의 미적지근한 처신 때문이었다.


"태자께서 태후를 깊이 연모하시는 모양이오!"

하루는 아시가 야밤에 위화의 거처를 찾아와 흥분한 얼굴로 소리쳤다. 전각의 담 하나를 사이에 두고 오랫동안 연정과 그리움을 키워 온 원종은 아무리 위화에게 공을 들여도 별 진전이 없자 답답한 심정을 아시에게도 고백한 모양이었다.

"에이, 그럴 리가 있습니까?"

위화가 능청스레 반문하자 아시가 더욱 언성을 높였다.

"나뿐만 아니라 좀 전에 우리가 모다 들었네!"

아시는 마복칠성이 전부 모인 자리에서 원종이 괴로운 기색을 감추지 못했다고 전했다.

"내일 날이 밝는 대로 공이 나서서 태후의 뜻을 여쭤 보시게. 만일 태후께서도 허락을 하신다면 황실로 보나, 두 분의 인생을 놓고 보나 이보다 더한 경사가 어디 있는가?"

"……천천히 한번 알아보지요."

예측과는 달리 위화의 반응과 대답이 신통치 않자 아시가 의아한 눈길로 쳐다보았다.

"태자께서 심각해. 당장 알아보게. 공이 싫다면 내가 나서 볼까?"

그제야 위화는 더 피할 곳이 없음을 깨닫고 아시에게 모든 사실을 털어놓았다. 이야기를 듣고 난 아시는 크게 놀랐다.

"벌써 일 년이나 되었다니 공은 어찌 그리 무심한가? 하물며 태후께서도 태자를 흠모한다면 마땅히 초기에 손을 써서 아름다운 인연을 진작 맺어 주었어야 도리가 아닌가?"

아시의 책망을 듣고 위화가 차분한 어조로 대답했다.

"사람과 사람이 관계를 맺을 때 가장 중요한 것은 처음입니다. 처음에 어떻게 만나느냐가 곧 그 뒤의 관계 전체를 지배합니다. 더러 예외도 있지만 대개는 좋은 인연으로 만난 사람이 끝까지 좋은 관계로 남는 경우가 많습니다. 그런데 너무 수월하게 얻은 것은 잃기도 쉽습니다. 그래서 일확천금은 탕진하는 예가 많고, 하루아침에 얻은 명성은 지키기가 힘든 법입니다. 사람을 얻는 일도 이와 같아서 쉽게 얻은 신하는 중한 줄을 모르고, 쉽게 얻은 자식은 귀한 줄을 모릅니다. 천하에 대저 무엇이 이 이치에서 벗어날 수 있겠습니까? 그 중에 특히 남녀 간의 애사愛事는 서로 눈빛이 통하고 연정이 흐르는 시초에 모든 것이 결정된다고 봐도 크게 틀리지 않습니다. 제 경험에 비추어 사랑은 시작할 때 이미 그 크기와 무게가 정해지고, 애틋한 감정을 유지하는 기한 또한 그에 따라 좌우됩니다. 태자는 제게 중요한 사람입니다. 태후 역시 저한테는 하늘 아래 둘도 없이 귀한 누이입니다. 그 두 사람이 서로 사랑하는 일만큼 제게도 기쁜 일이 또 어디 있겠습니까? 다만 시작할 때 일을 좀 어렵게 만들어서 뒷일에 보탬이 되려고 했을 따름입니다."

"……그럼 언제쯤 두 분의 연분을 맺어 드릴 참인가? 사정이 바쁘고 급한데 무한정 기다릴 수야 없지 않나?"

"그건 저로서도 알 수 없습니다. 기다리다 보면 사람과 귀신이 다 같이 적당한 시기라고 느낄 때가 올 것입니다. 그 때를 가려 행하는 것이 곧 순리입니다."

아시는 천천히 고개를 끄덕였다.

"무슨 뜻인지 잘 알았네. 공은 참으로 주도면밀한 사람이야. 태자와 태후를 위한 심모원려가 그토록 절절하니 우리가 어찌 따르지 않겠는가."

 마복자들은 태자와 벽화후가 서로 깊이 흠모하고 있음을 알았지만 아무도 이 일에 간여하지 않았다. 그럴수록 당사자들은 서로 애간장이 타들어 가서 급기야 상사병에 걸릴 지경이 되었다. 담 하나의 거리가 천리였다. 이는 말할 것도 없이 두 사람의 높은 신분과 지위가 만든 거리였다.
 그런데 일은 전혀 예기치 못한 곳에서 터졌다. 마복칠성 가운데 '비량'이 집에서 무심결에 뱉은 말 한마디가 문제였다. 비량의 어머니 '묘양부인'은 궁에 들어가 연제황후를 만났을 때 태자와 벽화후의 일을 알렸고, 깜짝 놀란 연제후는 즉시 태자를 불러 사실 여부를 따지고 들었다.
 "너와 태후가 담장 하나를 사이에 두고 서로 밤낮없이 그리워한다는 게 사실이냐?"
 끓어오르는 연심을 주체하지 못해 급기야 얼굴마저 수척해진 원종은 모후의 꾸지람을 듣는 순간 오히려 표정이 밝아지고 만면에 화색이 감돌았다.
 "어디서 그와 같은 말씀을 들으셨습니까?"
 "바깥에서 들어온 소문이다. 만약 그 말이 사실이라면 혹시라도 실덕을 할까 두렵구나."
 "선제께서 돌아가신 뒤로 태후의 외로운 처지를 생각하면 아무도 돌보지 않는 것이 되레 실덕입니다. 그렇다면 방년의 태후가 평생을 저렇게 혼자 늙어 가야 적덕이옵니까?"

원종의 반문에 연제후는 잠시 말문이 막혔다. 그러구러 같은 여자로서 벽화후의 처지를 돌아보니 한 가닥 동정이 일지 않을 수 없었다.

"매사를 정정당당히 하라고 이르는 말이다. 태후를 취하려면 먼저 보도에게 알리고 법도에 따라 보도의 잉첩으로 삼은 뒤에야 비로소 부끄러운 일이 없을 것이다."

"잘 알겠습니다. 심려하지 마십시오."

내전을 물러나오는 원종의 활달한 걸음걸이가 마치 어린아이 같았다. 그는 곧바로 보도비를 만나 벽화를 잉첩으로 삼아달라고 간청했다. 태자비 보도는 심성이 착하고 성품이 무던한 여자였다. 어려서부터 어머니 없이 궁중에서 자란 까닭에 경우에 밝고 양보심도 컸다. 선제의 무남독녀로 아직 공주의 지위에 있을 때 원종과 성혼했으나 그때까지 단 한 번도 남편의 뜻을 거스른 일이 없었다.

"태후께서 저보다 지위가 높은데 과연 저의 잉첩이 되시려 할지 의문입니다."

착한 보도는 오히려 벽화를 걱정했다.

벽화 역시 보도비로부터 잉첩 제안을 받자 뛸 듯이 기뻤지만 겉으로 내색은 하지 않았다.

"며칠 말미를 주세요. 심사숙고하겠습니다."

보도가 가고 나자 벽화는 당장 위화를 불러 의논했다. 위화도 그제야 때가 이르렀음을 알고 태자를 섬기도록 권했다. 오래 흠모하던 두 사람의 관계가 비로소 연분으로 이어졌다.

　벽화후는 원종을 섬겨 이듬해 딸을 낳았다. 딸의 이름은 '삼엽'인데 어머니를 닮아 아름다웠다. 나중에 원종은 위화가 일부러 일을 어렵게 만들었다는 사실을 알아차리고 크게 웃었다.
　"등통이 공연한 걱정을 하는 바람에 나와 제 누이를 괴롭게 만들었다. 이는 그가 나를 잘 몰라서 행한 일이다. 나는 쉽게 얻었다고 쉽게 버리고, 어렵게 얻었다고 버릴 때도 어려워하는 사람이 아니다. 다른 건 몰라도 그 일만은 위화가 틀렸다."
　그러나 원종과 벽화는 시작할 때의 애틋한 마음과는 달리 평생 해로하지는 못했다.

　법화가 산문에서 납자들에게 말했다.
　"위화가 처음에 일을 어렵게 만든 것은 원종을 누구보다 잘 알았기 때문이다. 그러므로 위화가 틀렸다는 원종의 말은 잘못된 것이다. 하지만 위화가 한 가지 간과한 게 있다. 남녀간의 애사에는 어떤 경우에도 간섭하거나 간여하지 않는 게 절대 원칙이다."
　이 말을 들은 납자들이 의아한 표정으로 반문했다.
　"위화랑은 본래 간섭도 간여도 하지 않았는데 무엇을 간과했다는 말씀인지요?"
　그러자 법화가 웃으며 대답했다.
　"이쪽저쪽에서 말을 다 듣고도 간여하지 않겠다고 철저히 비밀에 부친 것이 바로 간여한 것이다. 그가 진실로 간여하지 않으려 했다면 그 일에서 자신의 의사를 완전히 배제했어야 옳았다. 일을 부추기거나 억지로 막는 것이 사실은 모두 간여하는 것이다."

# 받을 줄도 알아야 한다

남에게 받을 줄 모르는 사람은 줄 줄도 모르는 법이다. 주는 사람도 아무한테나 주어서는 안 되겠지만 받는 사람 역시 아무한테나 받아서는 안 된다.
주는 사람과 받는 사람이 모두 상대를 가리고 선택할 권리가 있다. 하나를 받을 줄 아는 사람은 열을 되돌려 주기도 한다. 마음과 마음이 소통하는 이런 거래는 하나를 주면 반드시 그 이상을 남겨야 하는 세간의 장삿속을 철저히 배제할 수 있어야 가능하다.

원종은 태자 시절부터 아버지 지증제를 도와 나라에 많은 업적을 이루었다. 순장제도를 법으로 금지하고, 창업 이래 여러 방언으로 불렸던 국호를 '신라'로 확정하고, 상복법을 제정, 반포, 시행하고, 역부들을 징발해 12성을 축조하고, 주州, 군郡, 현縣으로 나누는 행정제도를 도입하고, 실직주(삼척)를 개척해 태종 이사부를 군주(군주라는 명칭도 이때부터 시작되었다)로 삼고, 해양에 선박을 관리하는 법과 기구를 마련하고, 왕경에 처음 '동시東市'라는 시장을 열어 상업을 발전시키는 등 수많은 제도의 신설과 파격적인 개혁을 단행하여 나라의 문물을 크게 발전시

켰는데, 그 중심에 늘 태자 원종이 있었다. 그리고 이 같은 태자의 업적이 유사에 길이 남을 수 있도록 힘써 보필한 집단이 바로 비처제의 마복자들이었다.

   태양은 나뭇잎을 만들고, 성군은 성대를 만든다. 성군의 출현을 지켜보는 백성들은 햇빛을 받은 오뉴월의 나무들처럼 기쁘고 즐겁고 행복했다. 태자 원종을 찬양하고 칭송하는 소리가 팔방에 갱연하고, 마복칠성에 대한 세간의 중망 또한 덩달아 높아졌다. 생동지生同志 사당동전死當同傳. 살아서는 뜻을 함께하고 죽어서는 같은 전기傳記에 오른다는 뒷날의 고사는 원종을 포함한 마복칠성의 한결같은 우애와 이를 바탕으로 국가에 헌신한 그들의 불꽃 같은 인생을 가리키는 말이다.

   그런데 이와는 약간 달리 위화의 명성 역시 갈수록 쟁쟁해졌다. 요즘 용어로 표현하면 그는 만인의 스타였다. 하루하루 먹고살기에도 바쁜 대다수 백성들에게, 어제가 오늘 같고 오늘이 어제 같은 무료하고 따분한 인생살이에서, 관혼상제가 아니면 특별히 놀 거리, 구경거리조차 없던 시절에 위화의 존재는 단연 세간의 관심과 이목을 사로잡기에 충분했다.

   원종을 모르는 사람은 많아도 위화를 모르는 사람은 없었다. 그도 그럴 것이 원종은 사람을 아는 게 아니라 이름을 알았고, 호위하는 군사들의 행렬과 관복을 보고 알았지만, 위화는 사람 하나를 보고 알았다. 원종은 태산 같은 지위 때문에 아무나 함부로 가까이 다가갈 수 없는 사람이었으나, 위화는 누구나 마음만 먹으면 쉽게 어울릴 수 있는 사람이었다. 원종은 허상이었지만 위화는 실체였다. 원종은 만질 수 없어도 위화는 손을 뻗기만 하면 얼마든지 만질 수도, 잡을 수도 있었다. 원종은 궁에 있었고, 위화는 길에 있었다. 원종이 성군의 재목이라면 위화는 신선이라고들 했다. 혹은 나비 같다고도 했다. 원종은 존경을 받았으나 위화는 사랑을 받았다. 원종에게는 덕이 있었고 위화에게는 인기가 있었다. 원종을 따르는 이는 주로 벼슬아치였지만 위화를 따르는 이는 무지렁이 백성들이었다. 남녀노소가 전부 위화를 좋아했다. 농부와 상인, 노비와 천민, 삼척동자에서 팔순 노파에 이르기까지 위화가 나타나면 박수를 치며 강아지처럼 뒤를 졸졸 따라다녔다. 위화가 온다면 울던 아이도 울음을 그쳤고, 짖던 개도 꼬리를 흔들었다. 길에 나타나면 길이 붐비고, 절에 나타나면 절이 붐볐다. 그는 어디를 가든 구름 같은 인파를 몰고 다녔다. 원종 때문에 웃는 사람은 없어도 위화 덕분에 웃을 일은 많았다. 궐 안에는 원종, 궐 밖에는 위화라는 말이 나돌았다.

"여보게, 이 좋은 구경을 왜 궁에서만 벌이는가?"

간혹 대궐 연회에 참석하고 나면 위화는 놀이패들을 뒷전으로 불러 옆구리에 술값을 찔러주며 말했다.

"백성들이 신이 나야 나라가 잘 되지. 내일 동시 입구에서 나하고 한판 멋들어지게 어울려 보세!"

놀이패들은 위화의 청을 거역하기 힘들었다. 위화의 뒤에 태자가 있고, 벽화후가 있었다.

시초만 해도 촌놈 꼴값 떤다고 흉보던 주가의 여인네들도 차츰 위화의 멋과 순박함에 매료되었다.

"꼭 우리 오라버니 같아."

"어려서 병으로 죽은 내 동생이 저랬어."

"가난 때문에 헤어진 첫사랑 남자를 닮았지 뭐람."

위화를 보면 볼수록 사람들은 가족이나 주변 인물 한둘쯤은 떠올리게 마련이었다. 그만큼 친밀감을 느낀다는 증거였다. 언제부턴가 여인네들은 위화가 이끌면 기꺼이 밥과 찬을 보자기에 싸들고 산이나 들로 나가 꽃놀이, 물놀이, 단풍놀이를 즐겼다. 이 또한 백성들에겐 한바탕 좋은 구경거리였다. 사람들이 위화 일행을 둘러싸고 박수를 치면 여인네들은 수줍음을 벗어던지고 하늘하늘 봄바람에 버들강아지처럼 춤을 추었고, 그 장단에 맞춰 위화는 또 신선처럼 쥘부채를 펴들고 노래를 불렀다.

"어따, 구경 한번 좋다. 위화랑을 따라 한바탕 놀고 나니 십 년 묵은 체증이 싹 가라앉네."

"저런 신명은 계림이 서고 처음일세. 사는 게 무언가? 위화가 아니었으면 사는 재미도 모르고 뼈 빠지게 노역만 하다 죽을 뻔했네 그려."

"내가 젊었을 땐 왜 저런 귀인이 없었을꼬. 철들자 노망나더라고, 뭘 좀 알 만하니 사지가 굳어서 놀이판에 끼지도 못하겠구먼. 불 앞에 나방 꼴일세."

산에 가면 병부에서 빌려 온 군사들을 풀어 산짐승을 잡아 인파를 먹였고, 강가나 바다에 가면 가마솥을 걸어 놓고 물고기를 잡았다. 위화를 따라다니면 매일이 잔칫날이었다. 집에서 아예 먹을거리를 장만해 쫓아다니는 사람도 있고, 조금 살 만한 축들은 재미에 흠뻑 취해 자발적으로 헌물이나 헌금을 하기도 했다.

사량부에 살던 최씨 성의 부자도 길에서 우연히 위화를 보고 호기심에 쫓아다니다가 후원자가 되었다. 그는 사전에 은밀히 하인을 시켜 위화의 주변을 샅샅이 조사했다.
이때 위화는 일정한 거처 없이 여러 곳을 전전하며 궁핍하게 살았다. 아버지 섬신과는 벽화후의 일로 완전히 사이가 틀어져 회복이 되지 않았고, 집에서 쫓겨난 뒤론 옷 한 벌 해 입을 돈이 없어 해진 도포를 직접 기워서 입고 다녔다. 수련과 헤어진 시초만 해도 잠잘 곳이 없어 고생했지만 제법 명성을 얻은 뒤엔 다행히 오라는 데가 많아 이곳저곳 옮겨 다니며 지냈다. 이따금 대궐에 들어가면 벽화후가 건네주는 용돈이 수입의 전부였다. 하지만 그마저도 놀기에 바빠서 자주 얻지 못했다.
비록 형편은 딱하고 궁했지만 위화는 항상 가난한 티를 내지 않았다. 사람들이 위화의 누비옷을 가리키며,
"왜 그런 옷을 입고 다닙니까?"
하고 물으면,
"으응, 도포가 너무 밋밋하면 멋이 없지 않아? 알록달록한 게 한결 윗길이지."
하며 응수했다. 그러고 보면 과연 그렇기도 했다. 본래 골격이 좋고

움직임에 격조가 있으니 무얼 입어도 멋이 남다른 위화였다. 급기야는 위화를 좇아 멀쩡한 새 옷을 일부러 깁거나 누벼서 입고 다니는 사람까지 생겨났을 정도였다.

원종 역시 위화가 궁한 줄을 전혀 알지 못했다. 섬신공이 녹봉을 넉넉히 받아가니 위화가 궁할 턱이 없다고 믿었다. 하루는 원종이 위화의 행색을 보고,
"입성이 어찌 그리 남루한가?"
하자 위화가 웃으며,
"집에 들어갈 틈이 없어 그렇습니다. 안 입으시는 옷이 있으면 두어 벌만 주십시오."
"내 옷이 자네한테 맞으려고?"
"품을 줄여 입지요."
"그래? 그럼 그러세."
몇 마디 말끝에 원종이 옷을 여러 벌 주어서 그 덕에 위화의 입성이 제법 말끔했던 적도 있었다. 그러나 없는 주제에 통은 커서 경사에 외상 깔아 놓지 않은 주가가 거의 없었다. 이미 진 빚도 만만찮은데 걸핏하면 사람들을 잔뜩 이끌고 와서,
"오늘 술은 내가 산다. 어디 한 상 거방지게 차려 보아라."
하며 큰소리를 쳐댔다. 그래도 주인이나 시중드는 여인네들이 그다지 싫은 내색을 하지 않은 까닭은 첫째가 위화의 남다른 풍류 덕택이요, 둘째가 그 배후에 태자와 벽화후가 있음을 만천하가 다 알아

서였다. 얼으러 와도 고운 놈이 있다는 속담은 위화를 두고 한 말이었다.

사량부 최 부자가 사람을 시켜 위화의 뒷조사를 해보고 내심 쾌재를 불렀다. 그는 남산 놀이판에 따라가서 군중들을 먹이라고 돼지 다섯 마리를 쾌히 희사한 뒤 그날 저녁에 위화를 자신의 집으로 초대해 큰 잔치를 열었다. 위화는 진심으로 호의에 감사했다. 기분 좋게 술이 취했을 때 최 부자가 말했다.

"삶의 풍류를 가르쳐 주신 위화랑의 은혜에 조금이나마 보답하고자 사량부에 집 한 칸을 마련했으니 귀인께서는 모쪼록 거절하지 마시고 받아 주사이다. 아울러 철마다 양식도 대고, 밥 짓고 나무할 노비도 구해 드리겠습니다."

위화는 깜짝 놀란 눈으로 최 부자를 쳐다보았다.

"호의가 너무 과합니다. 분에 넘치도록 과한 호의는 받기 어렵소."

"아닙니다. 귀인께서 늙은 저를 깨우쳐 주신 은혜에 비하면 참으로 보잘것없는 보답입니다. 조금도 괘념치 말고 받아 주소서."

그 뒤로도 위화는 몇 번 점잖게 거절했으나 최 부자 역시 한사코 고집을 꺾지 않았다. 몇 순배 거푸 술잔을 비운 위화가 돌연 껄껄 웃음을 터뜨리며 최 부자의 어깨를 끌어안고 말했다.

"드디어 저를 알아주시는 대인을 만났습니다! 언제고 오늘과 같은 날이 올 줄 알았소! 참으로 마음이 넓고 대범할 뿐 아니라 사람을 보는 안목도 몹시 밝으시구려!"

"하이고, 과찬이올습니다."

"받지요, 기꺼이 받지요! 대인께서도 잘 알다시피 내 뒤에는 태자가 있고 또 태후가 있소. 오늘 이 같은 호의는 훗날 필경 열 갑절, 스무 갑절이 되어 돌아올 게요!"

이미 혀가 꼬부라진 위화의 호언장담에 최 부자는 금세 함박웃음을 머금었다.

"뒷날을 바라고 하는 일은 아니지만 그처럼 말씀해 주시니 감개무량합니다."

그는 더욱 흥이 나서 위화를 안채로 데려가 아끼던 비단금침을 깔아 주고 딸로 하여금 잠자리 시중까지 들도록 했다. 이튿날 날이 밝자 위화는 조반도 거절한 채 집을 나서며 최 부자한테 말했다.

"대접은 잘 받고 갑니다만 간밤의 일은 없던 걸로 하겠습니다. 그대가 주는 것은 지푸라기 하나도 받지 않겠습니다."

이 소문이 짜하게 퍼져 나가자 도성 부자들 사이에 갖가지 추측과 억측이 난무했다. 모량부에 사는 손 부자 역시 위화를 따라다니다가 새로운 인생에 눈을 뜬 사람이었다.

"재화가 아무리 많아도 쓸 줄 모르고 쌓아 두기만 한다면 무슨 소용이 있으랴. 새는 노래할 때가 즐겁고 꽃은 필 때가 아름답다. 내가 남과 다른 점은 모아 놓은 재물이 많다는 것인데, 이를 베풀지 않고 창고에 쌓아 둘 궁리만 했으니 비유하자면 천부의 재주를 가진 사람이 그 재주를 한 번도 쓰지 않고, 절색의 미녀가 방안에서 평생을 혼자 늙어 가는 것과 무엇이 다른가."

그는 크게 한번 깨닫고 나자 틈틈이 놀이판에 재물을 헌납하며 스스로 기뻐했다. 사량부 최 부자의 소문을 들은 손 부자는 이유가 궁금해 자신도 위화를 집으로 초대했다.

"천하의 귀인께서 거처도 없이 떠돌며 지내신다는 사실을 최근에야 알았습니다. 제가 다행히 여유가 좀 있어 경사에 작은 집 한 채를 사두었으니 뿌리치지 말고 받아 주십시오."

정성껏 차린 저녁상을 마주하고 손 부자가 진지하게 말했다. 위화는 최 부자의 집에서처럼 몇 차례 사양하다가 이윽고 손을 덥석 붙잡으며 말했다.

"제 뒤에는 태자와 태후가 있습니다. 뒷날 반드시 열 배, 스무 배의 보답이 있을 것입니다!"

그 말을 듣고 손 부자가 잠시 난감한 표정을 지었다. 그는 슬그머니 손을 빼내며 대답했다.

"제 뜻은 그게 아닙니다. 만일 그렇게 받아들이신다면 없던 일로 하겠습니다."

이튿날부터 위화는 손 부자가 마련해 준 집에서 꽤 여러 해를 살았다. 원종이 뒤늦게 이 소식을 듣고 위화에게 큰 집을 하사했다. 위화가 원종으로부터 받은 집을 손 부자에게 주며,

"그동안 입은 은혜에 대한 보답이니 받아 주십시오."

하고 말하자 손 부자가 웃으며,

"그 이야기는 처음에 이미 끝났는데 다시 재론하는 이유가 무엇입니까? 저는 위화랑이 제가 마련한 집에서 사신다는 이유만으로도 매일이 기쁘고 즐거웠으니 이미 열 배, 스무 배의 보답을 받은 셈입니다. 더 받을 명분이 없습니다."

하고 거절했다. 이 일을 두고 아름답다고 말하지 않는 사람이 없었다. 손 부자가 말년에 자신의 아들을 불러 앉히고 가르쳤다.

"호의를 베푸는 일에도 용기가 필요하지만 그 호의를 받아들여 신세를 지는 데도 그에 못지않은 용기가 필요하다. 사람은 줄 줄도 알아야 하지만 받을 줄도 알아야 한다. 남에게 받을 줄 모르는 사람은 줄 줄도 모르는 법이다. 주는 사람도 아무한테나 주어서는 안 되겠지만 받는 사람 역시 아무한테나 받아서는 안 된다. 아무한테나 신세를 지는 사람은 뒤에 반드시 후회하게 마련이다. 다시 말해 주는 사람과 받는 사람이 모두 상대를 가리고 선택할 권리가 있다는 뜻이다. 나는 위화랑이 최 부자의 선심을 거절하고 나의 호의를 받아들인 일을 두고두고 고맙게 여겼다. 한 번 신세를 진다는 이면에는 열 번, 스무 번 신세를 갚겠다는 뜻이 들어 있기 때문이다. 그래서 하나를 받을 줄 아는 사람은 열을 되돌려 주기도 한다. 마음과 마음이 소통하는 이런 큰 거래는 하나를 주면 반드시 그 이상을 남겨야 하는 세간의 장삿속은 철저히 배제할 수 있어야 가능하다."

# 자신을 잘 대접할 줄 알아야 존귀해진다

사람들은 돌을 보고 절을 하지는 않지만 돌로 깎은 부처의 형상을 보고는 절을 합니다. 돌 속에서 부처가 나왔는데 돌은 모르고 부처는 알아보는 게 세상의 눈입니다. 부처가 만인으로부터 숭배를 받는 이유는 스스로 존귀하기 때문입니다. 스스로 존귀하면 천하가 앞을 다투어 머리를 조아리게 마련입니다.

궁핍하게 살던 위화는 손 부자를 만난 뒤로 형편이 한결 나아졌다. 여유가 생기자 위화는 갑자기 돈을 펑펑 쓰기 시작했다. 우선은 새 옷을 몇 벌이나 지어 입었고, 혼자 밥을 먹을 때도 진수성찬을 차린 곳이 아니면 가지 않았다. 궁할 때는 금하던 여색도 자주 탐했다. 돈이 있으니 여자들도 입맛대로 골랐다. 몸에 화려한 치장도 마다하지 않았다.

그 바람에 신수는 몰라보게 좋아졌지만 손 부자가 주는 용돈이 남아나지 않았다. 사정을 아는 사람들이 뒷전에서 쑥덕거렸다. 소문은 곧 손 부자의 귀에도 들어갔다.

"남의 신세나 지는 주제로 호사가 웬 말입니까? 위화는 몰염치한 사람입니다."

"저런 위인의 뒤를 무엇 하러 봐주십니까? 차라리 그 돈으로 거지한테 적선이나 하는 게 백 번 낫습니다."

몇몇 사람이 손 부자를 찾아와 위화를 비난했다. 손 부자도 처음엔 야속한 마음이 들었다. 그래서 가만히 위화의 뒤를 밟아 보니 과연 소문대로였다. 하지만 그렇다고 당장 돈줄을 막는 것도 필경은 소인배의 처신일 것 같아서 고심 끝에 그대로 내버려 두었다. 한편으론 기왕 준 돈인데 그것으로 무얼 하든 자신이 간여할 바 아니라는 생각도 했다.

"위화는 보통사람이 아니다. 반드시 그만한 이유가 있을 테니 좀 더 지켜보자."

손 부자의 큰딸은 동시東市를 관리하던 말단관리 '대차'에게 시집을 갔다. 대차의 직급은 17개 관등 중에 17번째인 '조위'로, 말단 중에도 최말단이다. 본래 관부 주변에서 말죽이나 쑤던 찢어지게 가난한 집안의 장남으론 그만하면 출세 중의 상출세요, 남의 도움은 꼬물도 받지 않고 오로지 홀로 자수성가한 인물이었다.

대차에게는 이도 다 빠진 양친이 아직 사이좋게 나란히 생존해 있었고, 시집 장가 못 간 아우들도 장장 일곱이나 되었는데, 그 대식구를 건사한다고 손 부자 큰딸이 시집간 이튿날부터 손끝에 잠시도 물 마를 날이 없었다. 더구나 반듯한 손 부자가 자식들을 하도 엄하게 길러서 집은 부자라도 돈 한 푼 허투루 쓴 일이 없고, 아무리 힘든 경우를 당해도 투정 한번 받아 주지 않았다. 큰딸은 시집살이가 너무 고된 탓에 철마다 앓아누울 정도였으나 친정에는 하소연은커녕 특별한 일 없이는 걸음조차 하지 않고 살았다. 손 부자는 꽤나 오랫동안 딸이 시집가서 그저 잘 살고 있으려니 여겼다.

하루는 손 부자가 동시에 구경을 나갔다가 우연히 대차를 만났다. 장인과 사위가 함께 국밥을 사먹으며 이런저런 얘기를 나누다가 딸이 아프다는 말을 듣고 대차가 퇴청할 때 따라가서 오랜만에 부녀 상봉을 하게 되었다.

딸을 보는 순간 손 부자는 기가 막혀 입을 다물지 못했다. 처녀 적의 그 훤한 인물은 온데간데없고 사흘에 피죽 한 그릇도 못 얻어먹은 듯한 깡마르고 초췌한 몰골의 아낙네가 몸져누운 자리에서 황망히 일어나 절을 하는데, 곧은 허리마저 버들가지처럼 휘어져 과연 저것이 내 딸인가, 왈칵 눈물이 솟았다.

"네 꼴이 창졸간에 왜 이렇게 되었느냐?"

손 부자가 딸을 차고앉아 물으니 딸이 맥없이 웃으며,

"몸이 좀 고단해서 누워 있었을 뿐 아무렇지도 않습니다. 가만 계세요, 아버지! 제가 곧 저녁을 지어 올릴게요!"

말을 마치자 신바람이 나서 바깥으로 나가려는 것을 손 부자가 급히 치맛자락을 붙잡고,

"앉아라, 앉아. 밥은 먹었으니 이야기나 좀 하자."

하고는 거의 우격다짐으로 딸을 붙들어 앉혀서 비로소 여러 가지

어려운 이야기를 들었다.

 그 뒤로 손 부자는 딸네 집에 철마다 양곡을 실어 주었고, 집안일 거들 노비도 두엇 붙여 주었다. 대차 아우들이 시집 장가를 갈 때는 딸을 통해 부조도 넉넉히 했다. 그렇게 하면 딸이 잘살 거라고 믿어 의심치 않았다.

 그러나 이따금 대하는 딸의 몰골과 신수는 그 뒤로도 별반 나아지지 않았다. 늘 입성이 꾀죄죄하고 온몸에 궁기가 돌았으며, 아무리 웃어도 표정에 어딘지 근심과 수심이 가득 차 보였다.

 대신에 사위인 대차의 풍모는 볼 때마다 눈에 띄게 달라졌다. 차림이 근사해지고 얼굴에 화색이 도는가 싶더니 급기야 말까지 사서 타고 다녔다. 대차뿐 아니라 이 빠진 그 집 양친조차 말쑥하게 차려입은 새 옷에 신수가 몰라보게 화사해졌다. 손 부자는 내심 속이 편치 않았으나 그럴수록 딸네 집에 더 많은 재물을 원조했다. 식구들 뒤를 다 닦고 나면 제 앞가림을 하겠지 믿어서였다.

 그러구러 시절이 반년쯤 흘렀을까. 사위 대차가 후처를 얻는다는 소문이 장안에 파다했다. 손 부자가 이 말을 대차의 상관인 '동시감' 한테서 듣고,

 "에이, 그럴 리 있소? 내 사위는 제 식구 건사도 온전히 못하는 처지인데 무슨 여유가 있어 또 식구를 늘린단 말씀이오?"

하며 고개를 저으니 손 부자와 예전부터 교분이 두터운 동시감이 사정을 다 아는 듯 혀를 끌끌 찬 뒤에,

 "그러게나 말이오. 대차 처신이 영 글렀지. 저는 부잣집 귀한 딸

을 데려다 하도 고생을 많이 시켜서 앞으론 후처한테 부모형제 봉양을 맡기고 정처正妻는 따로 편히 지내게 하겠다는 게 내세우는 명분이지만, 그 후처가 이름만 대면 알 만한 대갓집에 두 번씩이나 살러 갔다가 나온 여자로 행실에 이미 조명이 자자하고, 근본을 봐서도 재물이나 뒤로 후렸으면 후렸지, 시부모 봉양하고 시동생 건사할 재목은 애초에 아니오. 만인이 다 아는 사실을 대차만 모르는 까닭은 눈에 헛것이 잔뜩 씌었기 때문이지 딴 이유가 있겠소? 그 여자와 대차가 정분났다는 소문이 나돈 지 오래고, 해거름이면 동시 관사 앞에 여자가 찾아와 기다리고 섰다가 대차와 나란히 퇴청하는 광경을 내 눈으로도 여러 차례 보았는데, 등잔 밑이 어둡다고 사위 놈 딴 짓을 아직 빙부만 모르고 계신 모양이오?"

일변으론 흉보고 일변으론 고변하듯 말했다. 손 부자가 치밀어 오르는 분노를 삭이지 못해 그 길로 당장 딸네 집으로 달려갔다.

마당에 바삐 들어서자 하얀 모시옷을 입은 사돈 내외가 대청마루에서 밥상을 받고 앉았다가 벌떡 일어나 반갑게 달려드는 것을 손 부자가 팔을 휘둘러 막고는 부엌으로 돌아갔다. 딸이 혼자 부뚜막에서 밥을 먹다 말고 눈을 동그랗게 뜨며,

"아버지 오셨어요?"

하고 물으니 손 부자가 다짜고짜 딸의 팔을 낚아채듯이 끌고 방으로 가서,

"이 경황에 밥이 목구멍으로 넘어가니? 내가 장안에 나도는 대차 놈 소문을 다 듣고 왔으니 숨길 생각일랑 말고 자초지종을 낱낱이

일러라."

　무서운 얼굴로 잡도리를 하였다. 그 서슬에 딸이 비로소 눈물을 뚝뚝 떨어뜨리며,

　"시집살이 삼 년에 남은 거라곤 골병 든 육신뿐입니다."
하고서 흐느낌에 섞어 털어놓는 얘기가 동시감으로부터 들은 얘기와 큰 차이가 없었다.

　"저는 지금까지 살면서 하늘에 맹세코 제 자신을 위해선 땡전 한 닢도 써 본 일이 없고, 오로지 남편과 시집식구들을 봉양하느라 손끝이 짓무르게 일만 했는데, 왜 자꾸만 이렇게 되어 가는지 모르겠어요. 제가 좋아서 한 결혼이라 그동안엔 누구한테 하소연도 못하고 살았으나 이제는 더 참기 어렵습니다. 집에 가고 싶어요, 아버지."

　기진맥진한 모습으로 애처롭게 쳐다보는 딸의 표정을 대하는 순간 손 부자는 눈에서 불똥이 튀었다.

　"가자, 집에!"

　지붕이 떠나가라 버럭 고함을 치고 일어나니 딸이 잠시 아버지의 눈치를 살피다가 주섬주섬 제 물건들을 챙기려 들었다. 손 부자가 그런 딸의 팔을 거칠게 잡아채며,

　"그런 거지 같은 것들은 다 버려라. 전부 새로 사주마!"
하고서 달랑 몸만 데리고 그 집을 나왔다.


　이튿날 대차가 제 처를 찾아 손 부자네 집으로 왔다. 그러나 손 부

자는 찾아온 대차를 만나 주지도 않고, 집안에 들이지도 않았다. 대신 미리 기운깨나 쓰는 제 집 하인들을 불러 단단히 오금을 박았다.

"지금 이 기분에 만일 대차 놈 상판을 보면 아무래도 내가 몹쓸 짓을 저지를 듯하니 너희가 모질게 겁을 줘서 내쫓고 다시는 내 집에 걸음을 하지 못하게 만들어라."

그때쯤엔 하인들도 대강 돌아가는 사정을 알아서 한결같이 대차에게 분개하고 있던 터였다.

대차가 처가에 왔다가 스무 명도 넘는 장정들에게 둘러싸여 온갖 수모를 당하고 평생 잊지 못할 만큼 혼쭐이 났다. 그래도 명색이 관인 신분인데, 하인들이 팔을 붙잡아 어디까지 질질 끌고 가며 조리돌림을 놓고, 나중엔 모도리 두엇에게 뺨까지 얻어맞았다.

"우리 집 큰 낭자가 네놈 종이냐?"

"남의 귀한 딸을 데려다가 네놈처럼 부려먹는다면 누가 딸을 키워 남의 집에 주겠느냐?"

대차가 저 구린 줄은 모르고 이 일을 가지고 관청에 가서 하인에게 맞았다고 고변하여 일이 커질 뻔하였다. 적간을 나온 관리가 모량부에 와서 떠도는 소문을 모조리 주워듣고는,

"팔다리가 부러지지 않은 게 오히려 다행이다."

하고 그대로 돌아가서 사건이 다행히 무사타첩되었다.

곡경을 치른 직후에 손 부자가 하루는 위화를 찾아와 큰딸의 일을 술상 위에 올려놓고 구들장이 꺼지도록 한숨을 쉬었다.

"따님을 내게 한번 보내오."

사정 얘기를 죄 듣고 나서 위화가 웃으며 말했다.

"필경은 따님한테도 잘못이 있으니 내가 그 잘못을 바로잡아서 같은 실수를 두 번 다시 반복하지 않도록 힘써 보리다."

"제 딸년이야 지극정성으로 시집에 헌신하고 봉사한 일밖엔 없는데 어떤 잘못이 있다는 말씀인지요?"

손 부자가 묻자 위화가 말로 설명하기 어렵다며 대답을 피했다.

뒷날 손 부자는 소박맞은 큰딸을 위화의 처소에 보내 한동안 같이 지내게 하였다. 그때부터 위화가 손 부자 큰딸을 데리고 다니며 여러 가지 묘법을 가르쳤다.

얼마 지나지 않아 손 부자 큰딸은 외양부터가 완연히 달라지기 시작했다. 자고 일어나면 맨 먼저 얼굴부터 다듬고 아름답게 분칠하는 단장술은 주가를 드나드는 여인네들한테 배웠다. 맵시 나게 옷 입고 노리개 다는 치장술은 대궐 나인들한테 가르침을 받았고, 살랑살랑 고운 자태로 걷고 고의춤에 사향주머니 차고 다니는 비법은 위화가 직접 가르쳤다. 물일에 거칠게 변한 손가락이 다시 처녀 적의 섬섬옥수로 돌아오자 위화는 옥가락지를 선물로 주었다. 하도 고생을 많이 해서 그렇지 타고난 바탕은 곱고 아름다운 여자였다. 휜 등이 펴지고 얼굴에서 궁기가 사라지자 어느덧 옛날의 화사하고 해맑은 모습이 고스란히 되살아났다.

딸이 하루가 다르게 변해 가자 손 부자는 신바람이 났다. 시집가서 고생한 원수 갚는다고 몸종까지 붙여 손끝 하나 얄랑거리지 못하게 하고, 식구들은 식구들대로 끼니마다 쌀밥과 고기반찬에 온갖 산해진미를 마련해 허기진 소 여물 먹이듯 먹여대니 신수가 안 좋아지려야 안 좋아질 도리가 없었다. 손 부자 큰딸은 불과 반년 사이에 생판 딴사람이 되었다.

 길에서 손 부자 큰딸의 달덩이 같은 자태를 훔쳐보고 혼담을 넣는 자가 생겨났다. 스스로 매작을 서겠다고 나서는 이도 있었다. 한 번 시집을 갔다 온 허물 따위는 부잣집 큰딸의 도도하고 화려한 미색 앞에선 얘깃거리조차 되지 못했다.
 대차 역시 제 전처를 길에서 우연히 보고 까무러칠 듯이 놀랐다. 너무도 달라진 모습에 한참동안 넋을 잃고 몇 번이나 제 눈을 의심하고 또 의심했다. 하지만 위화와 함께 깔깔대고 웃으며 사뿐사뿐 구름을 밟듯이 걸어가는 여자는 아무리 봐도 제 전처가 분명했다. 그래 숨을 죽이고 가만히 뒤를 밟기까지 했다.
 "사람이 저렇게 변할 수도 있나?"
 그날 이후 대차는 줄곧 귀신에 홀린 기분이었다. 제가 만난 어떤 여자보다 아름답고 우아했다. 화사한 옥색치마를 바람에 휘날리며 선녀처럼 걷던 자태가 눈앞에 삼삼해 밤에 잠이 오지 않았다. 인물 고운 데 반하여 뒤에 후처로 들인 여자보다 되레 백배는 젊고 아름다웠다. 하물며 이때는 그 후처가 시집살이 고되다고 강짜를 부리는 통에 노부모는 아우네 집으로 쫓겨 간 지 오래요, 하루걸러 한 번씩은 언쟁을 하느라 둘 사이도 살얼음판을 걷는 듯했다.

"내가 미쳤지, 내가 미쳤어!"

대차는 여러 차례 제 전처를 남몰래 훔쳐보며 주먹으로 가슴을 치고 후회했다. 다시 마음이 흔들린 탓일까. 그는 후처와 심한 언쟁 도중에 화를 참지 못하고 그만 손찌검을 했다가 불한당 같은 후처의 오라비한테 걸려 죽도록 얻어맞고 살던 집칸마저 빼앗겼다. 모량부 사람들이 모두 인과응보라고 고소해 하였다.

하루는 대차가 술 힘을 빌려 제 전처가 지나가는 앞길을 가로막고 노상에서 다짜고짜 무릎을 꿇은 채 용서를 빌었다. 손 부자 큰딸이 물끄러미 대차를 보다 말고 갑자기 깔깔거리며 웃었다.

"당신도 옛날 당신이 아니지만 나도 옛날의 내가 아니오. 당신이 아는 나는 지금의 내가 아니니 생면부지 간에 무슨 용서를 하고 또 받는단 말씀이오?"

말을 마치자 얼음장처럼 싸늘한 얼굴로 변하더니 대차를 외면하고 총총히 걸어가 버렸다.


초혼에 실패한 손 부자 큰딸은 그 뒤로 제법 오랫동안 인생을 만끽하며 혼자 살았다. 그는 혼자 살아가는 고고한 풍류를 가르쳐 준 위화에게 항상 고마워했다. 위화가 잊지 말라며 수시로 손 부자 큰딸에게 말했다.

"남을 위해 헌신하고 희생하는 일이 비록 아름답기는 하나 먼저 자기 자신을 위하고 가꾸지 않는다면 지혜롭다고 말할 수 없소. 부모를 봉양하거나, 정인이나 배필을 사랑하거나, 자식을 애호하는 일이 무릇 다 마찬가지요. 자신을 돌보지 않고 무턱대고 상대만을 위하는 것은 비유하자면 자신의 보물을 몽땅 남의 수중에 맡기는 것과 같소. 그런데 남이 그 보물을 보물이라고 알아주면 다행이지만 그렇지 못한 경우가 훨씬 더 많은 게 인생지사의 서글픔이오. 이런 어리석은 짓을 애초에 왜 한단 말이오?"

위화는 손 부자에게도 이렇게 말했다.

"아이가 태어나면 제일 먼저 가르쳐야 할 게 바로 스스로를 대접하는 법입니다. 좋은 음식을 먹고, 좋은 옷을 입고, 자신이 좋아하고 즐거워하는 일을 찾아서 행하는 까닭도 스스로를 대접하는 방법의 일환입니다. 현자는 예로부터 이런 노력을 게을리 하지 않았습니다. 먼저 자신을 대접할 줄 모르는 사람은 남으로부터도 훌륭한 대접을 받기 어려운 게 세상 이치이기 때문입니다. 대접을 잘 받으면 존귀해지고 싶은 마음이 생기는 건 인지상정입니다. 그래서 자신을 잘 대접하는 사람이 결국엔 존귀해집니다. 사람들은 돌을 보고 절을 하지는 않지만 돌로 깎은 부처의 형상을 보고는 절을 합니다. 돌 속에서 부처가 나왔는데 돌은 모르고 부처는 알아보는 게 세상의 눈입니다. 부처가 만인으로부터 숭배를 받는 이유는 스스로 존귀하기 때문입니다. 스스로 존귀하면 천하가 앞을 다투어 머리를 조아리게 마련입니다. 꼭 무엇을 바라서가 아닙니다. 사람들은 신상神像이나 불상佛像 앞에서 열심히 절을 하지만 절을 받은 신상이나 불상이 돌로부터 걸어나와 절하는 자에게 무언가를 주었다는 말은 아직 들은 바가 없습니다. 그러므로 어려서부터 자기 자신을 잘 대접해서 스스로 존귀해지는 것이야말로 인생 전체를 다복하게 만드는 첫째 비결입니다. 자신은 일평생 보살피고 섬겨야 하는, 삼라만상 가운데 최고의 손님입니다. 누구한테나 자기 자신보다 더 귀한 손님은 없습니다."

이후로 손 부자는 위화가 아무리 돈을 펑펑 쓰고 다녀도 이를 조금도 탓하지 않았다. 누가 위화의 헤픈 처신을 나쁘게 말하면 오히려 흉보는 사람을 점잖게 나무라기까지 했다. 뿐만 아니라 손 부자 자신도 옛날에 비해 씀씀이가 크게 늘어났다. 오래 미뤄 왔던 좋은 말도 사고, 조강지처와 더불어 꽃놀이, 단풍놀이도 곧잘 다녔다. 모두가 자기 스스로를 대접하기 위한 일이었다.

영문 모르는 사람들은 위화의 풍류가 손 부자 재산을 절반이나 까먹었다고 뒷전에서 쑥덕거렸다.

## 너무 깊은 남의 비밀은 모르는 것이 좋다

너무 깊은 남의 비밀은 듣지 않는 것이 상책입니다. 그것은 마치 그가 내민 칼끝을 입에 무는 것과 같습니다. 한번 비밀을 듣고 나면 내가 아무리 물리려 해도 물릴 수 없고, 의심의 칼날이 입에 문 채 비밀을 말한 그가 이리저리 휘두르는 대로 끌려 다닐 수밖에 없습니다.

☀ 위화는 누구를 만나도 진심으로 대했다. 아랫사람이라고 무시하는 법이 없고, 신분이 낮거나 천한 자의 이야기도 끝까지 들어주었다. 그러면서 함께 울기도 하고 웃기도 했다. 바로 이런 점 때문에 사람들은 위화를 만나면 스스로도 어이없을 만큼 자신의 모든 것을 손쉽게 털어놓았다.

그래서 위화는 주변 사람들의 생각이나 고민, 남이 알아서는 곤란한 비밀스러운 일까지도 본의 아니게 알게 되는 경우가 많았다.

왕경에 살던 '보과공주'는 백제 '동성제'의 따님이다. 비처제 말년에 고구려가 군사를 일으켜 백제를 치자 동성제는 신라에 사신을 보내 구원을 요청했다. 비처제가 쾌히 응하고 원병을 파견해 고구려 군사를 물리쳤는데, 당시 국공으로 있던 원종이 장군 '덕지'를 데리고 구원병을 인솔해 들어가서 공을 세웠다. 그때 보과공주와 원종이 백제 황실에서 눈이 맞아 서로 사통한 일이 있었다.

제법 세월이 흘러 백제에서 동성제가 신하의 손에 시해되고 '무령제'가 보위에 오르자 보과는 원종을 잊지 못해 신라로 도망쳐 왔다. 원종은 크게 기뻐하며 태자궁 근처에 전각 하나를 헐어 임시 거처를 마련했는데, 보과가 조용한 곳을 좋아하므로 궐 밖 풍광 좋은 곳에 다시금 아담한 사저를 지어 선물로 주었다. 보과는 궁에 머물 때 '남모'라는 딸을 출산했고, 거처를 사저로 옮긴 뒤에는 '모랑'이라는 아들을 낳았다.

그런데 이 일은 국가 간의 외교 문제와 보과공주의 신변 안전 등을 고려해 대외적으로 한동안 극비에 부쳐졌다. 대소 신료들은 물론이고 심지어 마복자들 중에도 모르는 이가 더 많았다. 한때 보과는 그저 원종의 애첩쯤으로 알려졌다.

위화 역시 보과의 존재를 처음엔 알지 못했다. 그러다가 하루는 대궐에서 벽화를 만나니 벽화가 자신을 대하는 원종의 마음이 예전 같지 않다며 한탄한 뒤에 사뭇 음성을 죽여,

"죽은 백제 임금의 딸이 태자를 못 잊어 우리에게 왔답니다. 태자가 요즘 그 여인에게 빠져서 아무 딴 정신이 없으니 큰일입니다."

하고는 잠시 말허리를 끊었다가,

"이런 말은 절대 입 밖에 꺼내지 마세요. 궁중에서도 몇몇 사람만

알고 있는 비밀입니다."

하며 오금을 박았다. 그래서 위화도 비밀을 알게 됐지만 벽화의 당부대로 아무한테도 발설하지 않고 지냈다.

얼마 뒤에 수지와 비량이 해거름에 위화를 찾아왔다. 마복칠성과 위화의 관계는 대개 동복형제와 같았다. 특별한 일이 없이도 서로 왕래가 잦아 두 사람의 방문이 수상한 일은 아니었다. 셋은 늘 그러하듯 먹고 놀기 적당한 주가酒家로 자리를 옮겨서 반주에 곁들여 한담을 나누었다. 그런데 그날따라 비량이 수지와 위화에게 자꾸 술을 권하면서 자신도 평소보다 많이 마셨다. 술이 약한 수지가 일찌감치 취해 술상에 엎드려 코를 곯았다. 비량이 시중드는 여자들을 바깥으로 물리고 갑자기 목소리를 낮춰 물었다.

"공은 백제에서 넘어온 보과공주 얘기를 들었소?"

엉겁결에 받은 질문이라 위화는 잠시 당황했으나 곧 벽화의 당부를 떠올리고 어리둥절한 표정을 지었다.

"금시초문입니다. 백제에서 공주가 왔다니요?"

취한 눈으로 위화의 반응을 유심히 살피고 난 비량이 이내 주먹으로 술상을 소리 나게 내리쳤다.

"이런 제길!"

그 바람에 화들짝 놀란 수지가 고개를 번쩍 치켜들었다가 다시 스르르 상을 안고 쓰러졌다.

"위공도 태자 눈 밖에 났구먼. 나도, 여기 이 수지공도 모두 태자

눈 밖에 난 사람들이야. 예전에는 우리 사이에 비밀이라곤 없었는데, 지금은 태종이 알고 융취가 아는 일을 우리가 전부 모르고 있소. 백제 공주가 왔다면 대사 중에도 대사가 아니오? 그런 일을 왜 우리한테까지 비밀로 하는 것이며, 기왕 비밀로 하려면 아무도 모르게 하지, 어째서 차등을 두고 구분을 지어 이처럼 서운한 마음이 뼛속까지 골골이 스며들게 하는 것이오?”

비량의 감정은 격하게 달아올랐다. 위화는 평소대로 고개를 끄덕이며 비량이 털어놓는 얘기들을 진지하게 들어주었다. 한참동안 태자를 향해 서운한 마음을 하소연하던 비량이 급기야 위화의 손을 덥석 거머쥐고 말했다.

“위공, 내가 벽화후를 얼마나 귀하게 여기는지 위공은 모를 거요.”

비량의 갑작스런 실토에 위화는 소스라치게 놀랐다.

“후께서 저녁만 되면 전각 난간에 기대어 태자를 기다리는 모습이 너무도 애처롭고 가련하오. 그런 착하고 아름다운, 눈에 넣어도 아프지 않을 절세가인을 곁에 두고 한낱 백제 여자 따위에 정신이 팔려 지내니 태자는 과연 제정신이라고 보기 어렵소. 장담하거니와 머지않아 그 대가를 톡톡히 치르게 될 거요!”

원종에 대한 비량의 험담과 질책이 위험한 수준에 이르렀다. 위화가 놀란 와중에도 비량의 어깨를 끌어안고 손으로 입을 막았다.

“알았습니다. 잘 알았으니 그만 화를 다스리십시오.”

비량이 위화의 손을 뿌리치며 귀에 대고 소곤거렸다.

"위공만 아시오! 벽화후와 나는 이미 보통 사이가 아니오! 태자에게 받은 누이의 설움을 이 비량이 반드시 풀어 주고 달래 주겠소!"

이튿날 술에서 깨어난 비량은 당황한 얼굴로 아침 일찍 위화를 찾아왔다.
"간밤에 내가 혹시 실언을 하지 않았소?"
"약주가 좀 과하셨던 게지요. 괘념치 마십시오."
위화가 웃으며 대답했지만 비량은 여전히 불안감을 감추지 못했다.
"부탁이오, 위공! 어제 나한테서 들은 말은 말끔히 잊어 주오! 대부분이 취중 객담일 뿐이고, 설혹 한두 가지 진담이 섞여 있었더라도 아직은 발설할 때가 아니니 부디 비밀로 해주오! 위공과는 하도 격의 없이 지내다 보니 욱한 마음에 그만 미주알고주알 온갖 잡소리를 지껄여 버린 모양이오!"
신신당부하는 비량을 위화는 몇 번이나 걱정하지 말라며 다독거렸다.
벽화의 거소에서도 비슷한 일이 있었다. 문안차 들른 위화에게 벽화는 눈물을 글썽이며 원종을 흉보고 그의 변심을 원망했다. 한 달이 넘도록 한 차례도 다녀가지 않았다는 거였다. 하소연 도중에 스스로 감정이 격해진 벽화는 말미에 하지 말았어야 할 속내 한 자락을 펼쳐 보였다.

"저도 이젠 따로 정인을 두려고 합니다. 언제까지 태자만 바라보고 살지는 않겠어요."

이런 일도 있었다. 하루는 위화가 길에서 놀다가 고향 친구를 만났다. '길재'라는 그 친구는 날이군에서 나고 자란 마름의 아들인데, 아비가 소작들에게 하도 악명이 높아 늘 이를 부끄러워하였다. 길재는 위화가 고향을 떠난 뒤 자신도 이내 도성으로 도망쳐서 이름을 '도지'로 바꾸고 장사를 벌여 크게 성공하였다. 그 덕에 배를 타고 남제南齊에도 다녀왔고, 뱃길과 물길을 잘 알아서 지증제 즉위 이후 선박에 관한 제도를 만들 때 조당에 들어가 많은 도움도 주었다. 중신 가운데 대아찬 '지득'이 그를 귀하게 여겨 사위로 삼았다. 그러나 아무도 '도지'가 '길재'인 줄은 알지 못했다.
"속이려고 속인 게 아니라 어쩌다가 보니 그렇게 되었네."
길재는 자신을 알아본 위화에게 그동안 아무한테도 말하지 못한 자신의 비밀을 후련하게 털어놓았다.
"지금이라도 모든 사실을 실토하고 싶지만 그렇게 되면 고향 식구들이 한꺼번에 들이닥칠 테고, 우리 아버지가 나타나기만 하면 내가 쌓아 놓은 그간의 모든 좋은 관계가 하루아침에 거덜이 날 게 뻔하니 괴롭지만 입을 다물고 산다네."
"동병상련이니 그 심정이야 누구보다 내가 잘 알지. 마음고생이 심하겠네. 하지만 열심히 살다 보면 언젠가 자네 마음이 편할 때가 오겠지."

"그처럼 이해를 해주시니 고맙기 한량없네. 자네한테라도 속내를 모두 털어놓고 났더니 기분이 날아갈 듯하이."

그날 밤 두 사람은 모처럼 옛일을 회상하며 늦게까지 밥과 술로 회포를 풀었다.

"사람 하나 살려 주세요, 나리!"

한번은 또 단골집 주모가 위화를 붙잡고 다짜고짜 통사정을 했다. 그 뒤로 차근차근 얘기를 들어 보니 '애실'이란 주가의 여인이 태종 이사부에게 반해 상사병이 났는데, 태종이 공무로 바빠서 통 현형하지 않는 바람에 곧 죽게 생겼다는 거였다. 위화가 주모의 성화에 못 이겨 주가에 가 보니 과연 애실이 자리보전을 하고 누웠다가 핼쑥한 얼굴로 간신히 일어나선,

"태종공 나리는 안 오시나요?"

하고 물었다. 위화가 가벼이 고개를 흔들자 애실의 표정이 금세 일그러졌다.

"제가 태종공을 너무 보고 싶습니다. 나리, 제발 태종공을 한 번만이라도 볼 수 있게 해주세요."

연방 한숨을 쉬며 그 꼴을 지켜보던 주모가 위화에게 애실이 썼다는 서찰 한 통을 가만히 쥐어 주며,

"예의가 아닌 줄은 알지만 나리께서 이걸 태종공께 대신 좀 전해 주십시오."

하고 간곡히 부탁했다.

"직접 전하지 않고?"

위화가 물으니 주모가 미안한 기색으로 대답했다.

"천지에 위화랑이 아니면 대저 누구한테 아녀자들의 고민을 이처럼 허물없이 털어놓겠습니까? 오직 나리가 계셔서 우리같이 천한 것들도 용기를 잃지 않고 살아갑니다. 부디 나무라지 마옵소서."

"……알았네."

위화는 애실의 서찰을 지니고 곧장 관청으로 태종을 찾아갔다. 태종이 서찰을 받아들고 한번 쓰윽 훑어보고 나서 위화를 향해 빙그레 웃음을 지었다.

"허허, 공은 참으로 한가한 사람이오."

무안을 당한 위화도 덩달아 웃었다.

"저는 한가하지만 서찰을 쓴 아이는 심히 절박합니다. 화급을 다투는 일이 아니면 잠시 저하고 나갔다가 오시지요. 공께서 한번 다독거리고 어루만져 주면 죽을 목숨 하나가 살아나는 일입니다."

"지금은 그럴 만한 짬이 없소. 나중에 가 보리다."

태종은 거절했지만 위화는 한사코 그를 붙잡고 설득했다.

"여인의 사랑을 받는 일에는 높고 낮음도 없고, 천함과 귀함도 없습니다. 공께서 바쁘신 까닭은 막중한 제업帝業을 보필하기 위함인데, 제업의 근본은 천지만물을 생육, 번성시키고, 황제의 그늘 아래 살아가는 모든 어리고 가냘픈 것들을 정성껏 보살피고 기르는 게 아니겠는지요? 이는 국사를 보좌하는 중신으로서나, 당대 최고의 장부로서나 마땅히 마음을 내어 하셔야 될 일입니다."

결국 태종은 위화의 언변에 감동하여 그를 따라 관청을 나섰다. 하지만 이미 제 몫을 다한 위화는 주가 입구에서 태종만 들여보내고 자신은 발걸음을 되돌렸다. 그래서 뒷일은 잘 알지 못했다.

몇 달 뒤에 위화는 우연히 길에서 애실과 마주쳤다. 애실은 태종이 아닌 어떤 사내와 서로 팔짱을 낀 채 깔깔대며 걸어오다가 위화를 보자 크게 당황했다.

"오랜만입니다, 나리."

애실이 같이 걸어오던 사내를 저만치 보내 놓고 얼굴을 붉히며 인사했다.

"저 사람은 누구냐?"

위화가 다정한 말투로 묻자 애실의 볼이 더욱 붉어졌다.

"새로 사귄 제 정인입니다."

"허, 그래? 그것 참 좋은 일이로구나."

이미 모든 사정을 간파한 위화는 더 이상 아무것도 묻지 않았다.

그런데도 애실은 그 뒤로 위화만 보면 피해 다녔다. 위화가 알은체라도 할라치면 고개를 숙인 채 지나치기 일쑤요, 서로 눈이 마주치고도 샛길이 있으면 그쪽으로 달아났다. 나중에 주모가 위화에게 말했다.

"애실이 그년이 우리 집을 나간 뒤로 이찬 댁 아들과 정분이 나서 아주 미쳐 죽습니다. 옛날 일은 숫제 기억도 못 해요. 아무리 어린아이 풋정이 봄바람에 나부끼는 꽃잎처럼 팔랑거린다 해도 엊그제까지 저 죽는다고 난리 치던 꼴로 어쩜 그토록 돌변할 수 있는지, 하여간 요즘 애들 속은 알다가도 모르겠어요."

피하기로는 고향 친구인 길재도 마찬가지였다. 한번 거방지게 회포를 푼 이후 위화는 간혹 길재와 마주쳤다. 그러나 이쪽에서 쾌히 반기는 것과는 달리 길재는 어딘지 모르게 몸을 도사리고 눈치를 살폈다. 웃어도 활짝 웃지 않고, 반색도 마지못해 하는 엉거주춤한 반색이었다. 그러다가 급기야 피할 곳이 보이면 슬그머니 피해 버리고 말았다.

비량과 벽화의 경우도 이와 크게 다르지 않았다. 보과가 궐 밖 사저로 거처를 옮기고 나자 원종은 아우들을 태자궁으로 모두 불러들이고 그동안 일어난 일을 자세히 설명해 주었다.

"여기 태종과 융취는 직무상 어쩔 수 없이 알게 되었지만 나머지 아우들한테는 일찍 알리지 못해 미안하네. 황제께서 당분간 비밀로 하라시니 나로서도 도리가 없었네."

이로써 비량을 비롯한 몇몇 마복자들의 오해와 서운함은 단번에 풀려 버렸다.

그러나 이후에도 위화가 원종과 무슨 긴한 얘기를 나누거나, 농담 끝에 서로 웃으며 고개를 돌려보면 매우 불쾌한 기색으로 위화를 노려보는 비량의 날 선 눈빛을 마주치곤 했다.

"공은 혹시 내 얘기를 하지 않았소?"

"그럴 리가 있습니까? 일전에 들은 이야기는 무덤에까지 지고 갈 테니 염려하지 마십시오."

"그렇다면 태자와는 왜 그처럼 웃었소?"

위화는 그 일로 비량에게 몇 번이나 똑같은 해명을 반복했는지 모른다. 하지만 아무리 입에 거품을 물고 부인해도 그때뿐이었다. 나중엔 비량의 눈치를 보느라고 원종과 아예 멀찌감치 떨어져 앉기까지 했다. 벽화 역시 원종과 다시 좋아진 후로는 한동안 위화를 찾지 않았다.

한번은 원종이 대궐 바깥에 나와서 위화와 마복자들을 모두 불러 모았다. 분위기가 어느 정도 무르익자 원종은 갑자기 주위를 물리고 심각한 표정으로 입을 열었다.

"요즘 나한테 아무에게도 말 못할 큰 고민거리가 생겼다네."

그 말에 사람들은 일제히 숨을 죽이고 원종을 바라보았다. 그런데 위화가 돌연 침묵을 깨고 벌떡 일어섰다.

"죄송합니다만 제가 지금 소피가 급해서 더 앉아 있다가는 바지에 지릴 것 같습니다. 얼른 일을 보고 오겠습니다."

그 바람에 좌중은 일제히 웃음을 터뜨렸다. 원종도 따라 웃었다.

"어서 다녀오게. 다 큰 어른이 바지에 오줌을 지려서야 되겠는가?"

위화가 바깥에 나와 한동안 배회하다 들어가니 그새 화제가 바뀌어 사람들은 유쾌하게 떠들어댔다. 얼마 뒤에 원종이 다시 분위기를 잡았다.

"자, 아까 못한 얘기를 해보겠네. 내가 요사이 참으로 심사가 괴로워 침식이 순조롭지 않다네."

그 말이 떨어지기 무섭게 위화가 또 벌떡 일어났다.

"정말로 죄송합니다. 아무래도 배탈이 난 듯하니 조금만 기다려 주사이다."

이어 허락 떨어지기를 기다리지도 않고 부리나케 밖으로 달려 나갔다. 위화는 그 길로 주가를 나와 집으로 돌아가 버렸다.

이튿날 비량이 안부를 물으러 찾아왔다.

"속은 좀 괜찮으시오?"

"네. 아무렇지도 않습니다."

"태자께서 걱정을 많이 하셨소. 얼마나 속이 불편하면 말도 없이 그냥 가느냐고."

"심려를 끼쳐 죄송합니다. 태자께서는 무슨 고민이 있으시답니까?"

"아무도 말을 못 들었지. 위공이 없으니 태자도 더 말씀을 안 하십디다."

그러고 나서 비량은 위화의 기색을 뚫어지게 살펴본 뒤,

"어제는 왜 그러셨소?"

하고 물었다. 위화가 잠깐 머뭇거리다가 말문을 열었다.

"너무 깊은 남의 비밀은 듣지 않는 것이 상책입니다. 그것은 마치 그가 내민 칼끝을 입에 무는 것과 같습니다. 한번 비밀을 듣고 나면

내가 아무리 물리려 해도 물릴 수 없고, 의심의 칼날만 입에 문 채 비밀을 말한 그가 이리저리 휘두르는 대로 끌려 다닐 수밖에 없습니다. 그래서 일부러 배탈을 핑계로 태자의 고민을 듣지 않았던 것입니다."

비량은 위화의 말뜻을 금방 이해하지 못했다.

"왜 그런 생각을 하셨소?"

그러자 위화가 웃으며 대답했다.

"바로 공이 제게 가르쳐 준 사실입니다."

"내가?"

"그렇습니다. 공은 취중에 저한테 고민을 털어놓고 지금도 그 일로 저를 의심하지 않습니까? 저는 하늘에 맹세코 그날 들은 말을 아무한테도 발설한 일이 없지만 공의 의심 또한 막을 길이 없었습니다. 앞으로 그와 같은 우는 두 번 다시 범하지 않겠습니다."

그제야 비량은 자신의 잘못을 깨닫고 크게 뉘우쳤다. 그는 자리에서 일어나 위화에게 두 번 절하고 말했다.

"나의 어리석은 처신이 공에게 큰 고통을 주었으니 백배사죄합니다. 다시는 그 일로 의심하지 않겠으니 그만 노여움을 거두시오."

# 사람의 크기는 앞에서는 보이지 않는다

말을 많이 하는 것은 많이 웃느니만 못하고, 많이 아는 것은 많이 느끼는 것보다 못하다. 많이 안다고 그 아는 바를 가지고 줄기차게 떠드는 사람은 창밖에 뜬 달을 보고 한 번 웃는 사람보다 뒤가 허무해지는 법이다. 사람의 크기는 앞에서는 보이지 않는다. 앞에서는 그저 형체가 보이고 그가 하는 말이 귀에 들릴 뿐이다.

태자 원종은 태양 같고 불 같은 남자였다. 그 뜨거운 열정에는 주위의 모든 것이 녹아내렸다. 여자도 마찬가지였다. 정비로 보도부인이 있었고, 후비와 잉첩으로 벽화와 보과, 수지공의 누이인 준실이 있었지만 이들만으로 한창 연부역강한 원종의 양기를 다 감당할 수 없었다.

원종이 앞서 위화와 마복자들을 불러 털어놓고자 했던 고민은 애정 문제였다. 그는 이즈음 보도비의 아우인 '오도'에게 몸과 마음이 송두리째 빠져 있었다.

궐 밖으로 쫓겨난 선혜후는 비처제가 죽은 뒤로 다시 자유롭게 궁중을 출입할 수 있었다. 태자비 보도를 만나 모녀간에 회포도 풀고, 아우 같은 연제후며 시동생 같은 지증제와도 재회의 기쁨을 나누었다. 사위 원종도 선혜후를 항상 깍듯이 섬겼다. 그 역시 한때는 선혜후에게 친아들 같은 사람이었다.

사단이 난 건 선혜후가 둘째딸 오도를 데리고 대궐 출입을 하면서부터다. 오도의 미모는 사람들이 한결같이 국색國色이라 찬탄하던 한창때의 벽화보다도 오히려 한 수 위였다. 오죽이나 곱고 예뻤으면 궁중 나인들조차 사랑 때문에 억울하게 죽은 묘심의 원혼이 빚어낸 미모라고 쑥덕거렸다. 원종은 보도비의 전각에서 오도를 보는 순간 그만 넋을 잃었다. 그 뒤로는 오도의 젊고 아름다운 모습이 도무지 뇌리에서 떠나지 않아 사람이 멍하게 허깨비 같을 때가 많았다.

갈수록 반감되는 미색이 있는가 하면 볼수록 돋보이는 미색도 있다. 오도의 미색은 후자였다. 단아하면서도 화려하고, 화려하면서도 고상한 절묘한 아름다움이었다. 입을 열어 말을 하면 흰 쟁반에서 옥구슬이 구르고, 입을 다물고 웃으면 소리 없이 백화百花가 피고 사방이 환히 빛났다. 볼 때마다 미색이 점점 더한 까닭에 원종은 오도가 매일 조금씩 더 아름다워진다고 믿었다.

당시의 관례에 따르면 오도는 원종이 마음만 먹으면 손쉽게 취할 수 있는 여자였다. 비처제와 벽화의 경우처럼 일반 백성 가운데 여자를 뽑아 황실로 데리고 들어오는 것이 특별한 일이었다. 이는 자칫하면 지배층의 반발을 불러올 수도 있었다. 그러나 기왕에 혈통과 근본이 검증된 황족과 귀족 중에서는 서로 뜻만 맞으면 얼마든지 합궁이 가능했다. 더구나 황제에서 태자로 이어지는 적통의 색탐은 성대盛代의 기초이자 번영의 초석으로 여겨져서 오히려 만인의 칭송과 부러움을 샀고, 간택의 범위 안에 있는 여자들은 어떻게든 색공을 바쳐 총애를 얻으려고 안달복달했다. 그래서 자식이라도 얻으면 더할 나위 없는 가문의 영예요, 현실적으로도 신분과 지위를 높여 먹고사는 중대사를 일거에 해결할 수 있는 절호의 기회였다.

선혜후도 바로 이 점을 노리고 오도를 자꾸만 원종 앞에 데려갔다. 큰딸인 보도는 궁중에서 자라 깊은 정이 없었으나 오도는 자신이 궐 밖에서 키운 딸이라 애지중지하는 마음이 컸다. 마음씨 착한 보도는 이를 알고도 어머니와 동생의 잦은 방문을 차마 막지 못했다.

오도의 미색에 정신이 팔린 원종은 결국 보도비를 구워삶아 오도로 하여금 색공을 들도록 만들었다. 오도 역시 선혜후의 엄명을 거역하지 못하고 태자의 요구에 부응했다. 두 사람이 합궁을 하고 나자 오도를 향한 원종의 총애는 더욱 뜨거워졌다.

하지만 참으로 알지 못할 것이 사람의 마음이었다. 오도는 날이 갈수록 위화에게 이끌렸다. 그가 위화를 처음 본 것은 벽화후의 전각에서다. 벽화후의 사가 오라버니라고 해서 정중히 인사를 나눈 게 두 사람의 시초였다. 그 뒤로 오도는 위화를 자주 보았다. 위화는 저자에서뿐 아니라 궁중에서도 인기가 높아서 한번 입궐하면 벽화뿐 아니라 보도비와 연제후, 심지어 과묵한 지증제까지도 친히 곁으로 불러 바깥 이야기를 청해 듣곤 했다. 오도가 혹은 조석으로 출입하고, 혹은 궁중에서 머물며 여러 장소에서 위화를 보았다. 그는 위화의 헌칠한 용모와 수럭수럭한 말투, 다정하고 따뜻한 눈빛에 차츰 매료되기 시작했다.

"위화는 어떤 사람입니까?"

오도가 보도에게 묻자 보도가 웃으며 대답했다.

"천하에 둘도 없는 풍류나비風流蝶요, 하늘이 내린 멋쟁이다."

한번은 오도가 궁에 머물고 있을 때 연제후가 보도비의 전각에 와서 사방을 두리번거리며 말했다.

"위화랑이 왔다던데 여기 오지 않았느냐?"

"아직 오지 않았습니다."

"오거든 내게 좀 들렀다가 가라고 일러라. 간밤에 사나운 꿈을 꾸어 아침부터 정신이 산만하고 울적한데 위화의 얼굴이라도 봐야지 기분이 풀리겠구나."

사람이 좋으면 차고 다니는 요대도 남다르게 보이는 게 인지상정인데, 자신이 염두에 둔 사람을 남들도 한결같이 좋아하니 오도의 마음속에서 위화는 점점 광채가 났다. 그러던 차에 실직주 군주로 나갔던 태종이 우산국(울릉도)을 정벌하고 돌아오자 궁중에서 이를 환영하는 큰 잔치가 열렸다. 오도는 언니 보도비를 수행하여 잔치에 나가서 사람들과 어울렸다. 공을 세운 태종과 태자를 비롯한 여러 마복자 형제들이 대신들과 격의 없이 환담을 나누는 자리에 위화도 만면에 웃음을 머금고 앉아 있었다. 오도는 연회의 분위기가 무르익자 슬그머니 보도비의 옆자리에 끼여 앉아서 수시로 위화를 훔쳐보았다.

 늘 그렇듯이 좌중을 주도한 것은 태자 원종의 호방한 언변이었다. 간간이 그날의 주인공인 태종도 늠름한 풍모에 어울리게 호쾌한 무용담을 자랑했다. 특히 그가 나무로 깎은 목우사자木偶獅子를 전선에 가득 싣고 가서 우산국 사람들에게 항복을 받은 장면을 설명할 때는 모든 사람이 박장대소하며 즐거워했다. 하지만 위화는 연회가 끝날 때까지 시종 웃기만 했을 뿐 거의 말이 없었다.
 "이 좋은 날에 우리가 위공의 풍류를 보지 않고 그냥 넘어갈 수 있는가!"
 그렇게 제안한 이는 황제였다. 옥배를 들고 용상에서 걸어 내려와 친히 태종을 치하하고 태자 주변 사람들과 인사를 나눈 지증제가 위화의 절을 받고 나서 말했다. 말이 떨어지기 무섭게 여기저기에서 환호가 일고 박수가 터졌다. 위화가 황제를 향해 허리를 굽혀 반절로 예를 표한 뒤 악공들 사이로 걸어나갔다.
 흥겨운 음악에 맞춰 위화가 춤을 추었다. 가락이 빨라지자 춤사위도 덩달아 분주해졌다. 한동안 숨소리를 죽이며 지켜보던 사람들이 절묘한 춤 솜씨에 차츰 감탄을 쏟아내기 시작했다. 나이 든 고관들은 넋을 잃었고, 그 부인과 딸들은 오장육부라도 빼줄 듯한 선망의 눈길로 춤동작 하나하나를 주시했다. 극도로 흥이 오른 위화가 대연의 마지막에 홀로 비파를 뜯으며 열창할 때는 만인이 감동하여 눈물을 글썽였다.

"위화의 풍류는 남자인 내가 봐도 반할 만하구나."

지증제가 황홀한 표정을 지으며 찬탄을 금치 못했다.

"공은 사람 같지 않고 꼭 하늘에서 내려온 신선 같소이다."

위화를 보는 사람마다 한마디씩 앞 다투어 인사와 덕담을 건넸다. 원종 또한 기뻐하기로는 남들에 뒤지지 않았다.

"과연 나의 등통이다. 어찌 자랑스럽지 않으랴!"

이날 이후 오도는 위화의 매력에 사로잡혀 헤어나지 못했다. 어떻게 하면 위화와 따로 만날 수 있을까, 궁리에 궁리를 거듭하던 그가 고심 끝에 생각해낸 건 벽화후의 어린 딸 '삼엽'이었다. 오도는 삼엽을 꾀어내 안아도 주고 업어도 주면서 환심을 산 뒤에 그를 통해 자연스럽게 위화와 만났다. 위화는 본래 조카인 삼엽을 제 딸처럼 사랑했다.

삼엽을 등에 업은 위화가 오도와 더불어 궁궐 내의 한적한 오솔길을 거니는 광경이 궁중 나인들의 눈에 자주 목격되었다. 때론 두 남녀가 아장아장 걷는 삼엽의 손을 양쪽에서 잡고 나란히 노닐기도 했다. 그 모습이 마치 단란한 식구 같았다.

전각 뒤편 큰 못가엔 희고 붉은 연꽃이 흐드러지게 피어나고 푸른 하늘엔 뜬구름이 드높았다. 고개를 숙이며 걷던 위화가 조심스레 귀엣말을 건네자 오도가 돌연 하늘을 바라보며 까르르 웃음을 터뜨렸다. 그 소리에 놀란 새들이 숲에서 푸드득 날아올랐다. 깜짝 놀란 삼엽이 손가락으로 새를 가리키며 울먹이자 오도가 얼른 삼엽을 품에 안고 토닥거렸다. 눈을 맞춘 두 남녀가 다시 까르르 웃었다.

"말로만 듣던 마복자들을 연회장에서 모두 보았는데 위화랑만한 사람이 없었어요. 춤 솜씨, 노래 솜씨는 고사하고, 좌중을 휘어잡는 말솜씨 또한 어찌나 달변인지, 그날 저는 위화랑한테 정말 많은 것을 배웠어요. 위화랑은 과연 하늘이 내신 분입니다."

오도가 제 언니 보도를 보고 꿈을 꾸는 듯한 표정으로 감탄을 연발했다. 보도가 고개를 갸우뚱거리며 물었다.

"춤 솜씨, 노래 솜씨야 천하가 알아주는 사람이지만 위화랑은 그날 별 얘기를 하지 않았단다. 어찌 달변이라고 하느냐?"

그러자 오도 역시 고개를 갸우뚱거리며 보도를 쳐다보았다.

"마복칠성이 모인 자리에서 위화랑이 많은 얘기를 하지 않았나요?"

"얘가 아주 혼이 나갔구나. 내가 기억하기로 위화랑은 웃기만 했을 뿐 별 말을 하지 않았다. 본래 그런 자리에선 태자가 주로 이야기를 하는데, 그날은 태종공이 몇 마디를 거들었을 뿐이야."

"그래요?"

오도는 보도로부터 자세한 설명을 듣고도 믿지 못하겠다는 표정을 지었다.

"참 이상하네요. 그런데 왜 저는 위화랑이 아주 많은 이야기를 한 걸로 기억할까요?"

그런 사례는 비단 오도뿐 아니라 위화가 참석한 거의 모든 모임이나 자리에서 많은 사람들이 겪는 혼동이었다. 위화는 특별한 얘기를 하지 않아도 사람들은 돌아가서 대부분 위화의 비중을 제일 크게 기억했다.

법화가 이 주제를 가지고 산승들에게 말했다.
"군중들이 운집한 법회에서 말을 많이 한다고 반드시 수양이 높은 중은 아니다. 진실로 크게 닦은 고승은 벼락처럼 내리치는 한마디 말로 사부대중의 어리석음을 일거에 날려 버릴 수 있다. 말이란 어떤 의미에서 매우 쓸모 없는 물건이다. 그래서 말이 다하는 곳에 길이 있다는 경구도 생겨난 것이리라."
그는 또 이렇게 말했다.
"말을 많이 하는 것은 많이 웃느니만 못하고, 많이 아는 것은 많이 느끼는 것보다 못하다. 많이 안다고 그 아는 바를 가지고 줄기차게 떠드는 사람은 창밖에 뜬 달을 보고 한 번 웃는 사람보다 뒤가 허무해지는 법이다. 사람의 크기는 앞에서는 보이지 않는다. 앞에서는 그저 형체가 보이고 그가 하는 말이 귀에 들릴 뿐이다. 그러나 뒤로 돌려세우면 비로소 그 사람의 크기가 보이고, 듣지 않은 말들이 마음으로 다가온다. 많은 이가 오도처럼 집에 돌아와서 달변인 원종보다 그저 웃기만 한 위화를 더 크게 기억하는 이유도 바로 그 때문이다. 적어도 말에 관한 한, 승속僧俗의 이치가 한 치도 다를 바 없다."

> # 산을
> # 마주하면
> # 산이 보이고
> # 물을
> # 마주하면
> # 자신이
> # 보인다
>
> 세상에는 크게 나누어 산과 같은 이가 있고, 물과 같은 사람이 있다. 산 앞에 서면 산이 보일 뿐이지만 물을 마주하면 자신이 보인다. 원종의 사업은 당대에 크게 빛났고, 위화가 별인 사업은 여러 대를 흘러가며 사직과 민간에 속속들이 지대한 영향을 끼쳤다. 원종이 남긴, 법제보다도 위화가 남긴 풍류가 더 크고 위대하다.

  국사가 한가할 때 원종은 가끔 궐 밖으로 바람을 쐬러 나왔다. 본래 궐 밖에 있던 사람이라서 대궐에 갇힌 생활이 불편하고 답답한 탓도 있었고, 자신의 옛날 경험에 비추어 정사가 자칫 민심과 다른 방향으로 흐르는 일을 경계하려는 뜻도 있었다. 그래서 바깥에만 나오면 과거에 자신과 친분이 있던 사람들을 되도록 많이 만나 그들이 하는 말을 열심히 경청했다.

  그런 만남은 주로 주가에서 은밀하게 이루어졌다. 옛날부터 원종이 자주 다니던 단골집들이었다. 원종은 미리 주모에게 자신이 온 사실을 다른 방 손님들에겐 비밀로 해달라고 당부했다. 그러나 타고난 성정이 워낙 괄괄하고 호방해서 술이 몇 순배만 돌고 나면 그 주가에 있던 사람들이 대부분 원종이 온 줄을 알게 마련이었다. 유난히 큰 음성과 특유의 호탕한 웃음소리 때문이었다.

"옆방에 혹시 태자가 오셨는가?"

원종이 나온 줄을 모르고 술을 마시던 조당 벼슬아치들은 당연히 혼비백산할 수밖에 없었다. 아무리 비밀로 해달라는 당부가 있어도 이미 알고 물어보는 데는 주모도 속수무책이었다.

"괜찮습니다. 태자께서는 바깥의 일을 알지 못하니 마음 편히 드십시오."

관인들은 그 말을 듣는 순간 대번 안색이 백변했다. 음성을 낮추고 자라목이 되어 앉았다가 이내 핫바지에서 방귀 새듯 슬그머니 달아나 버리는 게 통례였다. 그만큼 벼슬아치들에겐 어려운 존재가 원종이었다.

원종을 두려워하지 않는 관리는 아무도 없었다. 체구부터가 그 앞에 마주 서면 위압감을 느낄 정도로 헌걸찼으나 반드시 그 때문만은 아니었다. 대범하면서도 치밀하고, 너그러우면서도 올곧은 처신이 사람들로 하여금 스스로 조심하면서 경원하는 마음을 갖게 만들었다. 열이면 열, 백이면 백 사람이 다 그랬다. 약관의 젊은 백관에서부터 환갑을 넘긴 백발의 중신들까지, 누구나 그 앞에서는 허리를 굽히고 살금살금 까치걸음을 쳤다. 여자들이라고 크게 다르지 않았다. 태자비로부터 궁정에서 비질을 하는 소녀 나인에 이르기까지 원종보다 무섭고 어려운 사람은 세상에 없었다. 그를 아는 모든 이의 뇌리에서 원종은 단 한 가지 모습으로 존재했다.

그러나 매사에 거침없고 아무한테도 거리낄 것 없는 원종도 딱 하나 눈치를 보거나 겁을 내는 경우가 있었다. 벼슬아치가 아닌 여염의 백성들과 마주쳤을 때였다. 백성들은 대부분 원종을 잘 알아보지 못했다. 하물며 태자가 야밤에 주가에 나왔을 거라곤 상상조차 하기 어려웠다. 원종을 알지 못하는 백성들은 원종을 눈으로 뻔히 보면서도 무심히 그냥 지나쳤다. 당연한 일이었다. 국궁은커녕 목례조차 하지 않는 사람을 보면 원종 또한 그들이 백성인 줄을 금방 알아차렸다. 그럴 때면 원종은 현저히 말소리를 줄이고 크게 웃는 것도 삼갔다. 행여 옆방에 말이 새어 나갈까 봐 노심초사하다가 결국엔 일찌감치 자리를 파하고 초저녁에 환궁해 버리기 일쑤였다. 한번은 이를 궁금하게 여긴 주모가 물었다.

"천하의 태자께서 어찌하여 이름도 알 길 없는 백성들한테는 그토록 쩔쩔매십니까?"

그날도 옆방에는 백성들이 있었다. 원종이 잔뜩 목소리를 눅여 대답했다.

"조당 중신들은 모두가 나를 잘 알지만 백성들이야 내가 어떤 사람인지 무슨 수로 알겠는가? 그러니 오늘 같은 날 만일 내가 취중에 흥이 나서 노래를 부르면 백성들은 태자가 늘 술에 취해 노래나 부르는 사람으로 알 테고, 큰소리로 남을 흉보거나 질책하면 나의 인품이 만인으로부터 의심을 살 것이다. 어디 그뿐인가. 국사를 근심하면 그 말이 금방 열 사람, 백 사람에게 퍼져서 오래지 않아 천하가

산을 마주하면 산이 보이고 물을 마주하면 자신이 보인다 **145**

수심에 잠길지도 모른다. 오늘 먹을 찍으면 평생 먹이 되고, 한번 뱉은 말은 일파만파로 퍼져나가 영원히 주워 담을 방도가 없는데, 이보다 더 무서운 일이 세상에 어디 있겠는가?"

여기 비하면 위화에 대한 세인들의 평가는 어지러울 정도로 다양했다. 그는 원종처럼 큰 소리로 떠들지도 않았지만 한번 흥이 나면 누구의 눈치도 보지 않았다.

"타고난 옥골선풍이요, 천하의 귀인이다."

"재주도 그런 재주가 없고, 호인도 그런 호인이 없다."

우선은 호의적인 평가가 대세를 이루었다. 하지만 나쁘게 말하는 사람도 적지 않았다.

"태자에게 제 누이를 팔아먹은 용의주도하고 약삭빠른 인물이다."

"천하의 도둑놈이다. 호인 흉내를 내고 있지만 속엔 반드시 부와 지위를 탐하는 시커먼 심보가 도사리고 있을 것이다."

"무위도식하면서 여자들이나 후리는 호사바치, 그 이상도 이하도 아니다."

"만고에 잡놈이 위화다."

위화에게 오랫동안 술값 외상을 받지 못한 주모는 비록 당자 앞에서는 살갑게 굴어도 돌아서면 '경우 없고 얌통머리 없는 작자'라고 입술을 삐죽거렸다. 호의를 베풀었다가 무안을 당한 최부자 같은 사람들은 그 뒤로 '건방지고 무례한 놈'이라고 하도 칡 씹듯이 씹고 다녀서 사랑부에서는 대개 위화의 평판이 좋지 않았다. 누이 잘 만나 출세한 촌놈, 오뉴월 개 팔자를 타고난 놈, 세상 어려운 줄을 도통 모르는 놈, 부모한테 쫓겨난 놈, 신선놀음에 도끼자루 썩는 줄 모르는 놈, 그밖에도 여러 가지 좋지 않은 말들이 나돌았다. 모욕적인 소문도 많았다. 섬신공과 벽아부인을 통해 위화에게 혼담을 넣었다가 퇴짜를 맞은 처자의 부모는 위화가 고자라는 헛소문을 퍼뜨렸고, 주가의 여인네 중에도 이에 동조하는 축들이 나타났다. 그와는 정반대로 위화가 밤새 여색을 탐하는 지독한 색골이란 소문도 있었다. 다정다감한 남자라고 추켜세우는 여인이 있는가 하면 겪을수록 정나미가 떨어지는 사내라고 사정없이 깎아내리는 여자도 있었다. 세인의 평가만 가지고는 도무지 종잡을 수 없는 사람이 위화였다. 원종과는 달리 위화의 모습은 사람에 따라 천차만별이었고, 상대에 따라 각양각색이었다.

'교하'는 원종이 국공으로 있을 때 총애하던 여자인데 그가 태자가 되어 대궐로 들어간 뒤에는 위화를 섬겼다. 이를테면 저자에서 원종과 위화, 두 사람을 모두 겪은 흔치 않은 경우였다.
"원종을 알면 원종에 빠지고, 위화를 알면 위화에 빠진다."
교하는 입버릇처럼 그렇게 말했다. 두 남자를 비교해 보라는 동료들의 주문이 그치지 않았다.
"내가 무슨 일을 가지고 의논하려 들면 태자는 두어 마디만 듣고 금방 답을 준 뒤 다시는 그 이야기를 꺼내지 못하도록 입을 막았으나, 위화랑은 잠자코 이야기를 들어주기만 할 뿐 내가 묻기 전에는 어떤 답도 하는 법이 없었다. 슬픈 일이 생겨서 울면 태자는 내가 우는 모습을 보는 순간 그대로 밖으로 나갔다가 이튿날 아무렇지도 않은 표정으로 다시 왔지만, 위화랑은 이유도 묻지 않고 밤새 다독거려 줄 뿐 아니라 오래 뒤에 만나도 그날의 일을 잊지 않고 기억해 주었다. 태자는 그 앞에서 꼭 필요한 말만 해야 하는 조심스럽고 어려운 상대였고, 위화랑은 아무 말이나 해도 되는 편한 상대였다. 심지어 그와는 복두를 거꾸로 뒤집어쓰고 어린애들처럼 희희낙락하면서 장난도 칠 수 있었다. 태자는 내가 존경했으나 위화랑은 한없이 사랑스러웠다. 태자의 그늘은 아름드리 장송거목을 등지고 있는 것처럼 항상 듬직했고, 위화랑의 품은 늘 봄볕처럼 따뜻하고 포근했다. 태자를 알고 지낼 때는 천하가 두렵지 않았으나 위화랑과 같이 있을 때는 인생의 근심을 말끔히 잊을 수 있었다. 태자가 오래 보이지 않으면 까닭 없이 불안해졌지만 위화랑을 오래 만나지 못하면 보고 싶어 눈물이 났다."

"그렇다면 두 사람 가운데 누구와 사귈 때가 더 좋았니?"

동료들이 짓궂게 물었다. 한사코 답을 피하던 교하가 나중에 친한 동료한테만 속마음을 털어놓았다.

"벼락맞을 얘기지만 두 남자와 번갈아 살 수만 있다면 그보다 행복한 여자는 없을 테지. 두 남자가 다 빼어난 매력이 있었는데, 굳이 한 사람을 택하라면 위화랑을 섬길 때가 더 즐겁고 좋았던 것 같아."

위화에 대한 평가가 사람마다 다른 점을 두고 법화가 납자들에게 말했다.

"스스로 주관이 뚜렷하다면 세인의 평가 따위를 겁낼 필요는 없다. 성인에게도 적敵은 있다. 누구나 마찬가지지만 야밤에 제 집 담벼락 위에서 맞닥뜨린 도적놈과 조당에서 사귄 정승을 똑같이 대할 수야 있느냐? 사람에게는 본시 여러 모습이 있고, 또 그 여러 모습이 대인관계를 통해 수백, 수천 가지 다른 형상을 만들어내기도 하는 법이다. 위화에 대해 이러쿵저러쿵 말들이 많은 이유는 그의 활동이 그만큼 분주하고, 그가 만나는 계층이 그만큼 다양하다는 증거다. 만일 어떤 이가 대문을 꼭 닫아걸고 바깥출입을 전혀 하지 않는다면 세인들은 그를 알 턱도 없지만 설령 알아도 한 가지 모습으로만 기억할 따름이겠지."

당시 세간에선 '궐 안에는 원종, 궐 밖에는 위화'라는 말이 한창 나돌았다. 납자들 또한 호기심을 감추지 못하고 두 사람을 비교해 달라고 법화에게 졸랐다. 한때 두 사람을 모두 가르쳤던 법화가 만면에 웃음을 띠고 입을 열었다.

"원종의 크기는 눈에 보이는 크기이고, 위화의 크기는 볼 줄 아는 사람한테만 보인다. 비유하자면 원종은 산과 같고, 위화는 물과 같다. 세상에는 크게 나누어 산과 같은 이가 있고, 물과 같은 사람이 있다. 산 앞에 서면 산이 보일 뿐이지만 물을 마주하면 자신이 보인다. 특히 위화처럼 꾸밈없는 맑은 바탕으로 수많은 사람을 가리지 않고 사귀는 활달한 사람은 명경지수와 같다. 그 앞에선 선한 사람은 선하게 보이고, 약은 자는 약게 보이며, 추한 이는 추하게 보일 따름이다. 세간에서 위화를 일컬어 하는 여러 가지 말들이 사실은 바로 그 말을 하는 자기 자신의 모습임을 사람들은 알지 못한다."

"그럼 법사께서 보시기에 원종과 위화 중에 누가 더 큰 사람입니까?"

법화는 이 질문에 오래 대답하지 못했다.

그는 말년에 가서야 다음과 같이 말했다.

"원종은 어떤 것도 겁내지 않고 무엇으로도 속박할 수 없는 큰 인물이지만 오직 하나, 백성과 민심만은 누구보다 두려워했다. 다시 말해 백성과 민심이란 포승만 있다면 천하의 원종도 붙잡을 수 있었다. 반면에 위화에게는 그런 게 아예 없다. 그를 사로잡아 울타리에 가둘 게 아무것도 없었다는 말이다. 이런 사람이 세상에서 제일 무서운 사람이다"

세월이 한참 더 흘러간 먼 훗날, 신라인들은 법화의 말을 근거로 두 사람을 이렇게 평가했다.

"그래서 원종의 사업은 당대에 크게 빛났고, 위화가 벌인 사업은 여러 대를 흘러가며 사직과 민간에 속속들이 지대한 영향을 끼쳤다. 원종이 남긴 법제法制보다도 위화가 남긴 풍류가 더 크고 위대하다."

# 허상의 백만군대보다 눈앞의 벌 한 마리가 더 두렵다

세상은 비록 넓고 크지만 허상이요, 여인은 비록 작으나 실상이다. 허상의 백만 군대는 두렵지 않지만 눈앞에서 침을 쏘는 벌 한 마리는 두려운 것과 같은 이치다. 그래서 예로부터 천하를 움직인 큰 영웅들도 작고 사소한 일에 무너진 경우가 허다하다.

원종은 매사에 너그럽고 대범했다. 좋은 물건이 생기면 아우들부터 먼저 챙겼고, 궂은일은 솔선하여 행하였으며, 비록 화를 내도 뒤끝이 없고, 아랫사람이 중대한 실수를 저질러도 근본을 해친 일이 아니면 쾌히 용서해 주었다. 그래서 백관의 우두머리가 될 수 있었고, 만조의 신하들을 능히 통솔할 자격과 자질을 고루 갖추었다. 태자가 되어 대궐에 들어간 뒤에도 달에 한두 번은 꼭 아우들을 불러 예전처럼 대접했으며, 중요한 결정을 앞두고는 반드시 그들로부터 의견을 물어 중지衆志에 따랐다.

시골 촌놈 위화가 갑자기 나타나 활개를 치며 돌아다닐 때도 이를 기꺼이 받아줄 만큼 도량이 컸고, 스스로 하배까지 하는 대범한 처신으로 마침내 그를 감복시켜 아우로 삼았다. 원종의 타고난 그릇이 크지 않았다면 어려운 일이었다. 오래 전부터 마복칠성이란 이름으로 결속한 그들의 굳은 연대에 위화가 뒤늦게 끼어든 점을 태종이나 이등, 융취처럼 아직도 내심으론 못마땅하게 여기는 이들이 태반이었는데, 원종이 위화를 챙기니 감히 거역하지 못하고 순종했다.

언제부턴가 사람들은 '궐 안에는 원종, 궐 밖엔 위화'라는 말로 둘을 한입에 비교했다. 그만큼 위화의 인기가 도성 전체를 진동시켰다는 말이다. 관혼상제에서 위화를 초청하는 청탁이 쇄도하고, 위화가 사는 집 골목엔 식전부터 인파가 구름처럼 모여 종일 북새통을 이루었다. 이를 시샘한 융취가 하루는,

"참으로 알지 못할 것이 민심입니다. 태자께서는 막중한 국사를 돌보시느라 잠시도 빤한 틈이 없는데, 한낱 무리를 이끌고 골목길을 돌아다니며 오로지 먹고 노는 일로만 청춘을 보내는 위화 따위와 같은 반열에서 논하니 제가 다 치욕스러워 얼굴이 화끈거립니다."

하며 불평한 일이 있었다. 그때도 원종은 웃는 낯으로 융취를 달랬다.

"위화와 나는 애초에 타고난 바탕이 다르듯이 맡은 소임 또한 다르다. 그러니 나는 국사를 돌보고 위화는 사람들 사이에서 풍류를

즐기는 것이다. 위화가 세간에서 유명세를 타고 백성들이 그를 보고 위안을 삼는다면 이는 기뻐하고 치하할 일이지 나무랄 일이 아니다. 그 또한 넓게 보면 국사에 보탬이 되고 제업을 보필하는 게 아니더냐?"

한발 더 나아가 그는 오히려 위화를 격려했다.

"등통이 세상을 즐겁게 하니 문제文帝가 어찌 기쁘지 않으랴. 정사는 백성들의 배를 불릴 수는 있어도 웃게 만들지는 못한다. 지금 그대가 하는 일은 고금의 어떤 위대한 군왕도 하지 못한 성스러운 일이다. 뒤는 내가 봐줄 테니 부디 만백성을 즐겁게 하라."

원종의 도량이 대개 그랬다. 뿐만 아니라 그는 남녀간의 애정 문제에도 항상 초연한 태도로 일관했다.

"선제가 묘심의 일로 선혜후를 폐하여 궐 밖으로 내친 것은 백사를 감안하더라도 옹졸한 처사였다. 어떤 경우에도 황제가 자신의 한계를 드러내 보이는 일은 바람직하지 않다. 만일 나 같으면 결코 하지 않았을 일이다."

이 같은 주장을 입증이라도 하듯, 원종은 비량과 벽화가 서로 눈이 맞아 벽화의 전각에서 자주 어울리는 줄을 알고도 이를 모른 체해 주었다. 비량과 벽화는 자신들이 은밀히 야합하는 줄을 원종이 모른다고 여겼으나 원종은 어느 날 아시공에게 다음과 같이 귀띔했다.

"비량은 나의 사랑하는 아우요, 벽화도 내가 사랑하는 여인이다. 그 두 사람이 서로 정분이 나서 수시로 어울리니 내가 화를 낼 명분이 없구나."

그랬던 원종도 오도와 위화가 서로 깊이 사귄다는 사실을 알아차리자 완전히 딴사람으로 돌변했다. 오도에 대한 사랑이 그만큼 크고 깊었던 탓일까. 한창 열중하던 상대를 아랫사람에게 빼앗긴 상실감과 질투 때문일까. 어쨌든 원종의 노여움은 상상을 초월했다. 그는 대번 안색이 흙빛으로 변하고 분노로 수족까지 떨었다.

"날이의 비렁뱅이 촌놈이 어찌 내게 이럴 수 있단 말인가!"

화를 참지 못해 주먹으로 내리친 탁자가 산산조각이 나서 바닥에 나뒹굴었다. 그토록 격분한 원종의 모습을 이전에는 아무도 보지 못했다. 말을 전한 내관과 궁녀는 두려움에 사지를 움츠렸고, 마침 공무를 의논하러 태자궁 한쪽에서 대기 중이던 신하들은 벼락같은 고함소리에 놀라 슬그머니 달아났다. 원종은 눈알이 튀어나오도록 두 눈을 부릅뜬 채 어금니를 굳게 악다물고 오랫동안 허공을 노려보았다.

소문을 듣고 보도비가 달려왔으나 노여움을 가라앉히지 못했다. 연제후 또한 마찬가지였다. 원종은 소식을 접한 순간부터 음식도 입에 대지 않았고 잠도 자지 않았다. 이튿날엔 선혜후까지 대궐에 들어와서 원종의 노기를 달래 보려 했지만 뜻을 이루지 못했다. 지증제가 원종을 불러 타일렀다.

"잉첩의 일로 만인의 근심을 사지 마라. 추문이 일까 두렵구나."

원종은 고개를 숙여 사죄했으나 표정과 태도에 분노는 여전히 남아 있었다. 대전을 물러 나오자 그는 유사에 명하여 오도를 아시에게 주고, 벽화를 비량에게 주었다. 그리고 위화의 대궐 출입을 영구히 금하라고 지시했다.

"다시는 위화의 얼굴을 보지 않으리라."

원종이 매섭게 단언했다. 이후로 그는 정비인 보도비만을 총애하고 모든 여색을 멀리했다. 그럴 만큼 원종에겐 오도의 일이 뼈아픈 경험이었다.

위화는 한순간에 거짓말처럼 모든 것을 잃었다. 오도는 그렇다 치고 태자가 자신의 딸까지 낳은 벽화를 궁에서 내쫓을 줄은 아무도 예상하지 못했다. 위화의 지위와 권력이 애당초 모두 벽화로부터 나왔으니 벽화를 내침으로써 위화가 누리던 혜택을 모조리 차단하려는 철저한 응징이자 복수인 셈이었다. 당시 사람들 중에는 원종의 처사가 비처제보다 더 지나쳤다고 말하는 이가 많았다. 그러나 태자가 지위를 내세워 명령한 일을 거역할 수는 없었다.

오도는 아시의 집으로 가고, 벽화는 어린 삼엽을 궁중에 남겨둔 채 비량의 집으로 쫓겨났다. 섬신공이 아들을 잘못 두어 딸의 신세까지 망쳤다고 땅이 꺼지게 한탄했다.

"세상이 전부 위화를 칭송할 때도 줄곧 태연하고 대범했던 원종이 고작 한 여인의 변심 앞에서 그토록 자제력을 잃고 무너진 까닭은 무엇입니까?"

허상의 백만군대보다 눈앞의 벌 한 마리가 더 두렵다 **155**

산승들이 법화에게 물었다.

"그럴 수도 있다."

법화가 대답했다.

"세상은 비록 넓고 크지만 허상이요, 여인은 비록 작으나 실제로 보고 만질 수 있는 실상이다. 허상의 백만군대는 두렵지 않지만 눈앞에서 침을 쏘는 벌 한 마리는 두려운 것과 같은 이치다. 그래서 예로부터 천하를 움직인 큰 영웅들도 작고 사소한 일에 무너진 경우가 허다하다."

"그렇다면 법사께서는 오도의 일과 관련해 원종과 위화 가운데 누구의 잘못이 더 크다고 생각하십니까?"

"원종이 화를 냈으니 위화가 잘못했다."

법화의 대답엔 조금도 망설임이 없었다. 하지만 그는 잠깐 사이를 두었다가 덧붙였다.

"그러나 만일 원종이 화를 내지 않았다면 위화가 크게 잘못한 것도 없느니."

> # 어려움에
> # 처하면
> # 사람을
> # 얻는다
>
> 한평생 어려움이 없다면 그는 죽을 때까지 주변의 옥석을 가리지 못할 것이며, 인연과 정리의 참과 거짓 또한 분간하기 어려울 것입니다. 사람이 일생을 거짓된 친구와 꾸며낸 호의에 파묻혀 사는 것만큼 불행한 일이 또 어디 있겠습니까? 흔히 태산 같은 권력자나 장안의 이름난 부자가 죽은 뒤에 그 후손들 간에 많던의 눈살을 찌푸리게 하는 다툼이 이는 까닭도 바로 그 때문입니다. 그런 점에서 인생의 질곡은 오히려 축복입니다.

사랑한다고 먼저 고백한 쪽은 오도였다. 두 사람의 심저(心底)에 깊고 끈끈한 교감이 한 차례 흘러가고 난 뒤였다. 오도가 사랑한다고 조용히 고백하자 위화는 감격한 얼굴로 갑자기 주르르 눈물을 흘렸다. 군중과 인파 사이에서 늘 흥겹게 살던 그도 정작은 많이 외로운가 보다라고 오도는 생각했다.

'이 사람의 외로운 마음을 내가 조금도 빈 구석이 없도록 사랑과 보살핌으로 꽉꽉 채워 주리라.'

그는 잠자코 위화의 머리를 끌어다 제 가슴에 안으며 스스로 굳게 다짐했다.

"태자가 어찌 이럴 수 있단 말입니까?"

그 사랑과 다짐이 모두 물거품이 되고 나자 오도는 선혜후에게 강하게 반발했다. 선혜후가 보기에도 태자의 처사가 뜻밖이었지만 과거에 자신이 겪은 악몽이 되살아나서 짐짓 두려운 마음이 일었다.

"시끄럽다. 위화가 복주되지 않은 것만도 천행인 줄 알아라."

오도는 어쩔 수 없이 아시공의 집으로 들어갔는데 그때 이미 위화의 아이를 배고 있었다. 아시가 이를 알고 가만히 위화를 찾아와 말했다.

"태자가 비록 오도낭주(娘主, 처녀나 혼자 사는 여자를 가리키는 당시의 용어)를 내게 주었으나 이는 평상심을 잃고 두 정인에게 아픔과 고통을 주기 위함이지 나나 낭주를 위한 일이 아님을 내가 왜 모르겠소? 더구나 오도낭주는 위공의 아이를 임신하여 내 집에 왔소. 오늘 이후로 뒷문을 항상 열어 놓을 테니 보고 싶거든 언제든 와서 낭주를 만나시오. 사람이 평생을 사는 동안에 어찌 반드시 맑은 날만 있겠소? 소나기를 만나 잠시 피해 간다고 생각하오. 참고 견디면 뒤에 좋은 날이 또 오리다."

아시는 속이 깊고 매사에 남을 배려하는 마음이 앞서는 사람이었다. 궁지에 빠진 위화는 아시의 따뜻한 격려에 감동하여 눈물을 흘리며 고마워했다.

"공의 은혜는 죽을 때까지 잊지 않겠습니다."

그러나 모든 이가 다 아시와 같지는 않았다. 아니 그런 경우는 백에 하나요, 대부분의 사람들은 너무도 쉽게 위화한테서 등을 돌렸다. 멀리 갈 것도 없이 우선은 부모부터가 그랬다.

위화는 장성한 뒤로 부모와 사이가 그다지 좋지 않았다. 섬신이 자신을 따르지 않는 위화의 마음을 잘 알고 있었기 때문이다.

"저놈은 나와 제 누이 덕택에 출세하여 온갖 호사를 다 누리고 다니면서도 정작 이를 고맙게 여긴 적이 단 한 번도 없는 천하에 배은망덕한 놈이다. 도대체 머릿속에 무슨 생각을 하는지 모르겠다. 아마 어떻게 하면 집안을 말아먹을까 그 궁리만 하는 놈인지도 모르겠다."

그랬던 섬신도 세간에서 아들의 명성이 날로 높아지자 집안사람 하나를 사이에 넣어 화해를 구한 적이 있었다. 떠돌이 생활을 청산하고 이제 그만 집으로 들어오라는 거였다. 그때 위화는 자신의 거소로 찾아온 집안사람에게 이렇게 말했다.

"아버지는 제게 훌륭한 스승입니다. 크고 작은 결정을 할 때 아버지라면 어떻게 했을까를 먼저 생각하고 그와 반대로 하면 대부분 사리에 맞습니다. 제가 이제 아버지 집으로 들어가면 자칫 그 판단이 흐려질까 두렵습니다. 너무 가까이 가면 부자간의 정으로 말미암아 마음속의 명료한 경계를 잃기 쉬운 까닭입니다."

이 말을 전해 들은 섬신은 그 뒤로 위화를 더욱 미워했으나 나이를 먹어 가면서 한편으론 자신을 배척하는 자식에게 눈치가 보이고, 서운한 감정도 실렸다. 그는 때때로 자신이 정말 잘못 살았나 지난날을 되돌아보기도 했다. 자고로 자식을 이기는 부모란 없는 법이었다.

그러던 차에 위화가 태자의 총첩을 건드려 세상이 발칵 뒤집히고 그 여파로 벽화마저 궁궐에서 쫓겨나자 섬신은 자신이 맞고 위화가 틀렸다는 강한 확신에 사로잡혔다.

"그것 봐라. 내가 뭐라고 했느냐? 반드시 집안을 말아먹을 놈이라고 하지 않았느냐?"

위화에 대한 미움과 집안을 망친 데 대한 분노가 머리끝까지 치민 그는 스스로 원종을 찾아가 위화에게 대문 밖을 아예 나오지 못하도록 금족령을 내려 달라고 요청했다. 여기에는 자신과 위화가 전혀 다른 사람이라는 점을 강조함으로써 화가 자신에게까지 미치는 것을 막아 보자는 계산도 깔려 있었다. 이때는 원종도 위화를 향한 미움이 극에 달했을 때라 섬신의 요청은 그대로 받아들여졌다. 그 바람에 위화는 반년이 넘도록 제 거처의 울타리 안에만 갇혀 지냈다.

부모가 그런 판이니 다른 사람들이야 더 말할 게 없었다. 답답하고 괴로운 심사를 달래려 하인을 시켜 술심부름을 보내면 장안의 그 숱하디숱한 단골집들이 거의 외면했고, 어떤 집에서는 위화가 보냈다는 말에 문조차 열어 주지 않았다.

금족령이 내린 뒤론 찾아오는 이도 드물었다. 하루 온종일 가야 고요하고 적막한 사방 천지에 이따금 가을볕을 등에 지고 말 안 통하는 새나 날아와 제멋대로 안부를 물을 뿐이었다. 그 새조차도 앉았다가 날아가면 허전하고 섭섭하였다. 보통사람들도 견디기 어렵다는 금족령인데, 하루해가 짧다 하고 팔방으로 돌아다니며 놀던 위화에겐 고통이 몇 갑절이었다. 뒤를 봐주던 손 부자마저 왕래가 눈에 띄게 줄었고, 나락 턴다는 소문이 돌고도 오래 햇곡식을 보내주지 않았다.

그해 가을 한 철이 위화에게는 생애 최악의 시기였다. 금족령 때문에 보고 싶은 오도조차 보러 갈 수가 없었다. 그러나 초겨울에 접어들면서 전혀 뜻밖의 사람들로부터 예기치 않은 선물을 받기도 했다.

우선 태종 이사부가 그랬다. 그는 마복자 중에서도 이등, 융취와 더불어 위화를 겉으로 백안시하던 축이었다. 하지만 하슬라주(강릉) 임지에서 뒤늦게 소문을 들었다며 직접 쓴 서찰과 토산품을 실어 보내 위화를 위로하였다.

그에 비하면 가깝게 지내던 비량은 오히려 거리를 두었다. 위화와는 달리 그에게는 태자의 노여움이 도리어 복이 된 경우였다. 이제 벽화를 만나기 위해 남의 눈치를 볼 까닭도 없어졌고, 늘 조마조마하며 대궐 뒷문을 들락거리지 않아도 되었다. 더구나 벽화를 얻었으니 위화와는 사가私家의 특별한 인연마저 생긴 셈이었다. 그럼에도 비량은 철이 바뀌도록 위화에게 인사 한 번 다녀가지 않았다. 얼마 뒤에 벽화가 비량의 아들을 낳았다는 소문만 바람결에 전해 들었을 뿐이었다.

하지만 뭐니뭐니해도 가장 큰 선물은 백성들이었다. 기억에도 없고 누구인지도 모르는 백성들이 잊을 만하면 한 번씩 대문 앞에다 마음과 정이 담긴 물품들을 놓아 두고 갔다. 떡과 술을 두고 가는 이가 있는가 하면 삶은 고기를 썰어서 온 이, 옷을 지어서 두고 간 이도 있었다. 어려운 때일수록 기운을 내라는 격려의 글귀도 있었다. 개중에는 자신이 누구라고 밝힌 사람도 있었지만 그저 아무 날 아무 시에 어디에서 같이 어울렸다거나, 위화가 노는 모습을 먼발치에서 보고 즐겼다거나, 자신의 이야기를 경청해 주어 무척 고마웠다는 사연만 두고 간 이가 더 많았다. 심지어 아무 말 없이 물건만 놓고 간 사람도 있었다. 자신을 알천 변에 사는 한 노인이라고 밝힌 이는 직접 만든 연과 실패를 두고 가면서 날마다 뜻을 실어 하늘에 높이 띄워 보라고 권유하기도 했다.

한동안 낙담과 절망에 빠져 지내던 위화는 이런 일로 차츰 기운을 차리고 위안을 얻어 다시금 삶에 희망을 품기 시작했다.

겨울도 막바지에 이르렀을 무렵, 대궐 편전에선 마침 천주공이 죽어서 후임 논의가 한창이었다. 태자비 보도는 시아버지인 지증제를 찾아가 말했다.

"위화랑이 이 혹한의 겨울을 어찌 견디고 있을지 걱정입니다. 그에게 내린 금족령을 풀어 주시고 천주天柱에 봉하여 제사를 주관하게 함이 어떨까 하옵니다."

앞서도 언급했다시피 원종은 애란愛亂을 겪은 뒤로 여자와 색사에 회의와 염증을 느껴 여색을 멀리하고 오로지 보도비만 총애하였다. 보도비로선 위화의 덕을 톡톡히 본 셈이었다.

"태자는 진정이 좀 되었느냐?"

지증제가 묻자 보도비는 공손히 대답했다.

"제 아우로 말미암아 이런 일이 벌어졌으니 허물은 저에게도 있습니다. 위화랑은 돌아가신 부제(보도의 아버지인 비처제)가 지극히 아끼던 사제私弟요, 총신이므로 나라의 제사를 주관하기에 손색이 없고, 벽화후가 대궐에서 쫓겨나 신하의 첩으로 들어가고 위화가 집에 갇혀 고통을 받으니 음부에 계신 망제의 유혼이 행여 비탄에 잠기지나 않을지 걱정도 됩니다. 또한 이와 같은 일이 오래 지속되면 하찮은 일로 태자에게 실덕失德이 있을까 두렵습니다. 태자의 의중을 알아보지는 않았으나 폐하께서 결단을 내리시면 따르는 수밖에 다른 도리가 있겠나이까?"

듣고 보니 구구절절이 이치에 맞는 이야기였다. 지증제가 웃으며 크게 고개를 끄덕였다.

"과연 우리 며느리요, 황실의 보배다. 네가 아니면 나도 태자도 덕을 쌓기 어렵겠구나. 네가 있어 참으로 든든하구나."

보도는 위화가 능 위에 올라가 비처제를 그리워하는 노래를 지어 불렀을 때부터 그에 대해 남다른 호감과 애정을 간직해 오고 있었다. 딸로서 당연한 일이었다.

위화가 지증제의 명으로 금족령에서 풀려나고 한발 더 나아가 천주공에 봉해진 것은 모두가 보도비 덕분이었다. 당시 사람들이 여인의 의리가 웬만한 남자들보다 낫다고 칭송하였다.

하지만 금족령에서 풀려나고 천주공에 봉해졌다고 위화의 지위까지 복원된 것은 아니었다. 그는 제사 때가 아니면 대궐을 출입할 수 없었고, 벽화마저 쫓겨나서 굳이 입궐할 이유도, 명분도 없었다. 주변의 업신여김과 냉대 또한 여전했다. 다만 한 가지, 아시의 배려로 사랑하는 여인 오도만은 마음껏 볼 수 있었다. 그것 하나만으로도 천릿길 걸음에 달고 시원한 감로수를 만난 격이었다. 위화는 사람들의 이목을 피해 밤만 되면 아시의 집 뒤채로 가서 꿈에 그리던 오도를 만났다.

오도는 아시의 집에 머무는 동안 위화의 두 딸을 낳았다. 첫딸은 '옥진'이고 둘째딸은 '금진'이었다.

둘째 금진이 태어나던 해, 지증제가 노환으로 돌아가시고 태자 원종이 보위에 올랐다. 원종, 즉 법흥제가 황제가 되자 위화의 신세는 더욱 어렵고 고단해졌다.

그럴수록 위화는 스스로 몸을 더욱 낮추고 저자에서 사람들과 어울렸다. 주변이나 벼슬아치들의 괄시와 냉대가 심해서 그렇지 위화의 인기와 그를 따르는 백성들은 여전히 많았다. 위화가 가는 곳이면 항상 사람들이 들끓어 장터를 방불케 했다. 위화는 가끔 자신이 처한 어려움을 사람들에게 다음과 같이 설명하곤 했다.

"봄에는 천지에서 일제히 초록이 돋아나고, 여름에는 나무마다 그 초록빛을 가꾸고 뽐내어 어떤 빛깔이 오래 갈지 알기 어렵지만, 가을이 되고 수목이 황락하면 비로소 송백松柏의 진가가 드러납니다. 인간사도 이와 같습니다. 만일 어떤 이에게 한평생 어려움이 없다면 그는 죽을 때까지 주변의 옥석을 가리지 못할 것이며, 인연과 정리情理의 참과 거짓 또한 분간하기 어려울 것입니다. 사람이 일생을 거짓된 친분과 꾸며 낸 호의에 파묻혀 사는 것만큼 불행한 일이 또 어디 있겠습니까? 흔히 태산 같은 권력자나 장안의 이름난 부자가 죽은 뒤에 그 후손들 간에 만인의 눈살을 찌푸리게 하는 다툼이 이는 까닭도 바로 그 때문입니다. 그런 점에서 인생의 질곡은 오히려 축복입니다. 제게 만일 지금과 같은 질곡의 세월이 없다면 대궐을 출입하느라고 여러분의 진가를 알지 못했을 것이며, 또한 제가 얼마나 행복한 사람인지도 깨닫지 못할 뻔했습니다. 혹자는 제가 이번에 사람을 많이 잃었다고 말하지만 사실은 사람을 많이 얻었습니다. 누가 뭐래도 저는 다복한 사람입니다."

가난하고 고단하게 살던 백성들이 대부분 위화의 말에 커다란 위안과 용기를 얻어 갔다. 말만 그런 게 아니라 위화는 실제로 무척 행복해했다. 해맑은 표정과 특유의 천진난만한 웃음도 되찾았다. 백성들 사이에서 그의 인기가 더욱 높아졌다.

위화는 법화가 주석한 절에도 옛날보다 더 자주 올라왔다. 그가 올 때는 늘 구름 같은 인파가 따라와 법화에게 강론을 해달라고 졸랐다. 불교가 민간에 급속히 퍼져 나가는 데도 위화의 공이 컸다.

"범에게 물려가도 정신만 똑바로 차리면 죽음을 면하고 오히려 그 범까지 잡아올 수 있다. 바로 위화의 경우가 그렇다."

위화가 다녀가고 난 뒤 하루는 법화가 흐뭇한 얼굴로 산승들에게 말했다.

"그것은 범의 문제가 아니라 범에게 물려간 사람이 할 탓이다."

# 생각과 처신이 다르면 인생 전체가 달라진다

사람의 일생은 결국 어떻게 생각하고 처신하느냐에 따라 달라진다. 오도는 막연히 위화가 성공하기를 바랐고, 또 성공하라고 재촉했지만 자신은 아무것도 하지 않았다. 이와는 달리 주실은 위화가 성공할 수 있도록 스스로 방법을 찾고 정성을 다해 곁에서 도왔다. 오도의 사랑은 처음에는 강렬했으나 오래 가지 못했고, 주실의 사랑은 처음에는 미약했지만 갈수록 빛이 났던 까닭은 두 여인의 사랑하는 방식이 서로 달랐기 때문이다.

☀ 위화와 오도는 아시의 배려로 몇 년간 은밀한 만남을 지속했으나 시일이 흐르면서 오도의 불만이 자꾸만 커졌다. 처음엔 두 사람이 마음껏 만날 수 있다는 사실만으로도 세상을 통째로 얻은 것처럼 기쁘고 벅찼지만, 그 기쁨과 벅참이 일상사가 된 후에도 불편하고 궁핍한 사정이 끝없이 계속되자 갈수록 화가 치밀고 입만 열면 신세 한탄이 저절로 흘러나왔다. 긴 세월을 놓고 볼 때 희로애락의 감정은 잠깐이고 나머지는 모두 무심한 일상이었다. 무심한 일상에서 자꾸만 불만이 터져 나오는데 감정이 처음처럼 유지될 리 없었다.

"우리는 언제까지 이렇게 살아야 한답니까?"

오도의 불만은 반드시 위화를 향한 것만은 아니었다. 매일 세간의 눈을 피해 남의 집 뒤채에서 만나야 하는 일에서부터 아시에게 눈칫밥을 얻어먹고 크고 작은 신세를 져야 하는 모든 상황이 불만이었다. 아시가 아무리 잘해도 그와는 상관없이 군식구로서 받는 더부살이의 설움과 마음의 짐이 컸다. 그런 불만을 하소연할 데가 위화 말고 또 누가 있으랴.

"이젠 좀 떳떳하게 살고 싶습니다. 아이들을 안고 함께 나들이도 가고 싶고, 세상 사람들에게 우리 사이도 알리고 싶고, 당신을 위해 밥도 짓고, 손님도 맞고, 아이들에게 아버지의 향기도 전하고 싶습니다. 도대체 우리는 언제까지 남의 집에 얹혀살아야 한답니까? 언제까지 밤중에만 만나야 한답니까?"

그 대답을 자신인들 모를 리 없었으나 오도의 한탄과 우울증은 깊어만 갔다. 위화는 그럴 때마다 잠자코 오도를 안아 주었다. 등을 토닥거리고 머리카락을 쓸어 주며 기운을 내자고 말하기도 했다.

그러면서 위화도 점점 괴로워졌다. 괴로워하는 정인을 지켜볼 수밖에 없는 것이 위화의 괴로움이었다. 품안의 절세가인이 날마다 조금씩 무너지고 망가지는 모습을 속수무책으로 바라보면서 그 역시 심한 자책감에 사로잡혔다. 자신과 만나지 않았던들, 자신을 사랑하지 않았던들 저토록 고운 얼굴이 수심에 상할 리 없고, 고통으로 일그러질 리 없었다. 지금이라도 황제의 품으로 돌려보낸다면 오도의 미색이 단비에 물을 머금은 꽃잎처럼 금방 환하게 되살아날

것 같았지만 자칫 마음을 더욱 다치게 할까봐 그런 말은 입 밖으로 꺼내지도 못했다.

"어떻게 좀 해보세요."

오도가 안타까운 얼굴로 재촉했다. 황제를 만나 담판을 지어 보라고 권유하기도 하고, 연제태후나 보도황후에게 청탁을 해보라고 종용하기도 했다. 모두가 위화에겐 따르기 어려운 일이었다.

"애들을 봐서라도 남의 집 더부살이 신세는 면하게 해주셔야 할 게 아닙니까?"

그해 여름엔 타들어 가는 위화의 속처럼 유난히 날도 가물었다. 위화는 낮에 논두렁에 걸터앉아 오도의 일을 고민하다가 갈라진 논바닥과 볕에 바랜 누런 나락 틈에서 고통스러워하며 죽어 가는 미꾸라지들을 보았다.

"너희는 어쩌다가 여기에 들어왔느냐?"

헐떡거리는 미물들을 물끄러미 내려다보며 위화가 혼잣말로 중얼거렸다. 달고 향기로운 인연의 물줄기를 타고 정처 없이 흘러왔으나 어느 날 눈을 떠보니 땅바닥은 갈라지고 사방은 둑으로 꽉 막혀 빠져나갈 길조차 없는 그 모습이 마치 자신과 같았다.

"너희와 내 신세가 너무도 똑같구나. 내가 오고 내가 못 가니 누구를 탓하고 무엇을 원망하랴. 돌아가지 못함이 천추의 유한이다. 이런 날이 올 줄을 미리 알았다면 처음에 그 웃음은 눈을 질끈 감고 모른 체 지나쳤을 텐데."

원종은 황제의 위에 오르고도 오도와 위화에게 특별한 조치를 취하지 않았다. 여름 가뭄 끝에 흉년이 들어 천하가 몹시도 궁핍하였다. 아시는 여전히 친절했으나 아시의 집 식구들과 심지어 하인들마저도 주인이 보지 않는 데서는 오도에게 눈치를 주었다. 오도의 처지가 더욱 곤란해졌다.

"이제 여기로 찾아오지 마세요."

가을이 저물어갈 무렵, 오도는 마침내 위화에게 생이별을 선언했다.

"처음에 당신은 제게 천하를 다 줄 것 같았는데 정작은 아무것도 주지 못했습니다. 당신 곁에 있으면 세상에서 가장 행복하고 빛나는 여자가 될 것 같았지만 결국엔 평범한 여자조차 될 수 없었습니다. 당신을 원망하는 저한테 너무나 화가 납니다. 이러다간 무슨 일을 벌일지 모르겠습니다. 차라리 아시공을 섬긴다면 마음이나 편했을 겁니다. 그러니 앞으론 저를 찾아오지 마세요. 제 일은 제가 알아서 하겠습니다. 아예 서로 보지 않는다면 적어도 기대와 실망을 반복하는 고통만은 없을 테지요."

위화는 자고 있는 두 딸을 한동안 보고 섰다가 천천히 고개를 끄덕였다. 그런 결단을 내리기까지 오도는 또 얼마나 괴로웠으랴. 아무 말 없이 오도의 거처를 나서는 위화의 뒤태가 더할 나위 없이 처량하고 쓸쓸하였다. 그것이 이승에서 맺은 두 사람 인연의 종점이었다. 위화가 노래를 지어 불렀다.

어제는 봄꽃이 피어나 웃을 일도 많더니
오늘은 가을꽃이 지고 천지에 슬픔뿐이로다
어제 웃던 일도 돌아보면 슬픔이라
한 걸음 걸을 때마다 눈물 나누나
아이야, 봄꽃이 곱다고 함부로 꺾지 마라
내일 일을 안다면 꽃밭 근처엔 가지도 않으리라

오도와 헤어진 뒤 위화는 그 어느 때보다 지독하고 극심한 마음의 열병을 앓았다. 사랑이 컸던 만큼 슬픔 또한 컸다. 게다가 사랑하는 여인 하나 거두지 못한 자책감과 자격지심이 뼈가 시리고 살이 에일 정도였다.

눈물 많은 위화가 노래를 부르며 자주 울었다.

하루는 수지공이 사람들에 둘러싸여 노래를 부르다 말고 갑자기 눈물을 흘리는 위화를 보고 옆에 사람에게 까닭을 물었다.

"위공이 왜 저렇게 슬퍼합니까?"

"글쎄올시다. 사람들 말로는 자신의 신세가 서글퍼서 흘리는 눈물이라고도 하고, 정인이 그리워서 운다고도 하는데 정확한 이유는 모릅니다. 우리는 저 노래만 들으면 까닭 없이 마음이 저려 와서 그저 따라 웁니다."

그 무렵에 수지는 누이동생의 일로 마음이 편치 않았다. 수지의 누이 준실은 어려서부터 인물이 좋고 자태가 고와 일찌감치 원종의 사랑을 받았다. 정숙하고 조용한 성품에, 말수는 적었지만 남달리 영특하여 무엇을 물어보아도 막힘이 없었고, 특히 문장에 뛰어나서 미색이 더욱 돋보였다.

원종이 황제가 되자 준실은 후궁의 지위에 올랐다. 그러나 앞서 오도의 일을 겪은 원종이 하루아침에 다른 여자들을 멀리하고 보도후만을 총애하자 준실은 한창 나이에 외로움과 고독감을 견디지 못해 사가의 식구들만 보면 눈물이 맺거니 듣거니 하였다. 워낙 다정다감한 성격에 그 봇물 같은 정을 줄 데가 없어 괴로워하는 누이를 볼 때마다 수지는 애처롭고 안타까워 쉬 돌아서지 못했다. 더구나 그 즈음엔 안색이 눈에 띄게 수척해지고 병색마저 감돌아서 의원을 불러 물어보니 실녀병失女病 증상이 있다는 말까지 들었다.

"위공이 내 누이를 만나 서로 의지함이 어떻겠소?"

며칠 뒤 수지가 위화를 찾아와 말했다. 그는 아시와 친했지만 위화와 오도가 아시의 집에서 오래 만난 사실을 까맣게 몰랐다. 아시의 입이 그만큼 무거웠다.

"공의 누이라면 준실궁주를 일컫는 말씀이 아닙니까?"

"그렇소."

"준실궁주라면 황상께서 아끼시는 후궁인데 감히 저 따위가 어찌 만날 수 있겠습니까? 오도낭주의 일만으로도 저는 몇 년째 황상의 눈 밖에 나서 아직도 신세가 고달프고 처량합니다. 따르기 어려운 말씀입니다."

위화의 어조가 매우 단호했다. 수지는 그런 위화에게 차분한 음성으로 말했다.

"황제의 허락은 내가 받아낼 테니 염려하지 마오. 내 누이는 누구보다 성품이 온화하고 정이 많은 사람이오. 그런데 그 많은 정을 풀 데가 없어 지금은 병까지 걸려 버렸으니 황제가 이 사실을 안다면 반드시 무슨 조치가 있을 게요."

수지는 원종의 누이동생인 '보현공주'의 남편이어서 원종과는 사사로이 처남매부간이었다. 수지의 자세한 설명을 듣고 위화가 다시 물었다.

"어찌하여 하필 제게 궁주의 일을 말씀하십니까?"

"천하의 남자들을 다 살펴봐도 내 누이의 배필감으론 공만한 사람이 없소. 공을 십수 년째 지켜보았는데 내 누이한테는 공과 같은 사람이 필요하고, 공한테는 내 누이 같은 여자가 있어야 합니다. 서로 합이 절묘할 테니 두고 보시오."

수지는 자신이 장담한 대로 대궐에 들어가서 준실을 바깥에 나가 살도록 해달라고 청하여 황제의 허락을 얻었다. 황제 또한 수지로부터 소상한 사정을 듣자 준실의 일이 염려가 되었다.

"준실은 내게도 친누이와 같은 사람이다. 나로 말미암아 고통을 겪었으니 도리어 미안하구나."

준실이 궁에서 나갈 때 황제는 왕경의 큰 집과 넉넉한 재물을 하사하여 그간의 정리에 보답했다.

이듬해 봄밤, 수지의 적극적인 주선으로 준실과 위화가 꽃그늘 등촉 아래에서 만났다. 준실은 위화를 벌써부터 잘 알고 있었다. 황실 연회에서 위화가 노는 모습을 구경한 것만도 여러 번이었다. 게다가 연제후와 벽화후, 보도비의 전각을 무시로 들락거릴 때에도 준실은 먼발치에서 위화를 바라보며 참 신선 같은 사람이라고 홀로 동경한 터였다. 그런 위화의 참담한 몰락은 준실에게도 몹시 마음 아픈 일이었다.

"저는 세상에서 제일 못난 사람입니다. 궁주처럼 고귀하고 아름다운 분과는 가깝게 지낼 자격도 없고, 그럴 형편도 되지 못합니다. 그저 오며가며 말벗이라도 삼으시겠다면 자주 문안을 여쭙겠습니다."

위화가 공손히 말하자 준실이 측은하고 슬픈 눈빛으로 고개를 끄덕였다.

"왜 그런 생각이 들지 않겠습니까."

준실이 먼저 눈물을 보였다.

"위공의 처지는 제가 이미 잘 알고 있습니다. 이런 때일수록 기운을 차리고 용기를 내셔야 합니다. 혼자 감당하기엔 너무 가혹한 시련이 아닐는지요? 천하의 환대를 받을 때라면 모를까, 지금 같은 시기엔 정말로 각별한 정을 나누며 곁에서 도울 여인이 필요합니다. 제가 만일 위공의 어려운 시절에 한 몫을 거들 수 있도록 허락해 주신다면 저로선 더할 나위 없는 기쁨이자 영광이겠습니다."

그 말이 하도 다정하고 따뜻하여 위화 또한 주르르 눈물을 흘렸다. 준실을 위로하려던 위화가 되레 준실로부터 큰 위로를 받은 격이었다.

이후 준실은 위화의 시련기를 온전히 함께 하며 그의 부인이 되었다. 준실부인은 자비왕(신라 20대 임금)의 외손이기도 했다. 법흥제와 사이에는 자식이 없었으나 위화에게 시집을 가서 딸 하나와 아들 하나를 낳았다. 딸은 '준화'였고 아들은 '이화'였다.

훗날 사람들은 오도와 준실을 다음과 같이 평가했다.
"같은 처지에서도 오도와 준실의 생각은 달랐다. 생각이 다르니 처신이 다르고, 처신이 다르니 인생 전체가 다를 수밖에 없었다. 사람의 일생은 결국 어떻게 생각하고 처신하느냐에 따라 달라진다. 오도는 막연히 위화가 성공하기를 바랐고, 또 성공하라고 재촉했지만 자신은 아무것도 하지 않았다. 이와는 달리 준실은 위화가 성공할 수 있도록 스스로 방법을 찾고 정성을 다해 곁에서 도왔다. 오도의 사랑은 처음에는 강렬했으나 오래 가지 못했고, 준실의 사랑은 처음에는 미약했지만 갈수록 빛이 났던 까닭은 두 여인의 사랑하는 방식이 서로 달랐기 때문이다. 외모가 아름답기로야 오도가 준실보다 윗길이었으나 내면의 아름다움은 준실이 몇 갑절 뛰어났다. 만일 위화가 준실을 먼저 만났더라면 오도의 미색 따위에 현혹되는 일은 애당초 없었을지 모른다."

# 세상에서 별을 줍다

젊어서 사이가 좋던 부부들이 흔히 어려운 시절을 함께 겪다가 뒤에 조금 살 만해지면 헤어지는 이유는 좋은 추억보다 안 좋은 추억들이 많기 때문입니다. 추억이란 인생과 세월의 밤하늘에 빛나는 별과 같습니다. 위고와 저는 날마다 세상을 돌아다니며 별을 줍고 있습니다.

준실은 재산이 많았다. 본인도 대궐에서 나올 때 황제로부터 많은 재물을 받았지만 집안이 대대로 황족 물림이어서 황가의 족친과 중신 자격으로 철마다 받는 금품과 녹봉 또한 만만찮았다. 수지는 누이동생 몫을 늘 따로 챙겨 주어서 준실이 돈 걱정을 한 일은 한 번도 없었다.

위화는 준실을 만난 뒤로 다시 풍족해졌다. 궁할 때도 씀씀이가 큰 위화였다. 그가 도성에 깔아 놓은 외상값은 모두 준실이 갚아 주었다. 얼마 지나지 않아 장사꾼들은 돌아가는 판세를 읽고 문전 박대하던 위화에게 다시금 외상을 주지 못해 안달했다.

위화는 자주 준실과 함께 나타났다. 철철이 작반하여 구경도 다니고, 함께 시장에 나가 물건도 샀다. 위화가 사람들과 어울려 신명나게 놀이판을 벌이는 곳이면 어느 한편에 다소곳이 웃음을 머금고 앉은 준실의 모습을 쉽게 볼 수 있었다. 심지어 주가에조차 준실을 대동하고 갈 때가 있을 정도였다.

준실은 위화를 따라다니는 일이 너무도 기쁘고 즐거웠다. 매일이 잔칫날이요, 날마다 사람 사는 재미를 만끽할 수 있었다. 개조차 짖지 않던 적막한 대궐 한켠에서 오지 않는 님을 기다리며 외롭게 살아 본 준실이기에 일견 귀찮거나 번잡스러울 수도 있는 위화의 풍류가 오히려 신기하고 흥미로웠다.

"너는 무엇이 그토록 좋아서 늘 위공을 강아지처럼 졸졸 쫓아다니느냐?"

무더운 여름철에도 팥죽 같은 땀을 흘리며 노는 일에 정신이 팔린 누이를 보고 한번은 수지가 물었다.

"멀리서나마 위화랑을 지켜보는 게 말할 수 없이 기쁘고 즐겁습니다. 저 사람이 내 사람이구나 싶으면 아직도 온몸에서 전율이 일고 소름이 돋습니다."

"허허, 괴이한지고! 우리 가문에 없는 피가 너한테 흐르는구나. 그런 너를 대궐에 가두어 두었으니 생병이 도질 만도 하다."

수지는 흉보듯 말했으나 속으론 흐뭇하게 여겼다. 고기가 물을 만났구나 싶었다. 그런 만큼 위화가 고맙기도 했다.

"위화의 어디가 그처럼 좋으냐?"

언젠가 수지가 묻자 준실이 조금도 머뭇거리지 않고 대답했다.

"어린애 같은 천진난만함이 제일 좋습니다."

그리고 준실은 덧붙였다.

"위공이 노는 모습을 보고 있으면 얼굴엔 장난기가 가득하고, 눈은 늘 재기才氣로 반짝거립니다. 그가 사람들과 어울려 웃고 떠들고 놀 때면 어른이 어떻게 저럴 수가 있을까 싶을 정도로 순박하고 천진난만합니다. 걱정도 없고, 시름도 없고, 욕심도 없습니다. 그런 까닭에 같이 어울리는 사람들도 그가 부리는 요술 같은 세계에 동화되어 남녀노소 모두가 금방 행복한 얼굴이 되어 버립니다. 한번 그런 일을 경험한 이들은 위공이 노는 장소엔 반드시 또 나타납니다. 그것이 바로 아무도 흉내내지 못하는 위공만의 매력입니다. 치심상존稚心尙存이란 위공을 두고 한 말입니다. 제가 날마다 행복한 이유 또한 그가 부리는 마술에 걸려 항상 어린아이 같은 마음으로 살기 때문입니다."

그러나 준실의 그 많던 재산도 해마다 눈에 띄게 줄어들어 결국엔 동나 버리고 말았다. 수입보다 지출의 규모가 훨씬 컸기 때문이다. 하루에 수십 명을 먹이기는 예사요, 주위의 경조사에 쓰는 비용도 한두 푼이 아니었다. 헐벗고 굶주린 자들이 찾아와 아쉬운 소리를 하면 결코 그냥 넘어가지 못하는 사람이 위화였다. 준실에게 일일이 말은 하지 않았어도 그런 일에 나가는 재물 또한 적잖은 눈치였다.

준실은 하는 수 없이 수지에게 돈을 꾸러 다녔다. 수지가 여러 번 도와주었다. 그러면서 가만히 보니 두 내외의 씀씀이는 전혀 줄어들지 않았다.

"도와주기 싫어서 하는 말은 아니다만 어째서 너희 부부는 재물을 아껴 쓰지 않느냐?"

도움을 청하러 찾아온 준실에게 한번은 수지가 물었다.

"아껴서 쓰고 있습니다."

준실이 대답했다. 수지가 약간 어이없는 얼굴로 준실의 행색을 찬찬히 뜯어보았다.

"그 비단옷은 어디서 난 게냐?"

"위공과 함께 시장에 나갔다가 하도 빛깔이 고와서 사 입은 옷입니다."

"목에 건 노리개와 화려한 치장도 전에는 보지 못한 것이로구나."

"며칠 전 제 생일에 위공이 선물한 것이지요."

준실의 대답이 너무도 태연했다.

"그러고도 아껴 쓴다고 말할 수 있느냐?"

그러자 준실이 잠시 침묵한 뒤에 입을 열었다.

"돈은 있다가도 없고 없다가도 있는 것입니다. 열 냥쯤이야 아껴서 모으려면 모을 수도 있겠지만 천 냥, 만 냥은 모으려 한다고 모을 수 있는 돈이 아닙니다. 만일 누구나 아끼고 모아서 큰 부자가 될 수 있다면 가난한 사람들이 왜 있겠습니까?"

준실이 말을 끊었다가 다시 이었다.

"사람이 고작 열 냥을 모으는 일에 일희일비한다면 그는 열 냥짜리 인생밖에 살 수 없는 법입니다. 진실로 부자는 마음이 풍요로운 사람입니다. 마음을 풍요롭게 만드는 일은 누구나 마음만 먹으면 할 수 있습니다. 위공은 본래 마음이 부유합니다. 그런 사람에게 푼돈을 아끼려고 하고 싶은 일을 못하도록 한다면 이는 현명한 내조가 아닙니다. 돈이란 쓰라고 있는 것입니다. 제가 입은 비단옷에는 눈에 보이지는 않지만 우리 부부가 함께 시장을 돌아다니던 날의 재미있고 즐거운 무늬들이 아로새겨져 있습니다. 그 무늬들은 이 비단옷이 낡아서 없어진 뒤에도 영원히 위공과 저 사이의 아름다운 추억으로 남을 것입니다. 만일 제가 위공이 하려는 일을 못하게 하면서 바가지를 긁는다면 비록 돈은 아낄지 몰라도 대신에 서로 좋지 않은 기억을 쌓아 갈 것입니다. 그런 것들이 평생 모이다 보면 결국엔 그 사람이 싫어지고, 그 사람만 보면 좋지 않은 추억들만 떠오르게 될 공산이 큽니다. 젊어서 사이가 좋던 부부들이 흔히 어려운 시절을 함께 겪다가 뒤에 조금 살 만해지면 헤어지는 이유는 좋은 추억보다 안 좋은 추억들이 많기 때문입니다. 저는 위공과 나쁜 기억을 만들고 싶지 않습니다. 사람을 잃기 싫은 까닭입니다. 늙은 뒤에도 돈이 창고에 그득하게 남아 있다면 그 사람은 인생을 과히 잘 살았다고 볼 수 없습니다. 우리는 돈을 모으는 대신 좋은 추억을 많이 만들어 모으려고 합니다. 추억이란 인생과 세월의 밤하늘에 빛나는 별과 같습니다. 위공과 저는 날마다 세상을 돌아다니며 별을 줍고 있습니다."

그 말을 듣고 수지가 웃으며 말했다.

"네가 위공의 풍류를 제대로 배웠구나. 너희는 과연 하늘이 낸 천생배필이다."

# 같은 세상에 오고도 다른 인생을 살다 간다

똑같은 장소를 다녀오고도 누구는 바다를 보고, 누구는 산을 본다. 바다를 본 사람은 바다를 기억하고, 산을 본 사람은 산을 기억할 뿐이다. 같은 사람이라고 그 사람에 대한 기억이나 평가, 사람 사이의 관계까지 모두 같은 것은 아니다. 배필을 정하거나 벗을 구할 때, 이 말만 듣고 사람을 함부로 남의 말만 듣고 사람을 함부로 판단하는 우는 범하지 않을 것이다.

어느 해 위화는 준실과 함께 태종이 군주로 나간 실직주를 다녀왔다. 변방에 오래 나간 태종의 안부가 궁금하던 차에 준실이 어디서 실직주의 풍광이 더없이 절경이라는 소문을 듣고 여행을 가자고 위화를 졸라댔다. 그래서 겸사겸사 나선 길이었다.

부부는 초여름에 말과 마차를 번갈아 타고 가서 가을에 다시 경사로 돌아왔다. 소문을 들은 수지가 태종의 안부를 물으러 준실의 집으로 왔다.

"정말 너무나 좋은 구경을 하고 왔어요!"

준실이 탄성을 지르며 말했다.

"어느 곳이 그렇게 좋더냐?"

수지가 묻자 준실은 기암괴석이 즐비한 여름 산의 풍광과 아홉 용이 놀다 갔다는 폭포, 물에 젖어 올라오던 아침해, 하룻밤을 묵은 선녀암仙女巖 주변의 이름 모를 기화요초琪花瑤草들을 차례로 꼽았다. 위화가 옆에서 들어 보니 준실이 꼽는 대부분은 자신의 기억과 사뭇 달랐다. 그도 그럴 것이 위화는 날마다 늦잠을 자느라 물에 젖은 아침해는 제대로 본 적이 없었고, 폭포나 선녀암 주변의 기화요초에 대해서도 그다지 뚜렷한 잔상이 남아 있지 않았다.

"위공은 어디 구경이 좋았소?"

수지가 묻는 말에 위화가 웃으며 대답했다.

"뭐니뭐니 해도 태종공이 지은 실직주 관사 앞의 풍경이 절경이었지요. 특히 보름달이 동해 바다를 비추고 잔잔한 물결 위를 고기들이 떼 지어 노닐던 모습은 아마 평생 잊지 못할 듯합니다. 또한 삼한 말에 신선이 놀았다던 낡은 누각에 올라가 밤바다를 내려다보며 어부가 잡아온 물고기를 안주 삼아 마신 술맛은 이번 출행의 백미였습니다. 태종공과 제가 그날 밤에 마신 술이 두 말입니다. 나중엔 대취한 태종공이 벼랑 위에서 위태롭게 춤을 추었는데, 뒷날 수하의 관리들 얘기가 과묵한 태종공이 그토록 즐거워하며 춤까지 춘 일은 눈 달고 처음 본 장관이었답니다."

그리고 위화가 덧붙였다.

"언제 짬을 내어 저희와 함께 다녀오시지요? 태종공이 어린애처럼 기뻐하며 반기던 모습이 지금도 눈에 선합니다. 푸른 바다에 넘실거리는 파도를 벗삼아 즐기는 풍류가 하도 일품이라 저희도 꼭 한 번 더 가보고 싶습니다."

두 사람의 말을 번갈아 듣고 난 수지가 돌연 너털웃음을 터뜨렸다. 준실이 왜 웃느냐고 묻자 수지가 대답했다.

"부부가 나란히 작반하여 가서 한 사람은 산을 보고, 다른 한 사람은 바다를 봤다니 우습지 않니? 정녕 같은 데를 다녀온 게 맞느냐?"

두 내외가 실직주에서 돌아온 그 달에 위화는 길을 가다가 오랜만에 수련을 만났다. 무려 십 수년 만의 재회였다. 그 곱던 수련이 어느덧 눈가에 주름이 잡히고 미색이 한풀 꺾인 중년의 여인으로 변해서 그가 먼저 알은척을 해오지 않았다면 그냥 지나칠 뻔했을 정도였다.

"이게 몇 해 만입니까, 나리!"

뜻밖에도 수련이 팔짝팔짝 뛰며 반색을 했다.

"그래, 정말 반갑구나."

위화도 활짝 웃으며 팔을 벌려 수련을 맞았다.

"여전히 곱고 아름답구나. 자네를 보려고 요 며칠 까닭 없이 기분이 좋았던 모양일세."

위화는 여인의 마음을 다치게 하고 싶지 않았다. 수련이 눈을 흘기며 말했다.

"흰소리하시는 걸 보니 나리께서도 여전하십니다."

"그동안 어떻게 지냈느냐? 원하던 대로 고래등 같은 큰 집은 지었고, 흩어진 식솔들은 다 모았느냐?"

위화가 묻자 수련이 허탈하게 웃었다.

"참으로 뜻처럼 되지 않는 것이 세상살입니다. 고래등 같은 집은 아니지만 조그만 거처 하나를 마련했는데, 그 전에 부모님은 한 해 상간으로 세상을 뜨셨고, 동생들은 노역으로, 군역으로 뿔뿔이 흩어져 모으려야 모을 방법이 없었습니다. 대신에 제가 시집을 가서 여염으로 들어앉은 지 오랩니다."

"허허, 그래? 그것 참 잘된 일이로구나!"

위화는 진심으로 기뻐했다.

"낭군은 무얼 하는 사람이냐?"

"본래는 주가를 돌아다니는 방물장수였는데 얼마 전부터 동시에 가게를 열고 면포와 주포를 팔고 있어요. 이름을 들으시면 나리도 알 만한 사람입니다."

"내가 아는 사람이라고?"

"그렇습니다."

그 뒤로 수련의 얘기를 자세히 들어 보니 남편은 모량부 손 부자를 통해 알게 된 '자치'라는 사람이었다. 아닌 게 아니라 자치는 위화를 열성적으로 따라다니던 자여서 평소 서로가 잘 아는 사이였다. 자치와 같은 이가 도성 전역에 어림잡아 사오십 명은 되었는데, 모두들 먹고살 만하고 풍류에 관심이 많은 사람들이었다. 이들은 인파가 많이 모이는 큰 놀이판에서는 십시일반 자발적으로 재물을 갹출해 위화에게 배운 풍류를 실천하기도 했다.
"오호, 등잔 밑이 어둡다고 자치가 네 낭군인 줄은 꿈에도 몰랐구나!"
위화가 두 손으로 무릎을 치며 놀라워했다.
"시집을 잘 갔구나. 자치가 겪어 보니 바탕이 유순하고 인품이 좋은 사람이다."
"그래서 저도 행복합니다."
수련이 수줍은 듯 고개를 숙이며 얼굴을 붉혔다.

그 뒤로 위화는 자치를 볼 때마다 각별한 정이 일어나서 사정을 모를 때보다 더 다정하고 살갑게 대해 주었다. 옛적에 좋아한 여인의 남편이니 생판 무관한 남을 대할 때와는 소회가 다를 수밖에 없는 게 인지상정이었다.
자치에게는 이것이 대단한 자랑이자 영광이었다. 자치와 위화의 신분 격차는 하늘과 땅만큼이나 컸다. 범골인 자치는 위화와 같은 귀족을 알고 지낸다는 사실 하나만으로도 천하를 품은 듯 벅차고 기뻤다. 하물며 위화는 자치의 우상이기도 했다. 그는 젊어서 함께 고생한 첫 부인을 병으로 잃고 수련과 재혼했다. 첫 부인과는 방물을 지고 팔방을 돌아다니느라 매일 발이 짓무르고 입술이 부르트도록 고생한 기억밖에 없었다.
악착같이 돈을 모아 겨우 고생을 면하나 싶을 때 한쪽이 덜컥 죽어 버리자 그때부터 자치는 사람이 판연히 달라졌다. 인생관도 변하고 사생관死生觀도 바뀌어 언행에 한결 여유가 있었다. 과거에 자치는 다른 이가 흉내조차 내지 못하는 잰걸음으로 유명한 사람이었지만 달라진 자치는 뒷짐을 지고 느긋하게 걸었다. 주위에서 이상하게 여겨 까닭을 물으면,

"이래 걸으나 저래 걸으나 가는 데는 한가지다."
하고 대답했다. 영문 모르는 사람들은 죽은 마누라 넋이 자치의 다리에 올라붙었다고 쑤군거렸다. 수련과 결혼한 뒤로 자치의 변화는 더욱 커졌다.

"잔칫날 잘 먹자고 평소에 굶는 놈이 제일 어리석은 놈이다. 그런 놈은 정작 잔칫상 앞에 가서도 잘 먹지 못한다. 만일 내가 이런 이치를 조금만 일찍 깨쳤다면 동시에 포목전을 십 년 늦게 열더라도 죽은 마누라에게 틈틈이 호강도 시켜 주고, 아파하던 팔다리도 원 없이 주물러 줬을 것이다."

그 덕에 수련은 자치와 살면서 손끝 하나 까딱하지 않았다. 죽은 첫 부인이 못한 호강을 수련이 물려받아 한껏 누리며 사는 셈이었다. 자치는 어느 날 위화가 노는 양을 보고 첫눈에 반했다. 그는 못해도 한 달에 두어 번은 위화를 쫓아다니며 풍류를 배우고 또한 스스로 즐겼다.

"저 어른은 반드시 하늘이 낸 비범한 인물이다. 저만한 풍류라면 능히 인생을 걸고 배워 볼 만하다."

그렇게 신명을 바쳐 몇 해나 쫓아다닌 우상으로부터 갑자기 각별

한 대접을 받자 자치는 신이 나서 어쩔 줄을 몰라 했다.

하루는 위화가 자신의 집 툇마루에 술상을 차려 놓고 자치를 비롯한 몇몇 추종자들과 어울려 한담을 나누었다. 무슨 말끝에 자치가 제 처 자랑을 늘어놓았다.

"우리 집 마누라는 비록 나이는 저보다 한참 어리지만 참으로 속이 깊고 아는 것이 많아서 제가 도리어 배우는 바가 큽니다. 저녁에 들어가면 늘 무언가를 읽고 있다가 좋은 구절이 나오면 이야기를 해주는데, 엊그제는 사람의 근심이 모두 탐욕에서 나오고, 즐거움은 만족에서 나오므로, 만족할 줄 모르면 즐거움도 없다고 했습니다."

그 말을 들은 사람들이 일제히 훌륭한 처를 두었다고 탄복하는 와중에 위화는 도무지 믿어지지 않은 표정으로,

"자네 처가 정말 그런 말을 했단 말인가?"

하며 반문하였다. 또 며칠 뒤에는 자치가 놀이판에 떡 열 말과 돼지 한 마리를 삶아서 가져왔다.

"제 마누라가 나눠 먹으라고 손수 떡을 찌고 집에서 키우던 짐승을 잡았습니다. 특히 위공께 대접을 잘하라는 신신당부가 있었으니 맛있게 드십시오."

그때도 위화는 차마 믿을 수가 없었다. 아무리 생각해도 자신이 알던 수련이 아니었다. 그래서 몇 번이나 자치에게 물었다.

"자네 처가 과연 그랬나?"

얼마 뒤 위화는 시조능始祖陵에서 제사를 주관하고 나오다가 한 무리의 청년들에게 둘러싸였다. 청년들이 이구동성으로 풍류에 도움이 될 만한 좋은 가르침을 구하자 위화가 조용히 입을 열었다.

"똑같은 장소를 다녀오고도 누구는 바다를 보고, 누구는 산을 본다. 바다를 본 사람은 바다를 기억하고, 산을 본 사람은 산을 기억할 뿐이다. 사람의 일도 이와 같아서 나와 자치는 똑같이 수련과 사귀었으나 나는 수련을 무식하다고 멀리하고, 자치는 수련이 유식하다고 좋아한다. 같은 사람이라고 그 사람에 대한 기억이나 평가, 사람 사이의 관계까지 모두 같은 것은 아니다. 배필을 정하거나 벗을 구할 때, 이 말을 참고로 삼는다면 남의 말만 듣고 사람을 함부로 판단하는 우는 범하지 않을 것이다."

법화가 산문에서 위화가 했다는 얘기를 전해 듣고 한마디를 덧붙였다.

"그래서 사람들은 똑같은 세상에 왔다가 가지만 사실은 모두 다른 세상을 살고 가는 것이다. 세상으로부터 얻어 가는 것이 사람마다 다 다른 이치가 위화의 말 가운데 있다."

> 옛일을
> 그리워하는
> 것은
> 실제로
> 돌아갈 수
> 없기
> 때문이다

추억과 실제는 다릅니다. 옛일 가운데는 좋은 것만 있는 게 아닌데, 흔히 사람들은 나쁜 일은 세월에 묻어 버리고 좋은 기억만을 취하여 마음속에 간직합니다. 그것이 추억입니다.
고향은 땅에 있는 것이 아니라 마음에 있고 추억은 지금에 있지 않고 오직 과거 그 시절에만 있었던 것임을 효자손에게 몸소 느끼게 해주었을 뿐입니다. 이는 얼마 전에 제가 남이에 가서 받아 온 처방이기도 합니다.

위화의 아버지 섬신공이 노환으로 며칠을 앓다가 끝내 죽었다. 초상을 치르는 동안 위화는 눈물 한 방울 흘리지 않았다. 문상을 왔던 사람들은 위화가 매우 박정한 인물이라며 뒷전에서 흉을 보았다.

"공은 아버지가 돌아가셨는데 어째서 눈물을 흘리지 않소?"

슬피 우는 어머니 벽아부인과 역시 눈물로 범벅이 된 벽화 곁에서 비량이 고까운 낯으로 물었다.

"글쎄요. 슬퍼야 눈물이 날 텐데 슬프지 않으니 이상합니다. 그렇다고 억지로 울 수도 없고, 실은 저도 매우 당혹스럽습니다."

위화의 대답을 듣고 비량은 더욱 위화의 매정함을 탓했다.

"사람이 그러는 게 아니오. 아무리 살아생전 사이가 나빴어도 부모는 부모가 아니오? 부모 초상에 울지도 않고, 슬퍼하지도 않는 사람은 천하에 오직 위공뿐일 게요!"

섬신이 죽고 반년가량 시일이 지난 어느 날이다. 위화는 남산에서 놀다가 집으로 돌아가는 길에 우연히 한 노인의 뒷모습을 보고 소스라치게 놀랐다. 체구도 비슷하고, 걸음걸이도 똑같고, 보면 볼수록 영락없는 아버지 섬신공이었다. 팔을 휘두르며 걷는 모습과 간간이 에헴, 에헴 잔기침 소리를 내는 것까지 똑같았다. 위화는 가만히 노인의 뒤를 밟기 시작했다.

반년 만에 보는 아버지가 저만치 걸어가는 뒤를 살금살금 따라가는데 갑자기 가슴이 울컥해지면서 주체할 수 없이 눈물이 쏟아졌다. 흐르는 눈물을 손등으로 계속해서 훔쳐도 금방 앞이 보이지 않았다. 위화는 아버지의 모습을 한 낯선 노인의 뒤를 오랫동안 울면서 따라갔다.

노인은 알천 변의 한 허름한 민가로 들어섰다. 그러자 대여섯 명이나 되는 조무래기들이 일제히 안에서 달려 나오며,

"할아버지, 떡은 사오셨어요?"

"내 신은 어디 있어요?"

"배고파요, 어서 밥 주세요!"

저마다 야단법석을 부리는 도중에 돌연 한 녀석이 노인의 손에서

무언가를 잽싸게 낚아채어 울타리 밖으로 달아났다.

"저놈, 저놈, 저 빌어먹을 놈 좀 보아! 그게 저녁거리다, 이놈아! 냉큼 이리 가져오지 못할까?"

노인이 달아나는 아이를 향해 물에 빠진 사람처럼 팔을 허우적거리다가 이내 마당 한쪽에 세워둔 몽둥이를 집어 들었다. 그 모습 또한 영락없는 섬신공이었다. 위화가 멀찌감치 서서 껄껄대고 웃었다. 얼굴은 웃는데 눈에서는 여전히 닭똥 같은 눈물이 쉴 새 없이 흘러내렸다.

"얘야."

위화는 어린아이 가운데 하나를 조용히 손짓으로 불렀다. 아이가 영문 모를 얼굴로 다가왔다.

"부모님은 어디 가셨느냐?"

"죽었어요."

아이가 퉁명스럽게 대꾸했다.

"저런, 어쩌다가?"

아이는 더 이상 대답하지 않았다. 위화는 주머니를 뒤져 그날 가진 돈을 모두 아이에게 털어 주며 말했다.

"옛다. 너희 할아버지가 오시면 전해 드려라. 그걸로 너희가 필요한 건 모두 살 수 있을 게다."

아이가 돈을 받아들고 갑자기 환한 표정을 짓다가 갑자기 궁금한 듯이 물었다.

"나리는 누구세요?"

"으응……, 나는 먼 훗날의 너란다."

그 일을 겪은 뒤로 위화는 준실에게 자주 섬신공 얘기를 꺼내곤 했다.

"이건 우리 아버지가 좋아하시던 반찬이오."

"내가 이화만 할 때 우리 아버지가 목말을 태워 자주 날이의 솔밭에 가곤 했지. 내일은 준화와 이화를 데리고 남산에나 올라갔다 와야겠소."

"성질이 급하고 욕심이 많아 그렇지 심성은 착하신 분이었지. 벽화를 대궐에 보내 놓고 밤새 우시더라고. 사정 어려운 일가붙이들도 여럿 도우셨고. 왜 아버지하고 그렇게 잘못 지냈는지 모르겠소. 서로 불상득한 데가 있어도 그저 그러려니 여기고 그냥 봐 넘기면 됐을 텐데. 아무래도 철이 너무 늦게 드나 보오."

"예닐곱 살쯤 먹었을 땐데, 한번은 내가 돌림병에 걸려 죽을 뻔한 적이 있었소. 밤새 끙끙 앓다가 눈을 떠 보니 아버지가 내 머리맡에 쪼그리고 앉아서 하염없이 머리카락을 쓸어 주며 측은한 눈으로 나를 지켜보고 계십디다. 그때 그 깊은 눈빛을 잊을 수가 없소."

그런 말을 할 때면 번번이 목이 메고 눈이 젖었다. 섬신공 얘기를 자주 입에 담으면서 위화는 또 고향 날이에서 살던 때를 부쩍 그리워했다.

"지금 돌이켜 보면 그때가 좋았소."

"그때야 무슨 걱정이 있고 시름이 있었겠소? 지위가 높든 낮든,

집이 부자든 가난하든 부모 슬하에서 자랄 때만큼은 누구나 왕자요, 공주지. 하지만 어려서는 그 이치를 모른단 말이오. 호시절이 다 지나고 두 번 다시 오지 않는다는 걸 알 때에 가서야 비로소 다들 무릎을 치며 아하, 그렇구나 하지."

"우리 집 뒤란에 조그만 웅덩이가 하나 있어서 아버지가 여름만 되면 나를 거기 데려가 목욕을 시켜 주곤 했는데, 그 웅덩이가 아직 그대로 있을까 몰라?"

준실이 위화로부터 여러 차례 그런 얘기를 듣고 하루는 정색을 하며 말했다.

"그렇게 궁금하시면 고향에 한번 다녀오세요."

"그럴까?"

위화가 혹한 표정으로 준실을 쳐다보았다.

"발 있고 길 있는데 가지 못할 이유가 어디 있나요? 기왕 가시려면 저하고 같이 가십시다. 고향에서 살던 얘기도 직접 둘러보면서 저한테 해주시고요. 그래도 낭군님은 참 행복한 사람입니다. 저는 태어나서 지금까지 도성 안에서만 살아서 그처럼 아련한 추억이 서린 고향 같은 게 아예 없어요."

위화는 준실의 말에 크게 용기를 얻어 모처럼 날이군을 찾아갔다. 그사이에 오며가며 잠깐씩 지나친 적은 있었으나 작심하고 찾아가서 고향 곳곳을 둘러보기는 경사로 이사를 떠난 이후 이십 년 만에 처음이었다. 위화는 준실과 나란히 고향으로 가면서 줄곧 기분이 들떠 있었다. 고향 초입에 들어서면서부터 여기저기를 손가락

으로 가리키며 갑자기 말이 많아지고 빨라졌다. 심지어 그는,

"만일 우리 식구가 살던 옛집이 그대로 있으면 애들을 데리고 여기 내려와서 몇 년만 살다가 다시 경사로 갑시다."
하고 말하기까지 했다.

그러나 위화의 고향 나들이는 불과 사흘을 넘기지 못했다. 집도 그대로요, 고향산천도 거의 변한 데가 없었다. 길에서 마주치는 사람들도 절반은 위화를 알아보았다. 특히 나이 든 사람들은 대부분 위화에게 반갑게 인사를 건네며 환대했다. 더러는 벽화후를 들먹이기도 하고, 섬신공과 벽아부인의 안부를 묻기도 했다. 그럼에도 불구하고 위화는 어찌된 영문인지 어서 경사로 돌아가자고 준실을 재촉했다.

"왜 그처럼 서두르세요? 기왕 내려온 길이니 천천히 보고 싶은 곳을 다 둘러보세요. 한 달을 예정하고 내려오지 않았습니까?"

준실이 이유를 물어도 위화는 막무가내로 돌아가자는 말만 되풀이했다.

"그만큼 봤으면 많이 봤소. 더 볼 것이 없으니 어서 갑시다!"

결국 준실은 채근하는 위화를 따라 사흘 만에 부랴부랴 경사로 되돌아왔다.

그 뒤로 위화는 더 이상 옛날 일을 입 밖에 꺼내지 않았다. 섬신공에 대해서도, 고향 날이군에 대해서도 마찬가지였다. 준실은 한동안 이유가 궁금했으나 위화는 준실이 물어볼 때마다 겸연쩍게 웃기

만 할 뿐 특별한 대답을 해주지 않았다.

 법화가 있는 절의 한 납자가 효심이 지극해 늙고 병든 어머니를 늘 지게에 지고 다녔다. 그 어머니는 노망이 들어 아들 외에는 아무도 알아보지 못하는 딱한 사람이었다. 하루는 납자가 어머니를 지게에 지고 나무를 하러 뒷산으로 올라가 딴에는 안전한 장소에 모셔 놓고 일을 했는데, 그사이 어머니는 아들의 당부를 금세 잊어버리고 혼자 땅바닥을 기어 아들을 찾으러 갔다가 그만 벼랑에서 굴러 떨어져 죽고 말았다.

 납자는 어머니를 땅에 묻고 돌아온 뒤 틈이 날 때마다 법당 툇마루 모서리에 앉아 눈물을 짓거나, 알천 강변에 홀로 나가서 하염없이 건너편의 고향산천을 바라보곤 했다.

 위화가 법화를 알현하러 절에 들어서다가 툇마루 문지방에 기대앉은 납자를 보고,

 "지게에 지고 다니던 자네 모친은 어찌하고 오늘은 혼자 그러고 있는가?"

모친에게 변고 일어난 줄을 까맣게 모른 채 인사말을 내었는데, 납자가 멍하니 하늘만 보고 앉아서 아무 대답이 없었다. 위화가 수상히 여기고 법화에게 와서,

 "효자승이 오늘은 왜 저리 넋이 나갔습니까?"

하며 납자 얘기를 꺼내자 법화가 돌연 큰 한숨을 토하며,

 "에이고, 그놈 때문에 산에 우환이 톡톡히 들었네."

하고는 저간의 사정을 죄 들려주었다. 위화가 그제야 납자 모친이 봉변당한 줄을 알고 안타까운 마음에 혀를 찼다.

"어서 저 미망에서 벗어나야지. 오늘은 그래도 나은 편일세. 심심하면 알천까지 내려가서 제가 살던 고향마을을 온종일 건너다보며 울기도 한다네. 효심도 좋지만 생사의 큰 울타리를 뛰어넘자고 산에 들어온 놈이 저래서 언제 큰 도를 닦누?"

법화가 걱정스러운 낯으로 차탄하는 말을 듣고 위화가 자리에서 벌떡 일어나며 말했다.

"저한테 한번 맡겨 보십시오. 제가 데려가서 고쳐 가지고 오겠습니다."

위화가 다시 그 납자에게 와서,

"여보게, 효자승!"

하고 어깨를 툭 쳤다. 납자가 비로소 위화를 발견하고 깜짝 놀라 일어섰다.

"어이쿠, 오셨습니까?"

"자네 모친 얘기는 큰스님한테 들었네. 참 안되었네."

위화가 위로하자 납자는 금세 또 눈시울이 젖었다.

"제 불찰입니다. 정신없는 노인네인 줄을 뻔히 알면서도 더 단속하지 못한 제 죄가 큽니다. 나무껍질로 끈이라도 엮어서 제 허리에 묶어 놨어야 하는데, 일에 정신이 팔려 그만 그 불쌍한 노친네를 잃어버리고 말았습니다."

납자가 목이 메어 컥컥거렸다.

"슬픔은 잠시 거두고 안에 들어가서 행장을 꾸려 나오게. 나하고 며칠 갈 데가 있어."

위화의 말에 납자가 눈이 휘둥그레졌다.

"어디를요?"

"자네 고향이 예서 가깝다는 말을 들었네. 어머니가 그립고 고향이 그립지?"

"그러믄요!"

"가세나. 가서 나한테 자네 고향 구경을 좀 시켜 주게. 큰스님 허락은 내가 벌써 얻어 놓았네."

납자는 뛸 듯이 기뻐했다. 그는 순식간에 승방에 들어가서 행장을 꾸려 나왔다. 두 사람은 그길로 산을 내려와 알천을 건너서 납자의 고향으로 갔다.

"저기 저 냇가에서 어머니가 저를 업고 늘 빨래를 빨았습니다."

"비가 오면 저 냇물이 이 둑에까지 차오르는데, 그 누런 황톳물을 바라보고 있으면 어릴 때는 왜 그렇게 무서웠는지 모르겠어요."

"제가 저 공터에서 자랐습니다. 애들과 어울려 놀던 데가 바로 저깁니다."

납자는 고향마을 곳곳을 둘러보며 한동안 신이 나서 지껄였다. 그때마다 위화는 빙그레 웃음을 지으며 고개를 끄덕여 주었다.

두 사람은 드디어 납자가 태어나서 자란 집 앞에 이르렀다. 그때까지 시종 재잘거리던 납자가 갑자기 눈에 띄게 말수가 줄어들었다.

"바로 저 집이 우리 집입니다."

남자가 손가락으로 가리키며 엉거주춤 뒤로 물러섰다. 평민들이 사는 평범한 누옥이었다. 울타리 안에서는 남루한 행색의 할멈이 곡식을 털고, 계집아이 둘이서 닭 한 마리를 쫓아 마당을 뛰어다녔다.

"지금 사는 사람들은 누구인가?"

"저희 집안입니다. 저 할머니가 돌아가신 제 아버지의 누이뻘이지요."

"그렇다면 남도 아닌데 어째서 들어가지 않나? 어서 들어가세. 가서 저녁이라도 얻어먹고 빈 방이 있으면 하룻밤 신세를 져야지."

위화가 앞장을 서려고 하자 남자가 황급히 옷자락을 붙잡았다.

"싫습니다요, 나리! 그냥 다른 곳으로 가십시다!"

"왜?"

"이유는 차차 말씀을 드립지요!"

남자는 한사코 위화를 이끌고 그곳을 떠났다. 가면서 남자가 말했다.

"제 아버지가 노름빚이 많았는데 그 빚을 다 갚지 못하고 죽었습니다. 그러자 아까 그 할멈이 다짜고짜 우리 집에 들어와 식솔들을 다 내쫓고 집을 차지해 버렸지요. 그게 제 나이 열다섯 살 먹어서의 일입니다. 그때부터 어머니와 저는 서로 의지하며 산천을 떠돌았습니다. 남의집살이도 지겨울 만큼 했고, 종노릇 머슴노릇에, 우리 모친은 남자들 노역장에 가서 품까지 팔았습니다."

"저기 보이는 저 집에서 우리 모자가 종살이를 할 때는 도둑으로 몰려서 관가에까지 끌려가기도 했습니다. 저 집 주인은 정말로 악질 중의 상악질입니다. 훔치지도 않은 패물을 훔쳤다고 기어코 우리 모자를 빈손으로 내쫓았지요."

"나리, 왼편에 밤나무 울창한 집이 보이지요? 어느 해는 하도 배가 고파 저 나무를 타고 숨어 들어가서 밥을 다 훔쳐 먹었습니다. 제가 야밤에 밥을 훔쳐 와 모친과 나눠 먹는데 어찌나 사는 게 구차하고 서럽던지, 그 밥 훔쳐 먹은 뒤로 입살이 할 수 있는 데라면 어디든 가겠다고 결심을 했습니다."

납자의 말투가 뒤로 갈수록 처량해지고 그 내용도 좋은 일보다는 궂은일이 많았다. 강을 건너올 때 신바람이 났던 태도가 불과 반나절 만에 딴사람처럼 풀이 죽고 의기소침해졌다. 해거름에 위화가 잠 동냥을 하려고 객관이나 주막이 있는지 물었더니 납자가 한참 대답이 없다가 모기만한 소리로 말했다.

"나룻배가 아직 끊어지지 않았을 겁니다. 그냥 돌아갔으면 좋겠습니다."

두 사람은 날이 어두워서 나룻배를 타고 다시 강을 건넜다.

"어떤가? 강 이쪽에서 생각하는 고향과 저쪽의 고향이 다르지?"

배에서 내린 뒤 위화가 물었다.

"네."

납자가 크게 고개를 끄덕였다. 위화가 다시 물었다.

"옛날이 좋은가, 지금이 좋은가?"

납자는 잠시도 머뭇거리지 않고 대답했다.

"지금이 백배나 좋습니다."

그날 이후로 납자는 두 번 다시 툇마루에 앉아 눈물을 짓지 않았고, 강변에 내려와 하염없이 고향을 건너다보는 일도 없었다.

법화가 매우 신기해하며 위화에게 물었다.

"대체 효자승을 데려가 무슨 처방을 하였던가?"

위화가 웃으며 대답했다.

"추억과 실제는 다릅니다. 옛일 가운데는 좋은 것만 있는 게 아닌데, 흔히 사람들은 나쁜 일은 세월에 묻어 버리고 좋은 기억만을 취하여 마음속에 간직합니다. 그것이 추억입니다. 설령 좋은 일만 겪은 자라 하여도 결과는 크게 다르지 않습니다. 누구한테나 어리고 미숙한 시절보다 더 큰 허물이 어디 있겠습니까? 그럼에도 사람들이 옛일을 그리워하는 것은 실제로 돌아갈 수 없기 때문입니다. 실제로 돌아가지 못하니까 마음에 담아두고 그리워하는 것입니다. 만일 정말 과거로 돌아간다면 쾌히 응할 자가 몇이나 되겠습니까? 추억은 우리가 이미 지나온 길인데, 과거로 돌아가라는 건 똑같은 길을 다시 걸으라고 하는 것과 마찬가지입니다. 누가 그 뻔한 길을 다시 가려고 하겠습니까?"

그리고 위화는 다음과 같이 덧붙였다.

"고향은 땅에 있는 것이 아니라 마음에 있고, 추억은 지금에 있지 않고 오직 과거 그 시절에만 있었던 것임을 효자승에게 몸소 느끼게 해주었을 뿐입니다. 이는 얼마 전에 제가 날이에 가서 받아 온 처방이기도 합니다."

# 옳은 인생도 없고 그른 인생도 없다

인생은 옳고 그름의 문제가 아니기 때문이다. 보름달이 옳은 사람은 초승달이 너무 비어서 그르다고 말하고, 초승달이 옳은 사람은 보름달이 꽉 차서 그르다고 하지만, 보름달이든 초승달이든 동에서 떠서 세상을 비추다가 서로 지는 것은 매한가지다. 다만, 보름달 아래에서는 사람들이 춤을 추고, 초승달 밑에서는 고요히 낚시를 드리울 뿐이다. 정말로 그것뿐이다.

오도가 낳은 옥진과 금진 자매는 오랫동안 아시의 집에서 자랐다. 오도와 위화가 갈라선 뒤에도 아시는 극진히 세 모녀를 거두고 보살폈다. 오도는 그에 대한 보답으로 아시를 섬기려 했으나 아시가 웃으며,

"낭주의 마음이 위공에게 있음을 아는데 미색만을 탐한다면 뒤가 허무해지지 않겠소? 내 집에 있는 것이 그토록 부담스럽다면 다른 방도를 한번 찾아보리다."

하고 거절했다.

그로부터 며칠 뒤 아시는 대궐에서 마침 황제와 단둘이 이야기를

나눌 기회가 있어 오도 모녀를 따로 살게 해달라고 부탁했다. 황제가 하사한 여자를 자신이 마음대로 처리할 수 없었기 때문이다.

원종이 이때 처음으로 아시가 오도를 취하지 않은 사실을 알아차렸다. 취하지도 않은 여자를 오랫동안 한집에 두고 묵묵히 보살핀 까닭 또한 굳이 묻지 않아도 알 만한 일이었다. 이 일로 원종도 새삼 아시에게 크게 감동했다.

"참으로 무던하이. 공이 나를 따르고 섬기는 마음은 만조를 통틀어 으뜸일세."

원종은 한때의 질투와 분노를 다스리지 못한 스스로의 행동에 비로소 부끄러움을 느꼈다. 바로 아시의 묵언 수행과도 같은 오랜 신의가 빚어낸 일이었다. 그 일이 있은 직후에 공교롭게도 선혜후가 돌아가셨다. 이에 원종은 오도가 두 딸을 데리고 선혜후의 사저에 들어가서 사는 것을 허락했다.

대궐 출입을 할 수 없었던 오도와는 달리 벽화는 진작부터 대궐을 드나드는 데 아무 거리낌이 없었다. 원종과 사이에 낳은 삼엽공주가 옛날 자신의 전각에서 그대로 살았기 때문이다. 벽화는 비량과 살면서 '구리지'라는 아들을 낳았지만 언제부터인가 비량의 집에서 보내는 시간보다 궁중에서 삼엽과 보내는 시간이 더 많았다. 이 사실을 원종 또한 모르지 않았으나 딸을 사랑하는 마음이 컸으므로 모녀의 교류를 막지 않았다.

원종에게는 그때까지 두 딸이 있었다. 큰딸은 정비 보도후가 낳은 '지소'였고, 둘째는 벽화 소생의 삼엽이었다. 보도후가 낳은 지소는 일찌감치 '입종'에게 시집을 갔다. 입종은 원종의 바로 밑에 아우였다.

당시 신라의 결혼제도는 지배층으로 올라갈수록 족친혼에서 근친혼으로 대상이 좁혀지는 경향을 보인다. 귀족들의 결혼은 흔히 원친遠親의 범위까지 확대되어 이루어졌으나 황족으로 갈수록 근친 중에서 배필을 정했다. 이는 아마도 조상의 제사를 지내는 문제와 가장 밀접한 관련이 있었던 듯하다. 부부가 똑같이 제례에 참례하던 그때의 풍습에서, 서로 다른 조상신을 모신다는 사실이 용납되지 않았던 것으로 보인다. 혈통 보존은 후대가 만들어낸 결과론이며, 근친혼의 현실적인 이유는 바로 제사 문제였던 것 같다.

두 번째로 들 수 있는 이유가 모계사회의 흔적이다. 신라에서는 모계母系가 차지하는 비중이 부계父系만큼이나 중요했다. 아버지가 같은 형제 중에서는 어머니의 지위가 높을수록, 어머니가 같은 형제 중에서는 아버지의 지위가 높을수록 사회적인 신분과 서열이 높았다. 따라서 나이와는 상관없이 8촌보다는 6촌간에, 6촌보다는 4촌간, 3촌간에 태어난 아이가 부모 양쪽으로부터 우세한 지위를 물려받을 수 있었으므로 후계와 상속에서 유리한 위치를 선점할 수 있었다.

갈문왕(왕의 아우에게 내리는 칭호) 입종이 공주 지소를 아내로 맞이한 것은 당시로선 가장 이상적인 결혼이었다. 똑같은 조상신을 모실 수 있을 뿐만 아니라 두 사람 모두 지위가 높아 자식을 낳아도 저절로 영달할 수 있었기 때문이다. 물론 나이가 많은 입종에게는 지소 이전에 함께 산 여러 여자가 있었지만 지소와 결혼하는 순간 정처正妻는 지소가 되고, 나머지는 아무리 일찍 만났더라도 모두 첩으로 물러났다. 결과적으로 신라는 이런 결혼 풍습과 제도를 통해 지배층의 결속을 다지고, 황실과 귀족의 혈통을 유지해 나갔다.

지소에 비하면 삼엽의 지위는 같은 공주라도 한 단계 아래였다. 아버지는 같았지만 어머니의 지위가 달랐기 때문이다. 원종은 아시에 대한 고마움을 무엇으로 보답할까 궁리하던 끝에 벽화가 낳은 둘째딸 삼엽을 주기로 결심했다. 그때 삼엽의 나이 열일곱, 능히 한 남자의 지어미가 될 수 있었다.

아시의 고매한 인품은 이미 오랜 세월에 걸쳐 여러 사람에게 증명된 터였다. 삼엽도 좋아하고 벽화도 좋아했다. 삼엽에게는 벽화의 아름다움이 그대로 묻어 있었다. 아시 역시 크게 기뻐했다. 아시와 삼엽이 혼례를 올리기 직전에 오도는 두 딸과 함께 선혜후가 남긴 사가로 들어갔다.

한편 오도의 두 딸, 옥진과 금진은 자랄수록 인물과 자태가 도드라졌다. 옥진은 어머니 오도를 닮고, 금진은 아버지 위화를 닮았는데, 오도와 위화가 당대 최고의 미색들이었으므로 두 자매의 외모가 천 명 가운데 섞어 놓아도 금방 눈에 띌 정도였다.

"선녀가 지나간다. 저들을 어찌 사람이라고 하랴!"

세 모녀가 길에 나서면 남녀노소가 다 같이 무릎을 치며 찬탄했다. 세월이 흐를수록 사람들의 시선은 오도로부터 두 딸들에게 옮겨 갔다.

십여 세를 넘기면서 옥진은 오도만큼 아름답고 풍만했다. 어머니를 닮아 화려함과 고상함을 고루 갖춘 절묘한 미색이었다. 게다가 품행에 절도가 있고, 말 한마디, 손짓 하나에도 기품과 우아함이 묻어났다. 모두가 사람한테 배운 게 아니라 하늘에서 타고난 것이었다.

옥진에 비하면 금진의 미색은 다분히 위화 쪽의 내력이었다. 옥진이 아담하고 풍만한 체구라면 금진은 키가 크고 헌칠했다. 골격이 남자처럼 강건하면서도 팔등신의 아름다움이 빛났고, 이목구비가 큼직하고 시원해서 보는 이에게 활달하고 유쾌한 느낌을 주었다.

위화와 오도가 그러하듯이 옥진이든 금진이든 예사 사람 같지는 않았다. 형이 아우보다 낫다는 게 중평이었으나 취향에 따라서는 금진의 미색을 더 윗길로 치는 사람도 있었다. 옥진을 보면 옥진이 아름답고, 금진을 보면 금진이 아름다웠다. 용龍이 용을 낳고 봉鳳이 봉을 낳았다고 사람들은 말했다. 흡사하면서도 다르고, 다르면서도 흡사한 두 자매의 미색에 우열을 가리는 일은 용과 봉의 우열을 가리는 일만큼이나 어렵고 또한 부질없었다.

외모만큼 둘의 성격도 판이했다. 그 역시 옥진은 오도를 닮았고 금진은 위화와 비슷했다. 옥진은 애교와 욕심이 많고, 아양을 잘 떨었으며, 얼굴과 몸매를 가꾸는 데 남다른 취미와 재주가 있었다. 그러나 금진은 눈물과 정이 많고, 좋은 것이 생기면 남에게 먼저 주었으며, 꾸밈이 없고 기분에 따라 닥치는 대로 행동했다. 애교나 아양 따위와는 거리가 멀었다. 옥진은 화를 내도 자신이 좋아하는 것을 주면 금세 풀어졌으나 금진이 화가 나면 어떤 방법으로도 풀리지 않았다.

오도와 선혜후는 자신들의 가계를 닮은 옥진을 더 좋아했다. 특히 선혜후는 옥진이야말로 '옥모玉帽의 인통姻統*'을 이을 만한 재목이라며 크게 흡족해 했다. 옥진玉珍이란 이름도 옥모로부터 왔다. 하지만 정작 선혜후가 돌아갔을 때 더 많이 운 쪽은 옥진이 아니라 금진이었다. 형이 외유내강外柔內剛이라면 아우는 외강내유外剛內柔였다.

"남의 자식들을 보면 더러 섞이기도 하던데, 우리 집 딸들은 어쩌면 저리도 하나에서 열까지 부모 양쪽의 피를 갈라서 닮아 나왔을꼬."

---

*김씨 왕조의 시조인 미추대왕이 비를 맞이할 때 옥모의 인통이 아니면 황후로 삼지 말라며 후세에 남긴 말이라 한다. '옥모-홍모-아이혜-광명-내류-아로-조생-선혜-보도-지소로 이어지는 이 계보를 『화랑세기』에서는 진골정통(眞骨正統)이라고 부른다. 진골정통은 황가의 혼맥을 잇는 계보다. 이와 쌍벽을 이루는 또 한 계보로 대원신통(大元神通)이란 것이 있다. 대원신통은 보미(寶美)한테서 비롯되었다. 진골정통과 대원신통은 황제나 태자의 혼인과 관련된 계보였던 만큼 딸에서 딸로 이어지는 모계(母系) 세습을 원칙으로 하며, 1대에 한하여 아들에게도 세습되었다고 한다. 신라의 황족과 귀족층을 구성하는 양대 산맥이 곧 진골정통과 대원신통이다.

외모부터 성격까지 판이한 두 딸을 키우면서 오도는 늘 입버릇처럼 말했다. 그 바람에 옥진과 금진은 어려서부터 자신들이 부모 중에 한 사람씩을 쏙 빼닮았다는 사실을 잘 알고 있었다. 어쩌면 그래서인지 모른다. 장녀 옥진은 아버지 위화를 별로 좋아하지 않았고, 금진은 또 위화를 매우 좋아하며 따랐다.

오도와 헤어진 시초에 위화는 어린 두 딸이 보고 싶어 술만 마시면 혼자 울었다. 어떤 날엔 인사불성이 되어 아시의 집으로 찾아가기도 했다. 누구보다 정 많은 사람이 슬하에 처음 본 자식들과, 그것도 한창 재롱을 부리던 나이에 헤어졌으니 온종일 눈에 밟히고 귀에 쟁쟁거려 견딜 수가 없었다. 바깥에서 남의 집 아이들이 재잘거리는 소리만 들려와도 금방 두 눈에서 눈물이 쏟아지곤 했던 위화였다.

그러나 참을 수 없어 달려가 보고 나오면 항상 뒤끝이 좋지 않았다. 사흘을 참아서 한 번을 보면 참은 사흘이 허사였고, 한 달을 참아서 한 번을 보고 오면 그 참은 한 달이 도루묵이었다. 매번 고통은 다시 시작되고 견디기는 점점 더 힘이 들었다. 이쪽만 그런 게 아니었다. 아이들도 아버지를 찾아 울 때가 많다고 오도가 푸념했다. 오도는 위화가 아이들이 보고 싶어서 왔다는 말에 냉담한 표정을 지으며 딱하다는 듯이 혀를 찼다.

"장부가 그것밖에 안 되나요? 제가 만일 당신이라면 황제를 찾아가 용서를 구하고 미관말직이라도 얻어서 아버지 노릇을 제대로 하겠습니다. 아이들이 보고 싶어서 찾아오는 게 작은 사랑이라면 아이들에게 집과 옷과 음식을 마련해 주는 것은 부모의 큰 사랑입니다. 어찌 큰 사랑을 베풀 생각은 하지 않고 작은 사랑에 연연해 하십니까? 우리와 함께 살고 싶으면 제발 어떻게든 좀 해보세요."

그러나 오도가 요구하는 것은 위화에겐 길이 아니었다. 위화는 차츰 이를 악물고 이 미망과 궁지에서 벗어나야 한다고 스스로를 채근했다. 한눈 한번 팔아서 논두렁에 빠져 버린 미꾸라지가 가뭄을 탓하며 죽어 갈 수야 없지 않은가!

뒤에 돌아보면 어떻게 그 시절을 빠져나왔는지 모른다. 다시 마음의 평정을 되찾은 건 조상의 음덕이자 천지신명의 보살핌이라고 위화는 준실에게 말했다. 그렇게 되기까지는 준실의 내조도 큰 몫을 차지했다. 준실은 딸들을 그리워하는 위화의 마음을 누구보다 잘 알고 또 이해했다. 그래서 위화 몰래 곡식을 팔고 피륙을 끊어다가 아시의 집 뒤채에 가만히 놓아 두곤 했다. 오도는 이를 위화가 한 일인 줄 알았다.

딸들이 어느 정도 자란 뒤부터 위화는 가끔 오도와도 만나고 딸들도 보았다. 이때는 위화도 오도도 마음이 예전 같지 않아서 만나고 돌아와도 서로를 해치는 일이 없었다. 본래 두 사람은 상대가 미워서 헤어진 게 아니었다. 어렵고 곤궁한 상황들이 누적되어 둘의 사이를 갈라놓았을 뿐이었다. 그래서 비록 애틋한 정은 세월에 잃어버렸어도 원수처럼 여길 만한 앙금은 없었다. 심지어 선혜후의 사가를 물려받은 뒤 심신에 안정과 여유를 되찾은 오도는 딸들 앞에서 위화를 한껏 추켜세우기까지 했다.

"너희 아버지는 계림 최고의 풍류남이시다. 어찌 자랑스럽게 여기지 않겠느냐?"

한동안 장성한 딸 둘을 데리고 다니는 위화의 표정이 더없이 행복해 보였다.

그런데 장녀 옥진은 어느 순간부터 위화를 피하기 시작했다. 위화만 보면 맨발로 달려 나가는 금진과는 영 딴판이었다. 함께 구경을 나가자는 말에도 심드렁해 하고, 놀이판에 가자고 해도 고개를 살래살래 흔들었다. 급기야 위화가 올 때쯤이면 미리 자리를 피하고 보지조차 않으려고 했다.

"풍류 그까짓 것! 차라리 마당에 매놓은 개하고 노는 게 낫지."

옥진은 콧방귀를 뀌었다. 아버지를 따라다니며 신나게 놀고 돌아온 금진이 제 형에게 가끔 타박을 주었다.

"언니는 사람이 참 이상해. 별일도 없으면서 왜 따라가지 않았어? 아버지가 얼마나 서운해 하셨는데."

"너나 실컷 따라다니렴. 난 취미 없다 얘!"

옥진의 눈에는 위화의 풍류가 보이지 않았다. 그럴 나이이기도 했다. 아버지를 알고 나자 아버지 때문에 고생한 어머니가 더 측은하고 불쌍했다. 한평생 벼슬이라곤 살아 본 적 없는 물외한인物外閒人, 허구한 날 천박한 무리들과 어울려 춤추고 노래하며 이따금 뜻 모를 소리나 해대는 아버지가 무에 그리 대수랴. 그 잘난 놀음에 빠져 처자식까지 팽개쳤다니 밉다 못해 한심하기까지 했다. 옥진의 눈에 비친 위화는 그저 놀러나 다니며 사는 팔자 좋은 한량일 뿐이었다.

"너도 내 나이가 돼 봐라. 아버지가 얼마나 세상을 딱하게 사는 사람인지 한눈에 보일 테니까."

옥진의 말을 금진은 이해할 수 없었다. 금진이 보기에 위화는 그야말로 천하에서 제일 멋있고 훌륭한 사람이었다. 길에 나서면 남녀노소가 모두 박수를 치며 환호했고, 어디를 가도 황제 같은 대접을 받았다. 그렇다고 무슨 벼슬이 있다거나 지위가 높은 것도 아닌데 사람들은 위화만 보면 누구나 최상의 예를 표하며 기뻐하고 즐거워했다. 벼슬과 지위에 눌려 할 수 없이 웃는 얼굴들이 아니었다. 진심으로 좋아하고 반기는 모습이 역력했다. 그 점이 어린 금진의 눈에도 고스란히 보였다. 그래서 더욱 멋이 있었고, 그런 멋쟁이의 딸이라는 사실이 한없이 자랑스러웠다.

"아버지는 천하의 주인이야. 딱하기는 뭐가 딱하다고 그래? 그렇게 말하는 언니야말로 정말 한심하고 딱한 사람이야."

같은 부모 밑에 나도 두 딸의 시각은 천양지차였다.

뒷날 법화의 법통을 이은 '묘화'가 옥진과 금진 자매를 일컬어 다음과 같이 말했다.

"그래서 두 낭주의 삶이 흑백처럼 완연히 달라져 버렸다. 이를 두고 누가 옳고 누가 그르다고 말할 수는 없다. 인생은 옳고 그름의 문제가 아니기 때문이다. 보름달이 옳은 사람은 초승달이 너무 비어서 그르다고 말하고, 초승달이 옳은 사람은 보름달이 꽉 차서 그르다고 하지만, 보름달이든 초승달이든 동에서 떠서 세상을 비추다가 서로 지는 것은 매한가지다. 다만 보름달 아래에서는 사람들이 춤을 추고, 초승달 밑에서는 고요히 낚시를 드리울 뿐이다. 정말로 그것뿐이다."

## 먼저 겪은 일은 뒷일에 편견이 되기 쉽다

물가에서 호시절을 보낸 이는 물만 보면 기뻐하고, 산에 갔다가 범에게 물려 죽을 뻔한 이는 산 그림자만 보고도 돌아앉는다. 사람의 일도 이와 같아서 섭씨에게 호감을 가지고 사람은 섭씨 여자와 행복했던 박씨 여자와 불행했던 자는 박씨라면 무조건 고개를 흔들고 이를 간다. 하지만 결국엔 이 모두가 허상이다. 아파 뛰는 분명히 제각각인데 단지 비슷하다는 이유로 같은 취급을 해버리는 오류를 범하지 말라.

선혜후가 득병하여 누웠다는 소식을 듣고 보도후가 궐 밖 사저로 찾아갔다. 이미 얼굴에 사색이 감돌던 선혜후가 자리에 누운 채로 큰딸을 맞이하고 눈물을 지으며 말했다.

"이제 나는 얼마 남지 않았다. 살 만큼 살았으니 여한은 없다만 오도가 행복한 모습을 끝내 보지 못하니 오직 그 하나가 마음에 걸린다. 특히 오도의 큰딸 옥진은 옥모의 인통을 이을 만한 우리 가문의 천금같은 보배다. 너에게 맡기고 가니 부디 뒤를 잘 부탁한다."

선혜후와 헤어지며 보도는 만감이 교차했다. 평생 어머니의 따뜻한 사랑 한번 받지 못한 그에게 죽으면서까지 부탁한 이는 동생 오도와 그 딸이었다.

그러나 도량이 넓고 심성이 더없이 무던한 보도는 잠시 원망스러웠던 마음을 스스로 거두고 어머니의 유지를 받들기로 결심했다. 부모 마음에 무슨 차등과 서열이 있으랴. 그저 자신이 오도보다 행복하니 불행한 오도를 부탁하는 것일 테지.

선혜후의 장례를 치르고 돌아오자 보도후는 옥진의 남편감을 물색했다. 첫손에 꼽힌 이는 수지공과 '보현공주'의 아들인 '영실'이었다. 보현공주는 황제 원종의 누이동생이었다. 슬하에 아들이 없던 원종은 누이가 낳은 조카 영실을 마치 친아들처럼 귀애했다.

사랑은 받은 만큼 되돌려주려는 속성이 있다. 그래서 부모의 사랑을 많이 받은 아이는 커서 자식들을 그만큼 사랑하고, 집안에 사랑이 가득 차면 이웃과 세상에까지 그 훈훈한 여파가 미치는 것인지도 모른다.

영실에 대한 원종의 사랑도 이와 마찬가지였다. 과거에 비처제가 자신에게 그러했듯이 원종은 자신이 받은 사랑을 영실에게 아낌없이 퍼부었다. 그 덕분에 영실은 공주들과 함께 궁중에서 자랐다. 외할머니 연제태후의 사랑 또한 지극했다. 영실은 태후궁과 대전을 번갈아 들락거리며 어릴 때부터 궁정을 마음껏 뛰어다녔다. 사람들은 영실이 홍복을 타고났다며 부러워했다.

"오도의 큰딸 옥진과 영실을 맺어 주려고 합니다. 당신 뜻은 어떠하신지요?"

보도가 원종에게 물었다.

"오도의 큰딸이라면 아시의 딸이오, 위화의 딸이오?"

그 사실을 원종이 모를 리 없었다. 그럼에도 굳이 반문한 이유는 자신의 불편한 심기를 슬그머니 드러내기 위함이었다. 원종이 탐탁찮게 여기는 줄 알면서도 보도는 물러서지 않았다.

"위공의 딸입니다."

분명하게 대답하고 나서 보도가 덧붙였다.

"세월이 참 많이도 흘렀습니다. 이제 그만 노여움을 거두시지요."

그 말에 원종은 뜨끔했다.

"노여움이라니? 내가 뭐라고나 했소?"

원종이 시치미를 뚝 떼고 아닌 양 눈을 부라렸다.

"당신이 정말 그때 일을 잊었다면 어찌하여 아직도 잉첩을 두지 않습니까?"

보도가 정면으로 응수했다.

"허허, 그거야 짐이 오로지 당신만을 사랑하기 때문이지……."

대답이 궁색해진 원종이 갑자기 너털웃음을 터뜨리며 말끝을 흐렸다. 보도가 그런 원종에게 쐐기를 박듯 말했다.

"오도는 제 아우입니다. 한번 실수로 너무 많은 것을 잃었습니다. 이제 어머니마저 안 계시니 오도와 두 조카들을 거두고 보살피는 일은 온전히 저의 몫입니다. 정말 저를 사랑하신다면 제 마음을 편하게 해주세요."

속내를 들킨 원종이 부랴부랴 낯빛을 환하게 만들어 마음에도 없던 소리까지 덧붙였다.

"좋은 날을 잡아서 잔치를 엽시다. 내 친히 길례吉禮를 행하리다."

황제가 길례를 주관하는 가운데 영실과 옥진이 대궐에서 성대한 혼례를 올렸다. 옛날에 원종과 보도의 혼례만큼이나 잔치가 거방졌다. 만조의 문무백관이 빠짐없이 참석해 두 사람의 앞날을 축복했다. 그날만큼은 위화도, 오도도 신부의 부모 자격으로 잔치에 참석했다. 십수 년 만에 원종과 위화가 대전 앞뜰에 차려놓은 혼례장에서 만났다. 위화가 국궁 재배한 뒤 고개를 들어 원종을 바라보았다.

"신이 불초하여 그간에 통 문후를 여쭙지 못하였나이다. 평강하셨나이까?"

인사를 받으며 보니 위화는 예나 지금이나 크게 달라진 게 없었다. 귀밑머리만 약간 희끗희끗할 뿐 얼굴도 여전하고 신수도 여전했다. 십수 년 세월이 무색할 정도였다.

"오랜만일세."

원종은 건조한 표정으로 짤막하게 응대한 뒤 곧 다음 사람의 인사를 받았다. 어색한 해후였다. 그런 어색한 해후는 오도와 원종이 만났을 때 더욱 빛을 발했다. 원종은 오도를 보는 순간 자신의 의지와는 달리 가슴이 마구 뛰고 얼굴이 열병을 앓는 사람처럼 화끈 달아올랐다. 그 또한 십수 년 세월이 무색할 정도였다. 이제쯤은 무심히 대할 수도 있으리란 기대는 눈과 눈이 마주치는 찰나에 그만 여지없이 깨어졌다. 원종 스스로도 당혹스러웠다. 오도는 마주친 시선을 급히 아래로 향한 채 황제를 대하는 예로 원종에게 인사했다.

"딸을 훌륭히 키워 황실에 주었으니 네 공이 크다. 죄를 지었으면 벌을 받지만 공을 지었으니 앞으론 큰 복록을 누리지 않겠느냐?"

덕담을 하려고 꺼낸 말이었다. 그런데 해놓고 보니 뼈 있는 말이 되고 말았다. 그만큼 원종은 오랜만에 본 오도 앞에서 평상심을 잃었다. 오도는 잠자코 목례를 한 뒤 뒷전으로 물러났다.

길례를 주관하며 원종은 줄곧 그 일이 마음에 걸렸다. 어쩌면 그 때문인지 모른다. 천지신명과 종묘사직 열성조의 제단 앞에서 축문을 읽고 돌아서서 대기하고 있던 신랑 신부를 마주 보는 순간, 원종은 자신의 눈을 의심하지 않을 수 없었다. 예복을 입은 채 싱글벙글 웃고 선 영실이야 새삼스러울 게 없었지만 그 옆에서 다소곳이 절을 하는 신부의 모습은 영락없는 젊은 시절의 오도였다.

원종은 이때 옥진을 처음 보았다. 십수 년 세월을 거슬러 판에 박은 듯한 오도가 옛날 모습 그대로 영실 곁에 서 있었다. 아니 옥진은 오도보다도 더 오도 같았다. 실제 오도는 세월 탓이겠지만 기억 속의 오도와는 약간의 편차가 있었다. 그런데 옥진은 원종의 뇌리에 남은 오도의 모습과 털끝 하나 다르지 않았다. 아직도 꿈을 꾸면 가끔 나타나 한나절을 설레게 하는 여인, 감히 만승의 위엄을 지닌 자신에게 처음이자 마지막으로 실연의 아픔과 지우기 힘든 열등감의 상처를 깊게 남긴 오도가 마치 지난 세월을 조롱하듯 서서 나부시 절을 하는 거였다. 원종은 예식의 절차도 잊은 채 신부의 얼굴에서 오랫동안 눈을 떼지 못했다. 놀라움의 단계를 넘어 신비롭고 기이하게 여겨지기까지 했다.

얼마나 지났을까. 행사가 이유 없이 지연되자 사람들이 수런거리기 시작했다.

"폐하, 어디가 미편하신지요?"

황제를 보좌하던 내관이 기척을 내고서야 원종은 가까스로 정신을 차렸다. 그러나 이미 옥진에게 넋이 나간 황제가 행사를 제대로 주관할 리 없었다. 실수를 연발하고 절차를 빼먹어 많은 이로부터 궁금증과 의구심을 샀다.

영실과 옥진의 혼례는 성대하게 시작했던 처음과는 달리 갑자기 흐지부지 끝이 나 버리고 말았다. 황제가 중간에 자리를 떴기 때문이다.

아주 이상해질 뻔한 예식을 그나마 마지막까지 끌고 나간 건 순전히 위화의 힘이었다. 분위기가 수상해지자 이를 눈치 챈 위화가 하객들 앞에서 평생 갈고 닦은 풍류를 유감없이 보여 주었다. 그 바람에 대전 앞마당은 마치 장터를 방불케 하는 놀이판으로 돌변했다.

신부의 아버지가 신바람이 나서 벌이는 잔치판에 곧 궁중 악사들이 가세했고, 뒤이어 화려한 복장의 무동舞童과 무희舞姬가 어우러지면서 대소 신료들도 덩달아 어깨춤을 덩실거렸다. 여흥의 막바지엔 예복을 차려입은 새신랑 영실까지 꽃가지를 꺾어 들고 싱글벙글 춤을 추었다. 사람들은 구경이 좋다고 탄복하며 홰를 밝히고 밤늦게까지 자리를 뜨지 않았다.

원종은 옥진을 미리 보지 못한 일을 후회하고 또 후회했다. 옥진이라면 보도의 조카라서 자신이 얼마든지 잉첩으로 삼을 수 있는 아이였다. 그런 아이를 영실과 맺어 주면서 스스로 길례까지 주관했으니 생각할수록 통탄스러웠다. 이제 와서 물릴 수도 없고 돌이킬 수도 없었다. 물건이라면 남의 것을 취하고 새 것을 사 줄 수도 있고, 똑같은 것을 다시 구할 수도 있겠지만 황제로서도 어쩔 수 없는 것이 바로 사람이요, 사람 사이의 일이었다. 일찍이 그 사실을 입증해 준 이가 오도와 위화가 아니었던가.

"내가 지나쳤다. 지나치게 위화와 오도를 멀리한 것이 오늘과 같은 낭패를 불렀구나. 위화의 딸을 어찌하여 한 번도 보지 않았더란 말인가!"

원종은 위화를 오랫동안 용서하지 않은 일을 비로소 크게 뉘우쳤다. 근신의 자식들 가운데 누구 아들은 머리가 비상하고, 누구 딸은 인물이 출중하다는 것쯤은 대강 다 알고 있던 원종이었다. 따라서 만일 위화를 예전처럼 가까이 두고 지냈더라면 그의 딸을 모를 리 없었고, 알았는데 영실의 처로 삼았을 리는 더더욱 없었다. 덕을 베풀면 복福이 되어 돌아오고, 악을 지으면 화禍로 간다더니, 당하고 보니 틀림없는 명언이다. 그토록 뉘우치고 통탄스러워할 만큼 옥진의 일은 황제를 다시금 뼈아프게 만들었다.

만질 수 없는 아름다움은 괴로움이요, 취할 수 없는 사랑은 고통이었다. 언젠가 법화로부터 들은 인생에서 가장 견뎌내기 어렵다는 여덟 가지 고통에 대해 원종은 오래 생각했다. 법화는 생로병사의

네 가지 고통 말고도 사랑하는 이와 헤어지는 고통愛別離苦, 미워하는 자와 만나야 하는 고통怨憎會苦, 바라는 것을 얻지 못하는 고통求不得苦, 그리고 오감에서 비롯된 욕구가 불같이 일어나서 생기는 고통五陰盛苦에 대해 강론한 적이 있었다. 그런데 옥진을 곁에 두고 매일 봐야 하는 원종으로선 하나도 견디기 어렵다는 그 네 가지 고통을 한꺼번에 떠안은 격이 되고 말았다.

영문도 모르고 영실은 좋아서 입을 다물지 못했다. 옥진과 첫날밤을 보낸 뒤 나란히 문안 인사를 와서는 미울 정도로 시종일관 싱글거리기만 했다. 길몽을 꾸었느냐는 보도후의 물음에,

"언제 꿈을 꿀 새나 있었어야지요."

하는 흰소리도 듣고 있던 원종의 마음을 무참히 짓밟아 놓았다. 그 곁에서 수줍게 낯을 붉히던 옥진은 왜 그리도 곱고 청초한지. 결국 원종은 신혼부부의 인사를 받고 나서 생뚱맞게 무서운 표정으로 소리쳤다.

"그만 물러들 가라!"

뜻밖의 호통소리에 깜짝 놀란 영실은 옥진을 이끌고 혼비백산 대전을 물러났다. 보도후가 의아한 눈길로 원종을 바라보았다.

"어제부터 심기가 부쩍 사나워 보입니다. 무슨 좋지 않은 일이 생기셨는지요?"

그러나 원종은 아무 대답도 하지 못했다. 너무 심사가 괴롭고 속이 상해서 거짓으로 둘러댈 만한 여유조차도 없었기 때문이다.

옥진이 대궐에 들어가던 날부터 시작된 황제 원종의 마음고생은 날마다 점점 무게와 강도를 더해 갔다. 그렇다고 과거에 위화와 오도처럼 궐 밖으로 내칠 수도 없었다. 아무것도 모르는 영실은 여전히 원종을 아버지처럼 따르며 대전과 편전을 가리지 않고 들락거렸고, 자연히 옥진도 조석으로 눈에 띄었다. 조카 부부의 아침 인사와 저녁 인사가 하루도 빠짐없이 원종의 가슴을 후벼 팠다. 순전히 그들의 인사를 받기 싫어서 칭병을 한 날도 있었다. 그러나 하루이틀이면 몰라도 계속해서 그럴 수는 없었다. 눈으로 보지 않는 게 상책이었지만 아무리 머리를 쥐어짜 봐도 그럴 만한 핑계가 떠오르지 않았다.

그런데 맹랑한 일은 옥진이 입궐하고 두어 달쯤 지난 때부터 일어났다. 영실을 따라 문안 인사를 온 옥진이 원종과 조심스럽게 시선을 맞추며 교태 어린 눈짓을 보내기 시작한 거였다. 처음 한두 번은 원종도 잘못 본 거라고 여겼다. 그럴 리가 없다고 생각했다. 한데 옥진의 눈짓은 점점 더 대담해져서 급기야 황제의 시선을 받고도 피하지 않는 지경에 이르렀다. 피하기는커녕 야릇한 눈웃음을 치며 입가엔 뜻을 알지 못할 웃음까지 머금었다. 당황한 쪽은 오히려 황제였다. 그 묘한 눈빛을 피하며 영실을 보니 그는 여전히 아무것도 모르는 눈치였다.

서로 은밀한 눈짓을 주고받으면서 황제는 피하고만 싶던 조카 부부의 문안을 거꾸로 기다리는 심정이 되었다. 오늘도 그럴까, 잔뜩 기대를 품고 옥진을 만나면 아니나 다를까 옥진이 생글생글 눈웃음을 치곤 했다. 황제의 눈에 비친 옥진은 오도였다. 위화에게 뺏긴 오도가 십수 년 뒤에 나타나 이번엔 배필을 곁에 두고 자신을 유혹하고 있었다. 원종은 곧 미묘한 감정에 사로잡혔다. 사리에는 맞지 않았지만 통렬한 복수심도 느꼈고, 자신에게서 오도를 빼앗아 간 위화를 비로소 이해할 수 있을 것도 같았다.

나중에 묘화가 이 일을 두고 산문을 찾아온 고관의 자제들에게 설법했다.

"선先과 후後에는 반드시 경계가 있어야 한다. 사람들은 흔히 먼저 겪은 일에 얽매여 뒷일을 인식하는 편견에 사로잡히기 쉽다. 그러나 다만 흡사해 보일 뿐, 실제로 앞의 일과 뒷일은 전혀 별개인 경우가 많다. 물가에서 호시절을 보낸 이는 물만 보면 기뻐하고, 산에 갔다가 범에게 물려 죽을 뻔한 이는 산 그림자만 보고도 돌아앉는다. 사람의 일도 이와 같아서 설씨 여자와 행복했던 사람은 설씨에게 호감을 가지고, 박씨 여자와 불행했던 자는 박씨라면 무조건 고개를 흔들고 이를 간다. 하지만 결국엔 이 모두가 허상이다. 앞과 뒤는 분명히 제각각인데 단지 비슷하다는 이유로 같은 취급을 해버리는 오류를 범하지 말라. 이를 명확히 알고 행하는 일도 필경은 풍류다."

그리고 묘화는 다음과 같이 덧붙였다.

"만일 황제가 오도와 옥진이 다른 사람인 줄을 확연히 깨달아서 두 모녀 사이에 경계를 둘 줄 알았더라면 어린 여자의 유혹에 그토록 쉽게 넘어가는 일은 없었을지 모른다."

# 새옹지마

사람이라면 누구나 인품과 성정에 좋은 점과 나쁜 점을 고루 가지고 있습니다. 좋은 사람, 나쁜 사람이 미리부터 정해진 것은 아니고, 좋은 점이 많으면 좋은 사람이요, 나쁜 점이 많으면 나쁜 사람인데, 좋은 사람에게도 나쁜 점은 있고, 나쁜 사람에게도 좋은 점은 있습니다. 처음에 좋은 사람이 스스로 나쁜 점을 고치지 않으면 뒤에 나쁜 사람이 되고, 처음에 나쁜 사람도 좋은 점을 자꾸 배우면 나중에는 좋은 사람이 되는 것은 누구한테나 해당되는 불변의 이치입니다.

보도황후는 나이를 먹을수록 원종과 나누는 색사가 점점 힘이 들었다. 황제 원종의 양기가 너무 강했기 때문이다. 젊어 한때는 색사를 나누는 재미에 빠진 적도 있었고, 원종이 다른 여자들에게 한눈을 팔 때는 은근히 시기심과 질투심도 일어났지만 모두가 옛일이었다. 나이 마흔 근처에 이르자 기운도 부치고 흥도 제대로 나지 않았다. 도중에 거짓말처럼 맥이 탁 풀리면 그 뒤로 아무리 애를 써도 감흥이 회복되지 않았다. 그렇다고 멀쩡한 몸으로 남편의 요구에 응하지 않을 도리도 없었다. 자신에 비하면 원종의 색탐은 아직도 여전했다. 아니 스스로 순조롭지 못하니 상대적으로 남편은 점점 더 왕성해지는 것 같았다.

"이럴 때 색공의 짐을 대신 져줄 만한 잉첩이라도 있었으면. 인생지사 새옹지마라더니 요즘엔 총애가 버겁고 일을 이렇게 만든 위공이 오히려 원망스럽구나."

보도후는 가까운 나인들에게 자신의 남모르는 고충을 농담에 섞어 에둘러 표현하곤 했다.

한편 영실과 옥진의 부부 사이는 급격히 나빠졌다. 아니 더 정확히 말하면 이제 갓 결혼한 신혼부부가 서로 좋아질 틈도 없이 멀어졌다. 서로를 알면 알수록 좋아지는 관계가 있는 반면 깊이 알수록 나빠지는 관계도 있는데 영실과 옥진은 뒤의 경우였다. 누가 옳고 누가 그르다기보다는 서로가 맞지 않아서 생기는 문제들이었다. 따라서 그 불상득의 원인과 책임은 두 사람 모두에게 있었지만 굳이 저울질을 해보면 영실의 책임이 더 컸다.

영실은 태어나면서부터 줄곧 황궁에서 자란 당시로선 거의 유일한 황실의 사내아이였다. 황제 부부와 태후는 말할 것도 없고, 지소나 삼엽 같은 공주 누이들까지도 시집을 가기 전에는 치마폭에 끼고 살다시피 했다. 어린 영실을 보살피던 늙은 궁녀는 하루 종일 밥그릇과 숟가락을 들고 입에서 단내가 나도록 쫓아다니며 하루해를 보냈고, 별난 짓을 하다가 넘어지거나 몸에 상처라도 생기면 웃전으로부터 심한 지청구를 면치 못했다. 영실의 문벌과 지위는 당대 최고였다. 비처제 시절의 원종을 능가할 정도였다. 지소나 삼엽이 만일 조금만 더 어렸다면 둘 가운데 하나가 영실에게 시집을 갔을지도 모를 일이었다.

온 궁중 여인들의 치마폭에 싸여 귀하게만 자란 영실이었기에 자랄수록 버릇이 없고 자기밖에 모르는 지극히 이기적인 성격을 갖게 된 건 어쩌면 당연지사였다. 품성은 그리 나쁘지 않았으나 인품에 덕이 없고, 걸핏하면 토라지는 성격이 흡사 속 좁은 여자 같았다. 작은 일에도 곧잘 화를 내고, 무슨 일이든 뜻대로 되지 않으면 눈물부터 글썽이기 일쑤였으며 고자질을 하거나 뒷전에서 남을 비방하기 좋아하고, 마음에 드는 것은 무조건 자기가 취해야 직성이 풀렸다. 만인으로부터 사랑을 받았기 때문에 자신을 좋아하지 않는 사람을 만나면 그 사람이 이상한 사람이라고 여겼다. 변덕이 심해 아침과 저녁의 기분이 다를 때가 허다했고, 누가 옆에서 달래 주지 않으면 점점 더 심술을 부렸다. 수지공이 늘 걱정하며 타일렀으나 황제와 황실의 총애를 한 몸에 받았으므로 아버지의 훈계를 대수롭게 여기지 않았다.

영특한 옥진이 영실의 결점을 파악하는 데는 그리 오랜 시간이 걸리지 않았다. 금방 간이라도 빼줄 것처럼 사랑하는 듯하다가 별것도 아닌 사소한 일로 갑자기 토라져서 용심을 부리는 순간, 옥진은 시집을 잘못 온 줄을 단번에 간파했다. 그가 기대하고 꿈꾸던 남편과는 천지간의 거리가 있었다.

"감히 누구에게 말대꾸를 하는가? 그러고도 나의 총애를 받을 수 있겠는가?"

도란도란 얘기를 하며 놀다가도 다투고, 밥을 먹다가도 다투었다. 심지어 사랑을 나누다가 다툴 때도 있었다. 영실이 잠자리에서조차 막무가내로 행했기 때문이다. 다투기만 하면 영실은 불같이 역정을 내며 옥진을 구박했다.

"그대는 내 뜻을 잘 받들지 못하는구나. 당최 시집을 오기 전에 궐 밖에서 무엇을 배웠는지 알 수가 없구나!"

영실은 옥진이 귀한 줄을 몰랐다. 옥진보다는 자신이 더 존귀한 사람이었다. 그러니 옥진이 존귀한 자신을 지극 정성으로 받들고 섬겨야 한다고 생각했다. 그런데 더욱 기가 찰 일은 영실의 어머니인 보현공주의 처신이었다. 그는 어떤 경우에도 아들을 나무라지 않았다. 옥진이 화가 나서 시어머니 보현공주를 찾아 하소연이라도 할라치면 되레 아들을 감싸고돌며 옥진에게 문제가 있는 듯이 말하곤 했다.

"그 아이는 본래 그런 아이다. 네가 이해를 하고 잘 섬기도록 해라. 사사건건 트집을 잡고 맞상대를 하려고만 든다면 누가 너 같은 여자를 좋아하겠느냐?"

대궐 밖에서는 옥진도 누구보다 귀한 대접을 받던 아이였다. 우선은 어머니 오도가 비록 가난하지만 고귀하게 길렀고, 외할머니 선혜후 또한 누구보다 자신을 귀애했다. 벽화후 역시 오빠의 장녀를 친딸처럼 사랑했다. 옥진 스스로가 탐탁찮게 여겨서 그렇지 위화의 딸이라면 어디를 가나 귀인 대접을 받던 그였다. 그러나 영실의 지위가 워낙 높으니 상대적으로 자신의 신분과 입지가 천하고 초라했다. 잘잘못을 떠나 영실의 뜻이라면 무조건 받들고 무조건 순종하기를 바라는 눈치였다. 옥진은 난생 처음으로 치욕감과 굴욕감을 느꼈다. 평생 천박한 무리들과 어울려 노느라고 벼슬살이 한번 하지 않은 위화가 새삼 원망스럽고, 다른 한편으론 친정이 든든해야 대궐에서도 무시를 당하지 않겠구나 절로 깨달아지는 바도 있었다.

옥진은 토장국을 좋아했다. 아시가 세상에서 제일 좋아하는 음식이 토장국이었는데, 옥진이 아시의 집에 얹혀 오래 더부살이를 한 까닭에 자연스럽게 입맛이 길들여진 탓이었다. 오도는 옥진을 위해 아침마다 토장국을 끓였다. 하지만 궁에 들어온 뒤로는 좋아하는 토장국을 거의 구경하지 못한 옥진이 하루는 찬모에게 은밀히 부탁하여 아침상에 모처럼 토장국이 올라왔다.
"그걸 음식이라고 먹는 거요?"
하도 반갑고 기쁜 나머지 토장국에 밥을 말아 맛있게 먹고 있는데 갑자기 영실이 헤실헤실 웃으며 조롱하듯 물었다. 그 빈정거리는 말투와 표정 때문에 옥진은 기분이 상해 순식간에 입맛이 달아났다.
"제가 제일 좋아하는 음식입니다."
치밀어 오르는 화를 꾹 참고 옥진이 공손히 대답했다. 그러자 영실은 사뭇 근엄한 얼굴로 말했다.
"궁중에 들어왔으니 이제 그런 천한 음식은 먹지 마시오. 냄새도

역겹구려. 자, 보시오. 여기 진귀한 음식들이 얼마나 많이 있소? 앞으론 이런 것들을 먹어야 몸에 밴 천한 냄새를 지울 수가 있는 거요."

"그렇다면 제 몸에서 천한 냄새가 난다는 말씀입니까?"

이미 기분이 상할 대로 상한 옥진의 말투가 곱게 나갈 리 없었다.

"이를테면 그렇다는 얘기지. 음식은 매일 먹는 것인데, 그 냄새가 먹는 사람의 옷과 몸에 배지 않을 도리가 있나?"

옥진은 먹던 수저를 가만히 내려놓고 물로 입을 헹궜다. 한창 좋아라 먹던 사람을 못 먹게 만들어 놓고 영실은 그랬거나 말거나 저 혼자 제가 좋아하는 반찬들을 열심히 집어먹었다. 그 모습을 물끄러미 바라보며 옥진은 아랫입술을 잘근잘근 씹었다. 모르고 그러는지 알고도 그런 것인지, 영실은 먹다 말고 수저를 놓은 옥진의 기분 따위는 조금도 헤아리지 않았다. 옥진은 이제 영실과는 겸상으로 밥조차 먹기 싫은 지경에 이르렀다. 대궐에 들어오기 전, 오도는 귀에 못이 박히도록 부부는 서로 사랑하고 존경해야 한다고 강조했지만 어떻게 저런 위인을 사랑하고 존경할 수 있으랴 싶었다.

|

영실에게 실망을 하면서부터 옥진은 황제에게 문안을 가서 슬쩍슬쩍 교태를 부리고 눈웃음을 치기 시작했다. 황제가 자신을 좋아하는 줄은 여자의 본능으로 진작 알아차린 그녀였다. 그날도 옥진은 영실을 따라 대전에 가서 황제 부부에게 아침 문안을 여쭙고 돌아왔다.

낮에 영실은 시종들과 꿩 사냥을 나가고 옥진은 그대로 전각에 남아 있었다. 번번이 그런 식이었다. 바깥에 나간 영실은 설령 다투고 나서도 혼자 기분을 풀고 돌아왔으나 안에 남은 옥진은 아침의 기분이 저녁까지 이어졌다. 어떨 때는 곱씹을수록 화가 치밀어서 정작 다툴 때보다 그 뒤의 불쾌함이 더할 경우도 있었다. 이날 음식 끝에 상한 마음 역시 갈수록 속상하고 분통이 터졌다. 홀로 전각에 남아 한동안 얼굴이 벌게지도록 화를 삭이지 못하던 옥진이 시어머니 보현공주의 전각에 놀러 간 것은 기분을 바꾸어 보려는 이유에서였다. 그나마 옥진이 대궐에서 만만하게 드나들 수 있는 유일한 장소가 거기였다.

"어머니, 제가 너무 속이 상해서 말씀이나 나눌까 하고 건너왔어요."

별 기대는 하지 않았으나 말상대를 할 만한 데가 거기뿐이라 옥진은 억지로 웃음까지 머금었다. 그런데 보현은 냉랭한 눈빛으로 옥진을 한 차례 쓰윽 훑어보고 나서,

"왜? 또 싸웠니?"

하며 미리부터 고까운 표정을 지었다. 반드시 많은 말들이 오가야 상대의 뜻을 알 수 있는 게 아니다. 말보다는 오히려 눈빛 한 번, 표정 하나가 더욱 정확하고 많은 정보를 전달하기도 한다. 논리와 지식은 말에 있지만 감정과 느낌은 태도에서 읽는 것이 사람 사이의 소통이다. 그래서 예민한 사람은 상대의 진심을 한순간에 파악하고, 더러 속내를 교묘히 감춘 표리부동表裏不同까지도 단번에 알아차

릴 수 있는 법이다. 옥진은 보현과 마주치는 순간에 어떤 말도 통하지 않겠다는 사실을 간파했다. 하긴 이쪽에서 아무리 아양을 떨고 살갑게 굴어도 결코 마음을 내어 주지 않을 이가 보현이었다. 아니나 다를까.

"너는 어쩌자고 그렇게 사사건건 네 지아비와 맞서니? 영실이 어디 보통 사람이더냐?"

보현은 옥진의 하소연을 들어 보지도 않고 대뜸 야단부터 치고 나왔다.

억지웃음까지 짓고 가까이 다가가려던 옥진이 그 서슬에 굳은 표정으로 주춤 물러났다. 보현이 놀라운 얘기를 아무렇지도 않게 늘어놓았다.

"네 낭군은 장차 황제의 위를 이을 사람이다. 네가 지금부터 각별히 섬기지 않는다면 뒤에 반드시 땅을 치며 후회할 일이 생길 것이다."

"황제의 위를 이을 사람이라고요?"

옥진이 깜짝 놀라 반문하자 보현이 싸늘한 눈길로 옥진을 거만스럽게 내려다보았다.

"젊은 아이가 그렇게 눈치가 없느냐? 자, 봐라. 지금 황후에겐 적자가 없고, 황후의 나이를 감안하면 앞으로 아들을 낳을 확률도 희박하다. 그렇다고 금실 좋은 황제가 따로 총첩을 두어 후사를 볼 까닭도 없을 테니 뒤를 이을 사람이 네 낭군 말고 또 누가 있느냐? 이는 이미 황제가 너희 시아버지와 은연중에 약조한 일이기도 하다."

옥진은 그 말에 큰 충격을 받았다. 영실이 뒤에 황제가 된다고 생각하자 한순간에 머릿속이 캄캄해졌다. 다른 것은 다 그만두고라도, 제 처의 마음 하나 어루만져 주지 못하는 주제로 천하의 주인인 황제 자리에 오른다는 일이 너무도 가소롭고 어이가 없어 실소가 터져 나올 지경이었다.

영실이 황제가 되면 자신은 황후가 될 터였다. 그러나 옥진은 아무리 머리를 굴려 봐도 그렇게 되지는 않을 것 같았다. 설명할 수 없는 막연한 느낌이지만 영실이 황제가 될 리도 없을 듯했고, 만에 하나 그런 일이 일어난다 해도 자신을 황후로 삼을 리는 더욱 더 없을 듯했다. 그렇게 확신할 만큼 이미 둘 사이엔 금이 가 있었다. 영실과 보현 모자는 틀림없이 자신보다 더 지위가 높은 누군가를 새 황후로 들일 거라고 옥진은 본능적으로 직감했다.

"그래서였구나."

시어머니의 은밀한 귀띔을 듣고 나자 옥진은 비로소 많은 것들이 이해가 되기 시작했다. 장차 황제의 위를 물려받을 사람이니 그토록 주위에서 감싸고도는구나, 본인 또한 그토록 안하무인이요, 기고만장하구나 고개가 절로 끄덕여졌다. 단순히 공주의 아들인 줄만 알고 혼사에 응했는데, 막상 깊이 들어와 보니 배경 뒤에 숨은 영실의 신분과 지위는 자신이 감당하기엔 너무 벅찼다. 한마디로 그는 왕자요, 태자였다.

그러고 보니 태자가 없던 대궐에서 영실은 과연 태자와 같은 대접을 받고 있었다. 모든 시종과 나인, 궁주와 궁녀들이 한결같이 그 앞에선 최상의 예를 표했다. 현재의 지위보다도 장래에 대한 기대치가 그의 존재를 더욱 격상시켜 놓은 격이었다. 그런 영실이기에 누구한테나 함부로 할 수 있었고, 그처럼 오만불손하게 굴어도 특별한 제재나 곤란을 겪지 않았던 거였다.

옥진은 어떻게든 영실과 맞서서 그의 단점들을 고쳐보려던 생각을 깨끗이 단념했다. 그가 태자의 지위를 누리고 있는 한, 아니 장차 황제가 된다는 기대와 희망에 사로잡혀 있는 한 그것은 아예 불가능한 일이었다. 그러자 캄캄하던 머릿속이 더욱 캄캄해졌다. 아무것도 고칠 수 없는 영실과 평생을 부부로 살아야 할 일이 문득 커다란 바위 앞에 마주 선 느낌, 또는 천길 낭떠러지 끝에 다다른 절망감으로 다가왔다.

"아, 나는 시집을 잘못 와버렸다. 이 노릇을 대체 어떻게 한단 말인가?"

옥진은 착잡했다. 한편으론 말할 수 없이 외롭기도 했다. 누구 하나 자신의 처지를 털어놓고 의논할 상대가 없었다. 어머니 오도는 영실을 사위로 본 일을 아직도 무척이나 자랑스러워했다. 그게 아니라도 혼자서 자신과 금진을 키우며 고생한 어머니에게 걱정과 근심을 끼쳐드리고 싶지 않은 것이 장녀의 마음이었다.

깊은 고심 끝에 옥진은 일단 참고 살아보기로 마음을 정했다. 딸을 대궐에 시집보내고 좋아하는 어머니를 봐서도 그게 가장 옳은 일이지 싶었다. 애서 상대를 고치려는 욕심만 포기한다면 그럴 수도 있을 것 같았다. 굽었으면 굽은 대로, 휘었으면 휜 대로 맞춰서 살면 그만이다. 먹지 말라면 안 먹고, 하지 말라면 안 하면 되지, 그렇게 속마음을 다잡으며 옥진은 몇 번이나 아랫입술을 꼭 깨물었다.

그러나 사람이 대개 그렇듯이 머리로 생각한 일과 실제로 마주치는 현실 사이엔 항상 일정한 괴리가 있게 마련이었다. 저녁에 사냥터에서 돌아온 영실은 다짜고짜 옥진의 치맛자락을 들추며 색사를 요구했다. 아직 저녁밥도 먹기 전이었다.

"왜 이러세요? 바깥에 사람들이 많습니다."

옥진이 황급히 옷을 여미며 싫은 내색을 했지만 영실은 막무가내였다.

"사냥을 나가다가 길에서 개가 교미하는 것을 봤는데 그때부터 내 머리 속엔 줄곧 당신이 어른거려 꿩도 매도 다 놓치고 말았소. 내 사정이 급하니 어서 이리로 오시오. 바깥에 있는 사람들이야 무슨 상관이 있소?"

이유를 듣자 옥진은 더욱 기가 막혔다. 서로 사랑해서 하자는 색사도 아니고, 기껏 개가 교미하는 광경을 보고 음심이 발동했다니 싫은 마음이 더욱 싫어졌다. 영실이 강제로 옥진의 허리를 붙잡고 목덜미에 입술을 갖다 댔다. 옥진은 싫다고 강하게 도리질을 쳤으나 영실은 어느 틈에 옥진의 다리 사이에 손을 집어넣고 음부를 거칠게 움켜쥐었다.

"천하가 바로 이 옥문에서 나온다. 세상에 이보다 더한 곳은 없으니 늘 소중하게 돌보고 간수하기를 게을리 하지 말아라."

어려서부터 귀가 따갑게 들어온 어머니의 가르침은 영실에게 이르러 모두 무참히 깨어졌다. 영실은 궁녀들한테 색사를 배웠다고 했지만 단 한 차례도 옥진의 몸을 소중하게 다루지 않았다. 여자에 대해선 아무것도 모르는 청맹과니가 영실이었다. 초야부터 그랬다. 도대체 궁녀들한테 무얼 배웠는지, 이쪽 사정은 전혀 고려하지 않고 저 혼자 좋아 날뛰며 끝장을 본 뒤엔 이내 엎어져서 아침까지 코를 골았다. 아직도 영실의 손길만 닿으면 옥진은 아파서 소스라쳤다.

옥진은 영실의 손목을 붙잡고 아프다며 얼굴을 붉혔다. 그래도 영실이 그치지 않자 악에 받친 나머지 그만 어깨와 목덜미 사이를 깨물어 버렸다.

"아악!"

그제야 영실은 비명을 지르며 한쪽 옆으로 나동그라졌다.

"이런 못된 년을 보았나? 네 감히 누구한테 무슨 짓을 하느냐?"

아픔에 못 이긴 영실이 벌떡 일어나선 갑자기 욕설을 퍼붓고 옥진의 뺨을 치려는 시늉까지 했다. 두 눈을 부릅뜬 그 험악한 표정에 옥진은 그만 만정이 떨어졌다. 증오에 가득 찬 눈으로 영실을 마주 노려보던 옥진이 그대로 일어나 바깥으로 뛰쳐나갔다. 이 일로 두 사람의 관계는 회복할 수 없는 상황으로 치달았다.

영실은 이내 어머니 보현공주의 전각으로 달려가서 옥진이 자신을 물었다고 일러바쳤다. 보현공주가 영실의 상처를 보고 약을 발라 주며 표독스럽게 말했다.

"그토록 알아듣게 타일렀건만 근본이 아주 몹쓸 종자로구나. 하긴 제 아비 어미가 이미 몹쓸 종자들이니 그 피가 어디 가겠느냐? 너는 장가를 잘못 들어도 한참 잘못 들었다."

그날 밤 옥진은 저녁도 굶고 궁전 담벼락 밑에 쪼그리고 앉아서 생전 처음으로 아버지 위화를 떠올리며 그리워했다.
"스스로를 귀하게 여기는 길이 아니면 가지 마라. 천하에서 제일 귀한 사람이 바로 너 자신이다."
몇 번 만나지 않은 아버지였지만 볼 때마다 강조한 말이었다.
"해와 달이 아무리 높은들 너보다 높을 것이며, 부모형제가 아무리 중한들 너보다 중하겠느냐? 산같이 높은 금좌, 옥좌도 네가 원하지 않으면 앉지 말고, 만 냥을 희롱하는 재물도 네 스스로 흔쾌하지 않거든 갖지 말아라. 그것이 자신의 존귀함을 끝까지 지켜내는 길이다."
그때만 해도 옥진은 아버지의 진의를 의심했다. 가족도 돌보지 않고 평생 물외한인으로 산 변명을 하는 거라고 믿었다. 그러나 넓디넓은 대궐에서 몸 하나 의지할 데 없는 신세가 되어 생각하니 위화의 가르침이 적잖은 위로가 되었다. 마치 자신에게 닥칠 일을 미리 예감한 듯한 신묘한 느낌마저 들었다.
어둠이 짙어지자 여기저기에서 등촉을 든 사람들이 바쁘게 궐내를 돌아다녔다. 필경은 자신을 찾는 나인들일 터였다. 옥진은 그들을 피해 대전 그늘로 몸을 숨겼다. 차라리 한뎃잠을 잘지언정 영실에게 돌아가고 싶지는 않았다. 나인들의 눈에 띄지 않으려면 대전만한 곳이 없었다. 어느 누구도 감히 대전까지 찾으러 오지는 않을 것이었다.

옥진은 대전 한 모퉁이에 앉아 휘영청 밝은 달을 바라보았다. 한쪽이 칼날 지나간 듯 이지러진 달 속에 오도와 금진이 보이고, 아버지 위화가 보였다. 주체할 수 없이 눈물이 쏟아졌다. 흐르는 눈물을 손등으로 훔치며 생각하니 부부가 이래서 헤어지는구나 싶었다. 어머니와 아버지가 서로 헤어진 것도 비로소 어렴풋이 수긍할 수 있었다.

달이 유유히 몇 장의 구름을 헤쳐갔을 때였다. 돌연 옥진의 뒤쪽에서 인기척이 나더니 속옷 차림의 황제가 나타났다. 어둠 속에 앉아 있던 옥진이 황급히 일어나자 황제가 깜짝 놀랐다.

"누구냐?"

"……옥진입니다."

대답을 들은 황제가 고개를 어둠 속으로 들이밀고 한참이나 눈을 껌뻑거렸다. 옥진이 조심스럽게 전각 그늘에서 빠져나와 대전을 밝힌 등촉 밑에 섰다.

"허, 과연 옥진이구나. 네가 야밤에 여긴 어인 일이냐?"

다정한 말투에 옥진은 다시금 왈칵 눈물이 솟구쳤다. 황제가 등촉 밑에서 구슬같이 빛나는 옥진의 눈물을 보고 가까이 다가와 등을 감싸 안았다. 옥진이 더욱 서럽게 흐느끼자 황제는 잠시 난감한 표정을 지으며 섰다가 손을 이끌고 침전으로 향했다.

침전에 들어간 뒤에도 옥진은 어깨를 들썩거리며 한참을 울었다. 황제가 크고 우람한 손을 들어 어린애를 달래듯 쓰다듬고 토닥거렸다. 황제의 품에 쓰러진 옥진이 급기야 엉엉 소리까지 내며 서럽게 울었다. 그 울음소리가 잦아들 때까지 황제는 때론 웃고, 때론 겸연쩍어하면서 옥진을 달래느라 진땀을 흘렸다.

"날이 밝는 대로 대궐에서 나가 사가로 돌아가겠어요. 그래도 되죠?"

한참 뒤에 가까스로 울음을 그친 옥진이 흐느낌에 섞어 말했다. 황제가 조심스레 까닭을 물었다. 까닭을 묻는 황제의 표정과 말투가 더없이 다정하고도 온화했다. 용기를 얻은 옥진은 영실이 자신을 귀하게 여기지 않는다는 얘기로 말문을 열었다. 대궐에 들어와서 겪은 여러 가지 일들이 옥진의 입을 통해 흘러나왔다.

"지위는 높을지 몰라도 영실은 결혼을 해서 한 여자의 지아비가 되기엔 턱없이 부족합니다. 한마디로 그는 아무 준비도 되어 있지 않은 사람입니다. 체구만 어른이지 실상은 어린아이보다도 더 못합니다. 또한 스스로가 너무 존귀하기 때문에 상대가 누구든 귀하게 여길 줄도 모릅니다. 사랑을 할 줄도 모르고, 사랑을 받을 자격도 없는 사람이 곧 영실입니다."

이렇게 시작된 옥진의 하소연은 등촉에 타들어 가는 밤과 더불어 깊어졌다.

"그래도 바탕은 착한 아이다. 너희가 아직 덜 친해서 그런 게지."

"네가 하도 어여쁘니 장난을 걸고 농을 한 것일 테지. 남자들이 더러 그럴 수 있느니. 좋다는 표현을 가끔 짓궂게도 하는 법이란다."

"설마 정말로 장국을 먹지 말라고 그랬겠느냐?"

시초만 해도 어떻게든 옥진을 달래 보려고 애를 쓰던 황제가 옥진의 하소연이 깊어질수록 점차 말수가 적어지고 표정도 굳어졌다.

"영실이 과연 그랬단 말이냐?"

황제는 영실에 대해 차츰 혼란스러워졌다. 그가 아는 영실과 옥진이 묘사하는 영실 사이엔 천지간의 거리와 괴리가 있었다. 옥진이 말하는 영실은 생판 딴사람이었다.

"아뢰옵기 송구하오나 사랑은 사람과 사람이 만나 피우는 꽃과 같습니다. 남녀간의 사랑은 더욱 더 그렇습니다. 그러나 수목에도 꽃이 피기까지는 얼마나 많은 준비와, 얼마나 많은 보이지 않는 행운이 뒤따라야 하는지요? 꽃 한 송이를 피우기 위해 뿌리와 줄기와 잎사귀가 하는 일이 저마다 다르고, 땅과 하늘과 비바람 또한 적잖은 영향을 미칩니다. 그 가운데 어느 하나라도 준비가 되지 않았거나, 제 몫을 하지 못한다면 꽃은 피지도 않고, 필 수도 없습니다. 서로 잘 알지 못하는 남녀가 만나 사랑하는 일은 비유하자면 아무것도 없는 허공에 꽃을 피우는 요술과 같습니다. 그런 까닭에 사랑하는 정인은 삼라의 그 무엇보다 소중하고, 자기 자신보다도 더 존귀한 존재가 되는 것입니다. 하지만 제 남편 영실은 이런 이치를 하나도 알지 못합니다. 애당초 알려고 하지도 않습니다. 오로지 제 멋대로 굴면서 그런 자신을 따르고 받들기만 원합니다. 그의 뜻을 무조건 따르고 받드는 사람들은 이미 궁중에 수두룩한데 굳이 저까지 있어야 할 까닭이 무엇인지요? 영실은 못된 망아지와 같습니다. 지위가 높으니 거짓으로 따르고 받드는 체하며 살 여자는 있을지 몰라도 장담컨대 진심으로 사랑하는 여인은 만들지 못할 사람이에요."

옥진의 언행은 나이보다 훨씬 노성했다. 그렇게 느낄수록 영실의 인품과 태도에는 확실히 심각한 문제가 있는 것 같았다. 말미에 옥진은 부끄러움을 무릅쓰고 색사에 관해서도 불만을 털어놓았다.

"무엇이든 제멋대로 하려는 태도는 색사라고 다르지 않습니다. 함부로 건드리고 온갖 망측하고 해괴한 짓을 요구한 뒤에 따르지 않으면 다짜고짜 화를 내고 수모를 줍니다. 저를 만일 영실에게 다시 돌아가라고 하신다면 차라리 이 자리에서 혀를 깨물고 죽어 버리겠어요."

황제는 영실이 강제로 색사를 요구하다가 여의치 않자 뺨까지 치려고 했다는 대목에 이르자 돌연 안색이 벌겋게 달아올랐다.

"이놈의 자식을!"

황제가 양 주먹을 불끈 쥐고 노기 띤 얼굴로 소리쳤다. 옥진의 눈에 다시금 눈물이 그렁그렁 맺혔다.

"제발 영실에게 보위를 물려주지 마세요! 영실이 황제가 되면 천하가 어찌 온전할 수 있겠나이까?"

옥진이 간청하듯 말하자 황제가 깜짝 놀라 반문했다.

"그 말은 또 누구한테 들었느냐?"

"시어머니께 들었습니다."

황제의 미간이 좀 전보다 더 구겨졌다. 그 순간을 놓치지 않고 옥진이 덧붙였다.

"장차 황제가 될 사람이니 각별히 섬기지 않는다면 뒤에 반드시 땅을 치며 후회할 거라고 하셨습니다. 영실이 누구 앞에서나 안하무인인 이유는 바로 그 때문입니다. 그렇게 믿고 사는 한 영실은 달라지지 않습니다. 이는 영실의 인생을 위해서도 바람직한 일이 아닙니다!"

황제는 제법 오래 아무 말이 없었다. 그러나 심기가 편치 않은 기색은 역력했다.

"네가 마음고생이 컸겠구나."

한참 후에 황제가 침묵을 깨고 말했다.

"왜 진작 내게 와서 말하지 않았느냐?"

노기를 가라앉힌 황제가 옥진을 향하여 한없이 다정한 말투로 물었다. 옥진이 대답하지 못하고 고개를 떨구었다.

"옥진아."

오랜 하소연과 긴 울먹임 끝에 얼음처럼 차갑던 여심이 얼마만큼 풀어졌을 때, 황제가 가만히 옥진의 이름을 불렀다.

"기왕 대궐에 들어왔으니 네가 나를 한번 섬겨 보겠느냐?"

묻는 황제의 음성이 미세하게 떨렸다. 옥진이 화들짝 놀라며 눈을 동그랗게 뜨고 황제를 바라보았다.

제일 먼저 뒤엉킨 것은 허공에서 만난 두 사람의 눈빛이었다. 그윽하고 따뜻한 황제의 시선에서 말로 하지 못할 수만 마디 얘기들이 흘러나왔다. 옥진은 당돌하게도 황제의 시선을 정면으로 응시한 채 한동안 아무 대답도 하지 않았다. 영실의 처가 아닌, 비로소 한 여자로 황제와 처음 만나는 순간이었다. 그토록 애틋함과 간절함이 절절이 밴 눈빛은 영실은 물론 이전의 그 누구한테서도 받아본 적이 없었다. 황제가 자신을 좋아하는 줄은 여자의 육감으로 일찌감치 간파하고 있었지만 정작 구애를 받자 오히려 마음이 차분해졌다.

허락을 하면 그대로 황제의 여자가 되는 것이고, 거절한다면 영실에게로 돌아가거나, 사저로 나가는 수밖에 없었다. 말 한마디에 인생과 운명이 판연히 달라질, 사람의 일생 중에 흔치 않은 결단의 순간이었다.

그 짧은 동안에 수많은 일들이 빠르게 뇌리를 스쳐갔지만 제일 마지막까지 남은 것은 저녁에 본 영실의 험악한 표정과, 지난 몇 달간 자신을 한 번도 다사롭게 대해 주지 않은 보현공주의 무섭고 도도한 얼굴이었다. 동그랗던 옥진의 놀란 눈망울이 따스한 황제의 눈빛에 스르르 녹아들었다.

"그래도 되는지요……."

여인의 입에서 허락의 말이 떨어지기 직전, 황제는 눈빛으로 먼저 상대의 뜻을 읽었다. 꿈에 그리던 젊은 날의 오도, 장부의 가슴에 평생 지울 길 없는 비련의 상처를 새긴 여인을, 그 형상을 오롯이 되찾는 벅차고 감격적인 순간이었다. 황제는 팔을 들어 옥진을 살포시 끌어당기며 살가운 어조로 말했다.

"이리 오라, 내가 너를 영실보다 더 존귀하게 만들어 주리라!"

여인의 허락은 곧 허신許身으로 이어졌다. 기굴한 황제가 작고 풍만한 옥진을 품에 안은 채로 앙가슴에 얼굴을 파묻고 꽤나 오랫동안 움직이지 않았다. 감동과 감격의 순간을 고스란히 음미하고 깊이 만끽하려는 듯했다. 황제의 품에서 숨소리만 쌕쌕거리던 옥진이 어느 순간 대담하게도 스스로 옷고름을 풀어헤치고 황제의 머리를 양팔로 부둥켜안았다. 그 바람에 옥진의 풍만한 젖가슴이 황제의 커다란 얼굴을 양쪽으로 감쌌다. 황제보다도 옥진의 숨소리가 먼저 거칠어졌다. 별다른 전희가 없이도 여인의 몸은 황제를 영접할 충분한 준비가 되어 있었다. 온몸에서 단내를 풍기며 옥진은 스스로 흠뻑 젖어 갔다. 몸보다 먼저 열린 마음과 그날 밤의 미묘한 상황이 빚어낸 마술 같은 일이었다. 흥분한 옥진이 미끈거리는 아랫도리로 황제의 허리를 당차게 조이면서 귓불을 이로 물고 뜨거운 숨결을 불어넣었다.

"저는 영실을 사랑한 적이 없습니다. 그저 몸만 더럽혀졌을 뿐입니다. 제 몸을 다시 깨끗하게 만들어 주세요. 어서요……"

그 거칠고 뜨거운 재촉은 단불에 기름을 끼얹은 격이었다. 옥진을 처음 봤을 때부터 착실히 속앓이를 하며 혼자서만 흠모해온 황제가 마침내 마음속에 걸어 놓은 금기의 빗장을 풀자 순식간에 감당하기 힘든 격정에 휩싸였다.

"오냐, 그리 하마, 오냐……"

황제가 신음처럼 짧게 내뱉고 미끄러지듯이 옥진에게 빨려 들어갔다.

노련한 황제가 서툰 옥진을 동이 틀 때까지 데리고 놀았다.

나중에 위화가 황제와 옥진의 일을 법화에게 설명하면서 다음과 같이 말했다.

"살면서 얻는 대부분의 상처는 세월이 지나면 아물게 마련이지만 사람 때문에 얻은 마음의 상처만은 그렇지 않습니다. 특히 사람 때문에 얻은 상처는 다른 것으로는 아무리 해도 치유할 수 없고, 오직 사람으로써만 치유할 수 있습니다. 황제가 만일 옥진을 얻지 못했다면, 앞서 오도와 저의 일로 얻은 마음의 상처가 옥진을 볼 때마다 더욱 깊어져서 어쩌면 더 큰 심병心病을 얻었을지도 모릅니다. 황제의 인생을 통틀어 옥진을 얻은 것보다 더 큰 행운은 없을 것입니다."

그런가 하면 이 일로 황제와 크게 다툰 보도후는 한동안 대궐을 떠나 절에 머물며 법화에게 불편하고 복잡한 심경을 토로했는데, 이 또한 평생을 통해 깨달은 귀중한 교훈이어서 그대로 옮겨 본다.

"사람이라면 누구나 인품과 성정에 좋은 점과 나쁜 점을 고루 가지고 있습니다. 좋은 사람, 나쁜 사람이 미리부터 정해진 것은 아니고, 좋은 점이 많으면 좋은 사람이요, 나쁜 점이 많으면 나쁜 사람인데, 좋은 사람에게도 나쁜 점은 있고, 나쁜 사람에게도 좋은 점은 있습니다. 처음에 좋은 사람이 스스로 나쁜 점을 고치지 않으면 뒤에 나쁜 사람이 되고, 처음에 나쁜 사람도 좋은 점을 자꾸 배우면 나중엔 좋은 사람이 되는 것은 누구한테나 해당되는 불변의 이치입니다. 그런데 젊어서는 꽃다운 청춘과 방장한 혈기 덕분에 좋은 점과 나쁜 점이 명확하게 드러나지 않지만 사람이 나이를 먹어 갈수록 좋은 점보다는 나쁜 점이 불거지게 마련입니다. 그래서 나쁜 점은 반드시 젊었을 때 고쳐야 합니다. 고요히 생각해 보면 젊은 시절의 무한한 시간은 나쁜 점을 고치라고 있는 것인지도 모르겠습니다. 만일 젊어서 자신의 나쁜 점을 깨달아 고치지 않는다면 나이가 든 뒤에는 바로 그 나쁜 점이 사람을 송두리째 망칠 공산이 큽니다. 이는 마치 송곳 끝만 한 둑의 구멍이 결국엔 그 제방 전체를 허물어뜨리는 것과 같습니다. 부부간의 일이라고 어찌 다르겠습니까? 서로에게 불만이 있고, 고칠 부분이 있다면 초기에 최선을 다해 바로잡아 놓아야지, 나중에 가서 고치려고 들면 일이 갑절도 더 어렵습니다. 이런 이치를 젊을 때는 알지 못했습니다. 그저 관대하게 대하면 뒤가 좋을 줄로만 믿고 살았습니다. 그래서 황상의 호색하는 버릇과, 중대지사를 자신의 주관대로만 결정해 버리는 못된 독단의 습관을 고쳐 놓지 못했습니다. 지금은 아무리 후회해도 시기를 놓쳐서 내 힘으로는 황상의 나쁜 점을 고칠 수 없습니다."

이때 법화는 노환으로 운신 기동이 순조롭지 않았다. 두 사람의 이야기를 다 들은 법화가 승방 한편에 자리를 깔고 누운 채로 묘화를 보고 말했다.

"같은 일을 두고 사람마다 깨치고 얻는 바가 다른 것은 서로 처한 형편이 다르기 때문이다. 이런 것들이 많이 모이면 도道가 되고, 풍류가 된다."

그 말을 들은 묘화가 스승에게 기운을 주려고 약간 빈정거리는 말투로 웃으며 대꾸했다.

"같은 길을 가고도 보는 바가 다른 것은 오른편과 왼편의 경치가 다르기 때문입니다. 이는 이미 위공이 부인과 함께 실직주를 다녀와 했던 말인데, 지금 하시는 말씀을 들어 보니 스님과 저 또한 그렇습니다."

법화가 근엄한 표정을 지으며 나직이 훈계했다.

"그러나 넓게 보면 그 또한 한가지다. 나무로 깎은 부처와 돌로 깎은 부처가 같을 리도 없고, 다를 리도 없느니라."

묘화가 돌연 정색을 하며 일어나 누운 스승에게 두 번 절한 뒤 공손히 합장하였다.

# 사람의 마음을 읽는 데는 역지사지만 한 비결이 없다

> 풍유의 기초는 사람의 마음을 읽는 것입니다. 남의 마음을 읽는 데는 이편과 저편의 처지를 뒤바꿔서 생각해 보는 역지사지만 한 비결이 없습니다.

황제와 옥진의 일은 당시의 법도와 관례에 비춰 몇 가지 논란을 야기했다. 우선 황실에 한번 들어온 여자를 황제가 취한다는 데는 본질적으로 아무 문제가 없었다.*

그러나 형식이 문제였다. 옥진은 영실의 처로 입궐한 여자이기 때문에 먼저 영실의 허락, 또는 동의를 구했거나, 그게 아닐 경우 보도후가 먼저 옥진을 잉첩으로 삼는 절차가 필요했다. 이를테면 황제와 옥진, 양쪽 배필들로부터 사전 승낙을 받아야 했다는 뜻이다. 이 절차가 무시되었으니 황제의 독단이요, 야합이라는 비난이 흘러나왔다. 처를 빼앗긴 영실이야 황제에게 자식과 같은 처지여서 특별한 불만을 드러내지 못했지만 이 일로 가장 분개한 이는 보도황후였다.

"내가 잉첩으로 삼지 않은 여자를 황제가 함부로 범한다는 건 있을 수 없는 일이다. 더구나 옥진은 영실의 처이기도 하지만 내겐 사가의 조카다. 마땅히 내 허락을 먼저 구했어야 옳다. 이런 수모와 치욕스러운 일을 당하고도 어찌 황후의 자리에 그대로 있겠는가? 당최 하늘을 바라보기조차 민망하고 부끄럽구나!"

인자하고 무던한 성품으로 만인의 존경을 받던 황후가 그토록 화를 내기는 처음이었다. 황제 원종도 내심 놀라고 당황하여 몇 차례 사과도 하고 변명도 했지만 격분한 보도후는 대궐을 나가 법화가 있는 절로 들어가 버렸다. 일이 그쯤 되자 원종은 되레 황후의 처사를 나무랐다. 그에게도 할 말은 있었다.

"내가 취하기 전에 영실과 옥진은 이미 싸워서 부부 사이가 파탄

---

*고대사회의 혼인제도나 남녀관계는 동서양을 막론하고 근친, 근족혼이 성행했다. 심리적으로도 이미 검증된 상대를 원했을 테고, 교류와 교통이 빈번하지 않은 실정을 감안할 때 현실적으로도 동성(同姓)의 범주에서 벗어난 짝을 구하기가 쉽지 않았을 터였다. 특히 신라의 지배층은 지금까지 알려진 바로 흉노의 후예, 혹은 선비의 후예라고 한다. 흉노의 풍습에는 어미를 증(烝-아랫사람이 윗사람을 간음하는 것)하고 자식을 보(報-윗사람이 아랫사람을 간음하는 것)한다는 기록(삼국사기)이 있고, 아버지가 죽으면 친어머니 외에 아버지의 아내와 첩을 아들이 이어받는 풍습도 있다. 이는 돌궐의 경우도 마찬가지다. 선비 역시 한번 집안에 들어온 여자는 대물림하는 풍습이 있다. 이들과는 종족이 다른 고구려나 부여족의 풍습에도 형사취수(兄死娶嫂)가 있었다. 한족(漢族) 정권임을 주장하는 뒷날의 당나라에서조차 당태종 이세민이 죽은 동생의 아내를 취하여 황후로 삼은 것이나, 수나라 의성공주가 돌궐에 시집가서 아버지, 아들, 동생, 3대의 처가 된 사례 역시 같은 맥락이라고 하겠다. 이런 일은 서양의 역사로 가면 더욱 심하다.

에 이르렀다. 만일 개입하지 않고 그대로 두었으면 옥진은 이튿날 대궐을 나가 버렸을 게 틀림없다. 굳이 이런 소동을 바깥에 알릴 필요가 있는가? 또한 황후의 잉첩으로 삼는 절차를 생략한 점은 짐의 실수였으나 굳이 말하자면 이는 작은 잘못이다. 더 큰 잘못은 황후에게 있다. 만일 황후가 그날 밤 침전에서 나를 거부하지 않았다면 영실의 전각에서 뛰쳐나온 옥진과 야밤에 만나는 일은 애당초 없었을 것이다."

그 말은 사실이었다. 젖은 곳이 마르고 마른 곳이 젖어서 갈수록 색사가 힘들고 부담스럽던 황후는 그날도 침전에서 원종의 요구를 은근히 묵살했다. 그 때문에 늦도록 잠을 이루지 못한 원종이 바람을 쐬러 바깥에 나갔다가 울고 있던 옥진을 발견한 것이었다.

어쨌든 이 일로 황실과 조당은 한 차례 큰 홍역을 치렀다. 황후의 대응이 지나치다는 이도 없지는 않았고, 영실과 보현공주를 나무라고 흉보는 자들도 있었지만 뭐니뭐니 해도 황제와 옥진의 야합을 비난하는 여론이 대세를 이루었다.

그랬거나 말거나 원종은 틈만 나면 옥진과 어울렸다. 한창 사랑이 샘솟고 정분에 불이 붙어 아무도 막지 못했다. 옥진은 대전과 가장 가까운 곳에 따로 전각 하나를 얻었다. 열정이 남다른 원종은 대낮에 편전에서 신하들과 정사를 살피다가도 마음이 동하면 옥진의 전각으로 달려가 질펀하고 격정적인 색사에 탐닉했다.

옥진 역시 원종이 갈수록 좋았다. 아버지 없이 자라 늘 부정父情에

목이 말랐던 옥진에게 원종의 중후함과 너그러움, 언제 어디서든 자신을 지켜주고 보살펴주는 든든함은 옥배에 가득 담긴 샘물과 같았다. 옥진으로서는 황제의 여자가 된 뒤에 겪는 모든 일들이 황홀하고 신비로웠다. 어린애보다 못한 영실을 먼저 경험했기 때문에 원종의 품에서 더욱 행복했는지도 모른다.

여러 가지 기쁘고 좋은 일 가운데 옥진은 색사의 재미에도 새롭게 눈을 뜨기 시작했다. 어느 날 처음 한번 기이하고 강렬한 떨림이 온몸을 훑고 지나가는가 싶더니 그 뒤론 하루하루가 다르게 감흥이 격해지고 느낌이 오묘하여 두렵기까지 했다. 감당하기 힘든 전율에 휩싸여 비명 같은 고함을 질러대기도 했고, 이부자리 전체가 하늘 높이 올라갔다가 그대로 뭉게구름을 타고 천상에서 노니는 것처럼 아찔하고 희한한 쾌락에 사로잡힐 때도 있었다. 색사에서 얻는 감흥은 매번 모두 달랐다. 처음부터 몸이 달떠서 밤새 희열의 숨바꼭질을 하는 날이 있는가 하면, 시작할 때는 거슬리다가 뒤늦게 발동이 걸려 급기야 사지를 버둥거리며 전각이 떠나가라 난리를 치기도 했다. 일이 모두 끝난 뒤 돌이켜보면 대부분 낯을 붉힐 만큼 부끄러운 날들이 차곡차곡 쌓여 갔다. 노련한 황제는 어떤 경우에도 먼저 파정하는 법이 없었다. 원종의 옥경은 영실에 비해 훨씬 크고 우람했지만 여자를 다루는 솜씨가 워낙 능수능란하고 자상했으므로 오히려 색사가 순조로웠다. 두 사람은 사랑이 끝나도 서로 너무 좋아 떨어질 줄 몰랐다. 날마다 육정肉情이 더하여 깊은 사랑이 더욱 깊어 갔다.

만인이 어려워하고 두려워하는 황제가 자신의 가랑이 사이에 용안을 파묻고 색에 몰두하는 광경을 위에서 내려다보고 있노라면 옥진은 음부를 간질이는 쾌감보다도 천하를 품은 듯한 뿌듯함과 희열 때문에 더욱 가슴이 뜨거워졌다. 황제와 함께 있으면 세상에서 제일 높고 존귀한 사람이 된 것 같아 말할 수 없이 흐뭇하고 흡족했다. 평소에 수줍고 얌전하던 옥진이 색에 탐닉할수록 점점 딴사람처럼 변해 갔다.

일이 이렇게 되자 난처해진 사람은 영실과 보현공주였다. 두 모자는 이제 옥진을 예전처럼 함부로 대할 수 없었다. 황제가 밤낮으로 아끼는 총첩이 되었으니 영실은 고사하고 보현조차도 옥진과 마주치면 먼저 하배를 해야 했다. 궐내의 사소한 예절과 예우에서도 옥진이 우위에 있었다. 하물며 보도후마저 출궁하고 없는 까닭에 옥진은 황후가 무색할 정도로 지극한 대접을 받고 온갖 호사를 누렸다. 영실과 보현이 제아무리 지위가 높다 해도 황제의 총애를 한 몸에 받는 여인, 황후의 빈자리까지 차고앉은 궁주보다 높을 수는 없었다.

"신 영실, 옥진궁주께 문안드리오."

전각에서 마주칠 때면 영실은 마지못해 반절로 예를 표한 뒤 엉거주춤 엉덩이를 빼고 고개를 숙였다. 옥진은 보란 듯이 턱을 치켜세우며 거만스럽게 영실의 인사를 받았다. 시초에는 말 한마디 건네는 것도 불쾌해서 침묵과 외면으로 일관했지만 날마다 황제의 뜨거운 사랑을 받고 나자 얼음장 같은 마음도 차츰 풀어져서 급기야 태도와 처신에 여유가 생겼다. 여유가 생긴 옥진의 눈에 비친 영실은 더 이상 미운 존재가 아니었다. 그저 불쌍하고 가엾은 대궐의 미숙아일 뿐이었다.

"낭군님은 요즘 어찌 지내세요?"

옥진이 살가운 말투로 던진 질문에 영실이 어쩔 줄 모르고 허둥댔다.

"여전히 눈만 뜨면 사냥을 다니시나요?"

"……네."

곤혹스러워하는 영실을 보며 옥진은 내심 고소를 금치 못했다. 나중에는 은근히 이를 즐기기까지 했다.

"존귀하신 낭군님보다 제가 더 높아져서 어쩐답니까?"

"대전에 건너와서 토장국을 실컷 먹습니다. 제가 하도 잘 먹으니 요즘은 황제께서도 즐기는 음식이 되어 버렸지요."

옥진이 그런 말을 할 때마다 영실은 그저 네네, 하고 쩔쩔매기만 했다. 보현공주 역시 언제부턴가 옥진에게 자주 무안을 당했다.

"이제 정말 살 것 같습니다. 이럴 줄 알았다면 처음부터 이모의 잉첩으로 들어올 것을, 무엇하러 그 먼 길을 돌아서 왔는지 후회막급이에요."

"황제의 총애를 받느라고 어머니를 예전처럼 뫼시지 못하여 송구합니다. 지존께서 워낙 제 치맛단을 붙잡고 놓아 주지 않으시니 어머니가 계신 전각까지 거리가 천리만 합니다."

방실방실 웃으며 건네는 인사에 보현은 그저 어색한 웃음으로 화답할 따름이었다. 그러나 돌아서서는 연기 마신 고양이 상을 하며 새파래지기 일쑤였다. 그밖에도 일일이 다 말하지 못할 자질구레한 사건들이 많았다. 옥진은 비록 통쾌했으나 영실과 보현 모자는 죽을 맛이었다.

원종은 옥진과 꿈같은 세월을 보냈지만 이로 말미암아 세상의 중망衆望을 많이 잃었다. 하나를 얻었으니 다른 하나를 잃는 것은 일견 공정한 계산이었다. 젊어서부터 여론에 남달리 민감했던 원종이 이를 모를 리 없었다.

중신들은 기회만 있으면 옥진을 영실에게 돌려보내고 황후를 다시 대궐로 모셔와야 한다고 충간했다. 마복칠성 아우들의 뜻도 대부분 그와 같았다.

"지금의 성대는 황상의 높은 신망 위에 핀 꽃과 같습니다. 한낱 여자 하나 때문에 천하의 인심을 잃는다면 애써 이룩한 성대의 기반이 무너질까 두렵습니다."

황제에겐 위엄이 있었고 황후에겐 덕이 있었다. 세상의 중망은 위엄과 덕을 고루 갖추었을 때만 얻을 수 있는 법이었다. 덕을 잃은 위엄이 얼마나 초라한 것인 줄을 황제는 알지 못했다.

황상 부처는 마복자 아우들에겐 옛날부터 친형과 형수 같았다. 늘 후덕한 형수가 곁에 있어서 형의 존재가 별처럼 빛났다. 형수가 없는 형이란 상상조차 할 수 없었다. 지나치는 길에 물 한 모금을 얻어먹으러 들어가도 자애로운 얼굴로 환대하던 형수가 있었기에 형의 말 한마디가 그토록 크고 무거웠는지 모른다.

마복칠성 아우들은 보도후가 대궐을 나가 절에 들어가자 틈만 나면 황후를 찾아가 위로했다. 덕은 사람을 끄는 힘이 있었지만 위엄은 그렇지 못했다. 황후가 대궐에서 나온 뒤에는 아무도 스스로 황제를 찾아가지 않았다. 공무와 같이, 마지못해 봐야 하는 일이 아니면 어떻게든 자리를 피하려고만 들었다. 심지어 아시나 융취 같은 이는 황제가 한가한 시간에 불러도 칭병을 하고 가지 않았다. 다른 아우들은 황제만 보면 황후의 이야기를 입에 담았다. 마복칠성 가운데 아무 말도 하지 않은 사람은 수지뿐이었다. 수지는 영실의 아버지요, 보현의 남편이어서 미묘한 관계 때문에 나서지 않았으나 속마음은 다른 아우들과 마찬가지였다.

언제부턴가 황제 또한 아우들을 굳이 찾지 않았다. 만나 봐야 한결같이 뻔한 소리들만 되풀이했기 때문이다. 황제는 자신의 뜻과 상반된 충언에 진력이 났다. 뻔한 일에는 삼척동자도 싫증을 내게 마련이었다.

황제는 사랑의 대가로 고독을 얻었다. 자의와 타의가 절반쯤 뒤섞여 만들어낸 일이었다. 그래도 옥진을 포기할 수는 없었다. 고독했기 때문에 두 사람의 사랑은 오히려 더욱 깊어지고 도타워졌지만 혼자 있는 시간에는 항상 용안에 수심이 가득했다. 고독한 황제가 야밤에 이따금 정자에 나와 술잔에 달을 빠뜨리고 홀로 자작하는 모습이 처량해 보였다.

　황제 원종이 위화를 찾은 건 고독한 시간을 제법 오래 보내고 난 뒤였다. 원종의 부름을 받은 위화가 서둘러 입궐했다. 두 사람은 근 이십 년만에 술상을 차려놓고 대궐 정자에서 마주 앉았다.
　"여보게나 등통, 내가 그만 고립무원에 빠져 버렸다네."
　원종이 위화의 잔에 친히 술을 치며 예전처럼 빙그레 웃음을 지었다.
　"스스로 빠지셨으니 뉘를 탓하겠나이까."
　위화 또한 옛날처럼 허물없이 응대하며 황제가 건넨 잔을 단숨에 비웠다.
　"내가 많이 잘못하는가?"
　황제가 웃음을 거두고 위화의 빈 잔에 다시 술을 쳤다.
　"그렇습니다."
　이번에는 위화가 웃으며 고개를 끄덕였다.
　"무엇이 그토록 잘못인가? 나는 다만 사랑을 할 따름이네."
　물어보는 황제의 표정이 사뭇 진지했다. 위화가 잠시 머뭇거리다가 대답했다.
　"오래 전에 저는 사랑을 얻고 그 대가로 폐하의 신의를 잃었습니다. 그런데 사랑을 하여 무엇을 잃는 것은 결코 좋은 사랑이라고 말할 수 없습니다. 진실로 아름다운 사랑은 대가로 무엇을 잃는 게 아니라 오히려 온 우주를 얻는 것입니다."

듣기에 따라 뒤늦은 해명일 수도 있었고, 뼈 있는 원망처럼 들릴 수도 있었지만 때가 때인지라 원종은 위화의 말뜻을 곡해하지 않았다. 도리어 그 말을 듣자 형편이 역지사지가 되어 은근히 미안한 느낌이 앞섰다.

"오도의 일은 내 잘못일세. 내가 너무 옹졸하였네. 얼마 지나지 않아서 곧 깨달았지만 그때는 나도 젊어서 인간사에 어두웠고, 또 한창 위엄을 세우던 때여서 스스로 그만두지 못하였네. 지금 돌이켜보면 모두가 나의 불찰이고 허물일세. 그러나 천지신명께 맹세코 자네를 원망하거나 미워한 적은 없었어. 자네는 얻고 나는 잃었으니 젊은 혈기에 그저 마음이 황폐하고 질투가 났을 뿐이지."

원종이 속에 담아둔 말을 입 밖으로 꺼냈다. 그 역시 사랑 덕분에 갖게 된 여유였다. 세상의 반대를 무릅쓰고 옥진과 원 없이 사랑을 불태우면서 원종은 비로소 오도와 위화에게 받은 상처가 말끔히 아물었다. 사람으로 얻은 병엔 과연 사람이 약이었다. 무려 이십 년만에 원종의 사과를 받은 위화가 잠자코 술잔을 비웠다. 만감이 교차했으나 내색하지 않았다. 지금 궁지에 빠진 이는 자신이 아니라 원종이었다. 먼저 병을 앓은 이가 의원이라고, 위화는 어떻게든 원종에게 도움이 될 말을 해주고 싶었다. 하지만 그가 사랑하는 여인이 결국엔 제 딸이어서 처지가 사뭇 미묘했다.

"황후께서 대궐을 나가 절에 머무시는 데는 세 가지 큰 이유가 있습니다. 그 세 가지 이유 모두가 이 세상 어느 누구보다도 폐하를 너무나 깊이 사랑하시기 때문입니다."

위화가 조심스럽게 입을 열었다.

"만일 후께서 그대로 궁중에 계셨다면 사람들은 폐하와 제 딸년의 일을 흉보고 비난하느라 야단법석을 부렸을 것입니다. 다른 사람은 다 그만두고 처를 빼앗긴 영실부터 원심을 품었을 게 뻔합니다. 그런데 황후께서 앞장서 누구보다 분개하고 출궁까지 해버리셨으니 천하가 숨을 죽이고 후의 동향을 살피는 것입니다. 비유하자면 이는 싸움터의 군사들이 장수의 눈치를 보는 것과 같습니다. 황후께서는 폐하의 실덕을 조금이나마 막아 보려고 거처를 절로 옮겨서 세간의 관심과 이목을 혼자 짊어지고 계시는 것입니다. 이것이 출궁의 첫째 이유입니다. 그러므로 당분간은 대궐로 돌아오시지 않을 공산이 큽니다. 후의 분노가 지속되어야 폐하를 지킬 수 있고, 한 발 더 나아가 폐하의 처지를 동정하는 기류마저 이끌어낼 수 있기 때문입니다."

원종의 눈동자가 빛을 발하며 바쁘게 움직였다. 잠깐 사이를 두었다가 위화가 끊어진 말허리를 이었다.

"두 번째 이유로는 그렇게 함으로써 당신께서 드릴 수 없는 기쁨과 즐거움을 폐하께 한껏 누리시게 하려는 깊은 뜻이 숨어 있습니다. 이는 불혹을 넘긴 후의 춘추와 무관하지 않습니다. 만일 그게 아니라면 제 딸년을 내쳤지, 황후 스스로 궐 밖에 나가실 까닭이 없습니다. 후께서 옥진을 내친다고 감히 누가 황후를 나무랄 수 있겠는지요? 그 일로 폐하께서는 과연 황후를 탓할 수 있나이까?"

원종이 천천히 고개를 흔들었다. 보도가 옥진을 쫓아냈다면 자신도 속수무책으로 지켜볼 도리밖에 없었다. 탓을 한다는 건 있을 수 없는 일이었다.

"마지막으로 후께서는 폐하와 옥진을 더욱 깊이 맺어 주려고 출궁을 하셨습니다."

위화의 단언에 원종이 더욱 놀란 표정을 지었다.

"그건 또 무슨 말인가?"

"후께서는 폐하를 깊이 사랑하지만 그에 못지않게 당신의 아우인 오도와 조카들도 끔찍이 애호하십니다. 그래서 옥진을 영실과 혼인시켜 궁중에 들여놓으셨습니다. 더구나 후께서는 바탕이 순수하고 인품이 자애로워서 젊은 시절에 벽화와 오도, 심지어 백제에서 건너온 보과공주한테조차 시기와 질투의 마음을 가져 본 일이 없습니다. 지금에 와서 새삼 당신이 사랑하는 조카에게 대궐을 나갈 만큼 시기하고 질투한다는 건 황후의 인품을 보건대 사리에 맞지 않는 일입니다. 그런데 사람의 마음이란 참으로 묘해서 쉽게 얻은 것은 쉽게만 여길 뿐 중한 줄을 모릅니다. 사람과 사람이 관계를 맺는 일도 마찬가지여서 적당한 금기와 장애가 있어야 사이가 더욱 돈독해집니다. 그런 까닭에 현자들은 소중한 사람일수록 일정한 거리를 두고 일부러라도 긴장을 유지하려 합니다. 금기가 있고 장애가 생기면 사랑도 더욱 깊어지게 마련이지요. 후께서는 이런 이치를 잘 아시는 까닭에 스스로 금기와 장애가 되신 것입니다. 이 또한 폐하와 조카를 두루 사랑하지 않고서는 행하기 어려운 일입니다."

이야기를 다 듣고 난 원종이 상기된 표정으로 물었다.

"공의 말이 다 사실이라면 나는 과연 어떻게 해야 옳은가?"

위화가 웃으며 대답했다.

"사랑을 베푸는 사람에게는 그 사랑을 받아주는 것만이 최선의 보답입니다. 지금 나라에는 새로운 문물이 창성하여 하루하루가 신비롭고, 동시에선 팔방에서 모여든 장사치들로 상업과 교류가 어느 때보다 활발하며, 민간에선 봄에도 떡을 쪄먹을 만큼 넉넉하고 풍요롭습니다. 길에 거지가 사라진 지는 이미 오래요, 산골마다 날뛰던 도적들도 거의 자취를 감추었으며, 평민들은 고사하고 종과 노비들까지도 풍류를 논하고 인생을 향유하는 일에 지대한 관심을 보이고 있습니다. 시조대왕께서 나라를 세우고 사직을 여신 이래 이런 성대는 없었다는 게 세인들의 한결같은 평가입니다. 이 모두가 폐하께서 국공 시절부터 국정에 애쓰고 불철주야 노력하신 결과임을 모르는 자는 아무도 없습니다. 이제 잠시 손으로 날짜를 꼽지 않고 한가롭게 지내신들 뉘라서 이를 탓하겠나이까? 심기를 편히 가지셔도 무방할 듯싶습니다."

위화가 전한 당시의 세태는 과장이 아니었다. 지증제와 법흥제를 거치며 신라는 개국 이래 가장 왕성하고 비약적인 발전을 이루었다. 모두가 법흥제 원종의 뛰어난 영도력 덕택이었다.

이십 년만에 마주한 두 사람의 술자리는 늦게까지 이어졌.

가까운 사람들이 전부 멀어지고 냉담해져서 적잖은 고독감을 느껴온 황제는 유일하게 자신을 응원해준 위화가 더할 나위 없이 고마웠다. 모처럼 만시름을 내려놓고 기분 좋게 대취한 황제가 술자리에 옥진을 불러내어 자신과 위화에게 술을 따르게 하였다. 옥진 또한 기쁜 마음으로 시종 교태를 부리고 아양을 떨며 황제와 사가의 아버지에게 술을 올렸다. 세 사람의 웃음소리가 대궐 담장을 넘어갔다.

"최근에 후를 따로 만난 적이 있던가?"

술이 거의 동이 났을 무렵 황제가 위화에게 슬그머니 물었다.

"지난번 잔칫날 이후로 통 뵙지 못하였나이다."

"그래? 그런데 등통은 어찌하여 나도 모르는 황후의 속마음을 그처럼 잘 아시는가?"

만취한 황제가 고개를 갸우뚱거리며 다시 물었다. 위화 역시 약간 혀가 꼬부라진 말투로 뻐기듯이 대답했다.

"폐하께서 지금과 같은 성대를 여시는 동안 저는 그 음덕으로 천하를 주유하며 풍류를 좇았습니다. 풍류의 기초는 사람의 마음을 읽는 것입니다. 폐하께서 군국사무에 달통하신 만큼 저는 사람의 마음을 헤아리는 데 일가견이 있나이다. 그 방면으로 저와 견주려 들지 마소서."

"허허, 과연 등통다운 대답이로다. 그렇다면 사람의 마음을 헤아리는 비결은 무엇인가? 어디 꼭 하나만 짚어서 내게 일러 보라."

그러자 위화가 잠시도 머뭇거리지 않고 대답했다.

"역지사지易地思之입니다. 남의 마음을 읽는 데는 이편과 저편의 처지를 뒤바꿔서 생각해 보는 역지사지만한 비결이 없습니다."

보도후가 절에서 스님들과 한담을 나누던 중에 위화가 했다는 얘기를 전해 들었다. 말을 전한 이는 황제의 명으로 양곡과 시주 물품들을 수레에 신고 올라온 늙은 내관이었다. 보도후는 대번 불쾌한 표정을 짓고 안색을 붉혔다.

"그건 순전히 위공의 생각이다. 나는 황제의 처사에 배신감을 느끼고 속이 상했을 뿐, 다른 이유는 하나도 없다. 위공이 내 뜻을 아주 잘못 읽었다."

하지만 보도후는 늙은 내관이 산을 내려가기 직전에 가만히 불러 물었다.

"그 사실을 또 누가 아는가?"

"저만 들었으니 아는 사람은 아직 없습니다."

"그렇다면 위공의 말을 아무한테도 발설하지 말라. 그 사실이 알려지면 내가 절에 머물 이유가 하나도 없어진다."

오금을 박는 황후의 말투가 무척 매서웠다.

원종은 그 뒤로 자주 위화를 불렀다. 총애가 다시 예전처럼 이어졌다. 거기에서 그치지 않고 얼마 뒤엔 위화에게 '이찬'의 위를 내려 조당 중신으로 삼았다. 위화로선 난생 처음 벼슬길에 나선 셈이었다.

세인들 중에는 위화가 누이에 이어 딸까지 팔아 벼슬을 샀다고 쑥덕대는 이도 있었다. 사정을 잘 알지 못하는 비난이었다. 그런 말이 들릴 때면 위화는 그저 허허 하고 웃었다.

하지만 위화의 벼슬살이는 오래 가지 못했다. 자유분방하게 평생

사람의 마음을 읽는 데는 역지사지만 한 비결이 없다 **261**

을 산 위화가 갑자기 관복을 입고 날마다 조당에 출근하는 벼슬살이 생활을 견디지 못한 탓이었다. 원종은 별도의 한직을 만들어 위화가 지위는 유지하되 매일 조당에 나오지 않아도 되도록 배려해주었다. 그래도 위화는 황제가 세 번을 부르면 꼭 한 번은 이런저런 핑계를 대고 가지 않았다.

준실부인이 까닭을 묻자 위화가 소리를 죽여 대답했다.
"불을 보고 날아온 나방이 불에 타서 죽는 이유는 스스로 절제하지 못하기 때문입니다. 불에 가까이 다가가는 것은 좋은 일이지만 절제하지 못하여 불 속으로 뛰어들면 곧 죽고 맙니다. 너무 가까이 다가가면 위급한 순간에 피할 곳이 없어집니다. 지금 애를 써서 만드는 그만큼의 거리가 이다음에 내가 피할 수 있는 거리라고 보면 됩니다."

# 화엄의 나날

우리가 지금 이 자리에 존재하기까지, 수천 수만 년 동안 얼마나 많은 일들이 있었겠습니까? 곰곰 생각해보면 세상에서 일어나는 일은 일체가 다 신비요, 또한 기적입니다.
행복하든 불행하든, 지위가 높든 낮든 자신이 지금 이 자리에 있음을 가벼이 생각해서는 절대로 안 됩니다.
우주만물이 자로 잰 듯이 수행하고, 천지 만법이 한치도 어긋나지 않게 흘러와서 오늘 여기에 우리가 있는 것입니다.
우리는 오늘 하루도 지금 이 순간에도 그저 깊고 오묘한 화엄의 나날을 기적처럼 살아갈 따름입니다.

옥진은 어떻게든 황제의 아들을 낳고 싶었다. 그래야 영실에게 흘러갈 국통과 보위를 차단할 수 있고, 자신 또한 영달을 도모할 수 있었다. 만일 영실이 다음 황제가 된다면 일신이 무사하지 못할 것은 불을 보듯 뻔했다. 그러나 황제와는 잦은 색사에도 불구하고 좀처럼 수태가 되지 않았다.

그러던 어느 날이었다. 하루는 옥진이 낮잠을 자는데 하늘에서 화려한 칠색조七色鳥가 날아와 덥석 가슴에 안겼다. 깜짝 놀라 일어나니 꿈이었다. 언뜻 드는 직감이 태몽이었다. 태몽도 보통 태몽이 아닌 듯했다. 그러고 보니 몸 상태도 수태를 하기에 적기라는 판단이 들었다. 옥진은 급한 나머지 잠에서 깬 차림 그대로 황제를 찾아 내정을 돌아다녔다.

황제는 마침 영실을 데리고 궁궐 마당에서 공놀이를 하고 있었다. 영실에 대한 황제의 총애는 여전했다. 갓난아이 때부터 자식처럼 여긴 영실이었다. 하루 이틀에, 한두 가지 일로 변하거나 바뀔 사랑이 아니었다. 게다가 옥진을 취한 뒤론 미안한 마음에 평소보다 더 자별한 애정을 쏟았다.

"여기 계셨군요!"

황제를 발견한 옥진이 기쁜 표정을 지었다.

"이리로 좀 오세요, 어서 이리로 좀 오세요!"

황제와 영실이 나란히 있는 것을 본 옥진은 일부러 더 호들갑을 떨며 황제의 팔을 붙잡고 재촉했다.

"허허, 왜 이러느냐? 무슨 일이냐?"

황제가 영실의 눈치를 살피며 겸연쩍게 묻자 옥진이 큰 소리로 대답했다.

"제가 방금 더없이 신비로운 길몽을 꾸었는데 지금 사랑을 나누면 반드시 귀한 아들을 낳을 거예요! 아무 데로나 가서 저를 좀 안아 주세요! 어서요!"

"……대체 무슨 꿈을 꾸었기에 그러느냐?"

당황한 황제가 더욱 겸연쩍은 얼굴로 물었다.

"봉황보다 더 아름답고 화려한 칠색조가 제 품으로 날아들었어요!"

옥진은 아직도 감동의 여운이 채 가시지 않은 상기된 얼굴로 소리쳤다. 황제가 자세히 살펴보니 눈은 졸다가 일어난 기색이 역력하고, 머리카락과 옷매무새는 어지럽게 헝클어져 평소의 옥진이 아니었다. 색욕이 동하기 어려운 데는 옥진의 부스스한 외양 말고도 중년의 황제가 영실을 비롯한 젊은 신하들과 어울려 공을 차느라 기운이 소진된 탓도 있었다. 하지만 가장 황제를 난처하게 만든 건 바로 옆에 영실이 지켜보고 있다는 사실이었다.

"칠색은 여러 가지 색깔이 섞인 것이고, 새는 여자다. 딸을 낳을 조짐이다. 나보다도 네 지아비와 함께 하라."

그 말에 옥진은 소스라치게 놀랐다. 놀란 옥진의 얼굴에서 교태와 아양이 순식간에 사라졌다.

"뭐라고 하셨나요? 지금 하신 그 말씀, 과연 진정인지요?"

옥진이 눈을 동그랗게 뜨고 황제를 빤히 쳐다보았다. 황제가 여전히 어색하고 곤혹스러운 기색을 감추지 못한 채 대답했다.

"네 지아비와 나는 일체—體요, 또한 일심—心이다. 천하의 그 무엇이든 능히 공유할 수 있다."

그 말은 사실 옥진보다는 영실을 향한 발언이었다. 옥진을 취한 데 따른 변명이기도 했다. 그때까지 황제는 영실과 단 한 번도 옥진에 대한 말을 서로 나눈 적이 없었다. 영실은 황제가 아무 말도 하지 않으니 눈치만 보았고, 황제 역시 마찬가지였다. 양쪽 모두 먼저 말을 꺼내기가 어려워 묵인과 침묵으로 일관해 왔을 뿐이었다. 그러나 말이 없었을 뿐 마음까지 편했던 건 아니었다.

"그렇지 않느냐?"

황제가 영실을 돌아보며 동의를 구하듯 묻자 영실이 급히 허리를 굽혀 예, 하고 대답했다.

옥진은 황제의 태도가 야속하기 짝이 없었다. 자신이 영실을 어떻게 생각하는지 누구보다 잘 알면서 엉뚱하게 나오는 황제에게 심한 배신감마저 느꼈다. 영실이 지켜보는 앞에서 뜨거운 사랑을 나누어도 모자랄 판인데, 도리어 영실과 사랑을 나누라니 저 사람이 과연 날마다 제 품에 안겨 행복해 하던 그 사람인가, 뚫어지게 얼굴을 보고 또 보았다. 한편으론 혹시 자신의 사랑을 시험하려는 게 아닐까 하는 의구심도 일었다. 황제의 처지를 이해하기엔 옥진의 나이가 너무 어렸다.

"저는 태자를 낳고 싶어요."

옥진이 뽀로통한 낯으로 응수하자 황제가 웃으며 달래듯이 말했다.

"아들을 낳으면 태자로 삼고, 딸을 낳으면 빈嬪으로 삼을 테니 걱정하지 말라."

옥진은 그제야 영실과 함께 하라는 말이 황제의 진심인 줄을 깨달았다. 그러자 야속함과 배신감에서 한발 더 나아가 그를 골려주고 싶은 충동이 불처럼 일어났다.

"지금 그 말씀을 일월성신과 천지신명을 두고 맹세할 수 있습니까?"

"오냐."

"정말로 본정신으로 하시는 맹세입니다?"

"허허, 그렇다니까."

묘한 것이 여심이었다. 옥진은 황제로부터 거듭 확인을 받고 나자 보란 듯이 영실의 팔을 이끌며 교태를 부렸다.

"서방님, 들으셨지요? 어서 사랑을 나누러 가세요. 지금 사랑을 나누면 태자의 부모가 될 수 있답니다."

전에 없이 다정다감한 눈빛과 온몸이 녹아내릴 듯한 교태로 옥진은 영실을 유혹했다. 다분히 황제를 의식한 보복 행위였다. 이번에는 영실이 황제의 눈치를 살폈다. 황제가 두어 차례 헛기침을 한 뒤 교태를 부리는 옥진을 훔쳐보았다. 옥진이 황제와 시선을 맞추고 하얗게 눈을 흘겼다.

축구蹴毬장 한편에는 쏟아지는 뙤약볕을 가리기 위해 임시로 쳐 놓은 장막이 있었다. 공을 차다가 잠시 쉬는 장소이기도 했지만 시중드는 나인들이 간단한 음료와 다과를 차려놓은 곳이기도 했다. 게다가 내정 축구장엔 황제와 영실 말고도 공을 차던 내관과 중신들이 여럿 있었다. 그런데도 옥진은 난처해하는 영실을 데리고 굳이 장막 안으로 들어갔다. 바깥으로 쫓겨나온 나인들이 부끄러움을 무릅쓰고 장막 입구에 뒤돌아 선 채로 두 사람이 나누는 음사를 가려 주었다.

옥진은 치마만 걷어 올리고 영실을 재촉했다. 그러나 영실도 백주 대낮에 여러 사람을 바깥에 세워 두고 하는 색사가 순조로울 리 없었다. 당연히 양근이 잘 일어나지 않았다. 마음 급한 옥진이 영실에게 아양을 떨고 갖은 정성을 기울이며 양근을 일으키려고 애썼다. 그 소리가 바깥으로 새어나가 황제의 귀에까지 들렸다. 어느 순간부터 황제의 용안이 예사롭지 않았다.

뒷짐을 진 채 서성거리던 황제가 나인들 틈새로 장막 안을 훔쳐보고는 더욱 안색을 붉혔다. 황제의 모든 관심이 장막 안에 쏠려 있었던 것과 마찬가지로 옥진의 마음은 장막 밖의 황제에게 있었다. 그럴수록 옥진은 간드러진 비음과 과장된 신음을 섞어 가며 황제의 약을 올렸다. 장막을 사이에 두고 두 사람은 하필 묘한 장면에서 서로 눈길이 마주쳤다. 황제의 시선에 노기가 서릴수록 옥진의 눈빛에는 철부지 같은 장난기가 짙게 감돌았다.

'두고 보라, 기어코 애간장을 녹이리라, 그래서 가슴을 치며 후회하게 만들어 주리라!'

영실이 보기에 옥진은 이미 과거의 옥진이 아니었다. 능숙한 솜씨가 혀를 내두를 지경이었다. 옥진이 한껏 교태를 부리며 온갖 기교를 동원해 정성을 기울이자 처음에는 내키지 않았던 그도 차츰 마음이 동하기 시작했다. 과거에는 한사코 싫어하던 일까지 자진해서 행할 때는 혹시 이 여자가 진심으로 자신을 사랑하는 게 아닐까 싶은 착각마저 일었다. 어쨌든 옥진의 첫 남자는 자신이었다. 비록 사소한 다툼 끝에 황제의 품으로 날아가긴 했지만 언젠가는 자신에게 되돌아올 거라는 믿음을 영실은 완전히 버리지 못했다. 아무리 황제가 잘해 준들 자신만 하랴, 아무리 두 사람의 애정이 깊은들 영원할 리 있으랴는 게 영실의 속마음이었다. 그래서 스스로 돌아온다면 모르지만 만일 버림을 받고 돌아온다면 철저히 응징하여 대가를 톡톡히 치르게 해주리라는 계획까지 세워 두고 있었다. 여전히 사람의 마음을 읽는 데는 서툴기만 한 영실이었다.

옥진에게 사랑을 느끼는 순간 영실은 합궁할 태세를 취했다. 옥진이 급하게 영실을 받아들이고 허리를 뒤로 꺾으며 요란한 소리를 내었다. 장막 밖의 사람들이 모두 겸연쩍어 눈 둘 곳을 몰라 했다. 특히 황제가 누구보다 그랬다.

하지만 그 시간은 얼마 가지 않았다. 오랜만에 옥진을 상대하여 흥이 오른 영실은 한동안 색사의 재미를 만끽하려 했으나 뜻과는 달리 금방 파정을 해버리고 말았다. 그 역시 옥진의 능숙함이 빚어낸 결과였다. 어이없는 파정 끝에 영실이 난감하고 허무한 표정을 지었다.

사태를 알아차린 옥진은 두 발로 대뜸 영실의 가슴팍을 밀치고 드러난 아랫도리를 황급히 추슬렀다. 좀 전까지 지극 정성을 기울이며 다정다감하게 굴던 모습은 온데간데없고, 영실을 대하는 옥진의 표정엔 다시금 싸늘한 냉기가 서렸다. 그는 영실과 눈도 맞추지 않고 서둘러 장막 바깥으로 달려나갔다.

이 일로 화가 난 황제는 달포 가까이 옥진을 찾지 않았다. 옥진 또한 굽히고 들지 않았다.

서로 사랑하는 관계에선 조금이라도 더 사랑하는 쪽이 항상 열세

이게 마련이다. 황제가 아니라 그보다 더한 사람이라도 이 이치에서 예외일 수는 없다. 두 사람의 팽팽한 신경전은 황제가 먼저 옥진의 전각을 찾아감으로써 끝이 났다. 필경은 옥진에 대한 황제의 사랑이 더 컸던 모양이었다.

"모처럼 지아비를 만나 사랑을 나누니 좋으시던가?"

황제가 물었으나 옥진은 저만치 방 한쪽 구석에 뒤돌아 앉아서 좀체 마음을 열지 않았다.

"답답하도다. 어찌 너는 내 형편을 그리도 헤아리지 못하느냐?"

황제가 하소연하듯 말하자 옥진은 대답 대신 어깨를 들썩거리며 흐느껴 울기 시작했다. 황제는 우는 옥진을 향해 무릎걸음으로 다가가 수십 번도 더 잘못을 시인하고, 토라진 마음을 어떻게든 되돌려 보려고 갖은 애를 썼다. 밤새 옥진을 달래는 황제의 노고가 눈물겨웠다.

"하늘에 맹세하거니와 한 번만 더 그런 일이 있다면 용서하지 않겠습니다."

새벽녘에 가서야 간신히 울음을 그친 옥진이 깊고 커다란 눈망울을 새치름히 내리깔며 야무지게 오금을 박았다.

"알았다, 알았어! 사직의 열성조를 두고 맹세커니 다시는 그러지 않겠노라!"

황제가 착실히 엉너리를 치며 너털웃음을 터뜨렸다.

그 뒤로 두 사람 사이가 전보다 더욱 뜨겁고 도타워졌다. 참으로 알지 못할 게 사랑이요 또한 남녀간의 일이었다.

옥진은 영실과 장막에서 나눈 색사로 임신하여 이듬해 딸을 낳았다. 칠색조 태몽 덕이었다. 황제의 해몽이 신묘하게 맞아떨어지자 옥진은 딸의 이름을 '묘도'라고 지었다. 황제가 묘도를 사랑하여 옥진과 더불어 궁중에서 자라도록 허락했다.

그로부터 세월이 한참 더 흐른 법흥제 말년에, 늙은 황제는 약속대로 묘도를 빈첩으로 삼았다. 그러나 합슴이 맞지 않아서 인연이 오래 가지 못했다.

원종 사후에 묘도는 '미진부'를 사모하였다. 미진부는 삼엽공주와 아시공 사이에 태어난 아들이다. 하루는 옥진의 꿈에 칠색조가 자기 가슴속에서 날아 나와 묘도에게 들어가는 것을 보고 깜짝 놀라 일어난 뒤 묘도의 침실을 엿보았다. 마침 묘도와 미진부가 한창 뜨겁게 사랑을 나누는 중이었다. 이에 옥진이 크게 기뻐하며,

"너희 부부는 머지않아 귀녀貴女를 보게 될 것이다."

하고 일러주었다. 과연 얼마 뒤에 묘도가 딸을 낳으니 그가 곧 '미실'이다.

훗날 묘화의 제자이자 위화의 손자인 조사 '원광'이 사부대중 앞에서 법문을 하며 다음과 같이 말했다.

"옛날에 옥진궁주가 낮잠을 자지 않았다면 칠색조 태몽을 얻지 못했을 테고, 태몽을 얻지 못했는데 굳이 헝클어진 머리로 달려 나가지 않았을 것이며, 평소처럼 꽃단장을 했다면 법흥제가 영실공에게 총첩을 양보하는 일은 일어나지 않았을지 모릅니다. 그렇다면

묘도낭주가 없었을 테고, 묘도낭주가 없는데 미실궁주가 있을 턱이 있습니까? 이렇듯 앞사람의 흔적과 자취는 하찮은 꿈 한 자락, 머리 모양과 옷매무새 하나까지도 뒷사람에겐 그대로 생멸生滅이 되고, 운명이 되며, 이런 것들이 모여서 세세생생世世生生 윤회의 수레바퀴를 돌리는 천지 만법과 역사가 됩니다. 뒷사람의 처지에서 보면 선대의 어느 것 하나도, 하다못해 바람이 불고 비가 오는 것까지도 그냥 우연히 일어나는 일은 하나도 없습니다. 그렇다면 우리가 지금 이 자리에 존재하기까지, 수천 수만 년 동안 얼마나 많은 일들이 있었겠습니까? 곰곰 생각해보면 세상에서 일어나는 일은 일체가 다 신비요, 또한 기적입니다. 천년 전에 만일 남풍이 불지 않고 서풍이 불었더라면, 알천의 무성한 밤나무 숲이 지금과는 달리 월성 동쪽에 있었을지도 모릅니다. 그러므로 행복하든 불행하든, 지위가 높든 낮든 자신이 지금 이 자리에 있음을 가벼이 생각해서는 절대로 안 됩니다. 우주만물이 자로 잰 듯이 순행하고, 천지 만법이 한치도 어긋나지 않게 흘러와서 오늘 여기에 우리가 있는 것입니다. 우리가 여기 있기 위해서는 선대의 어느 일 하나도 기적 아닌 것이 없습니다. 이를 일컬어 화엄華嚴이라고 합니다. 누가 저 장엄하고 도도한 화엄의 법칙을 감히 짐작이나 하겠습니까? 사부대중들이여, 우리는 오늘 하루도, 지금 이 순간에도 그저 깊고 오묘한 화엄의 나날을 기적처럼 살아갈 따름입니다."

# 세상은 큰 놀이터다

세상은 큰 놀이터다. 젊어서는 머리와 가슴에 햇볕을 밝히려고 힘쓰고, 늙은 뒤에는 밝힌 햇볕을 꺼뜨리지 않도록 조심해라. 머리와 가슴에 햇볕이 없는 자는 죽은 사람과 같다. 사는 동안에는 햇볕을 절대로 꺼뜨려서는 안 된다. 아무리 몸이 고단하고 아파서 사경을 헤매더라도 그 햇볕이 언젠가는 달처럼, 별처럼, 또는 해처럼 너 회를 환히 빛나게 만들 때가 있을 것이다. 천하를 살고 간 모래알처럼 많고 많은 사람 가운데 이름이라도 남긴 이가 과연 몇이더냐? 내 말을 반드시 명심하고 또 명심하라.

묘도를 낳은 옥진은 이내 또 황제의 아이를 임신했다. 그리고 이듬해 그토록 원하던 아들을 낳았다. 황제는 크게 기뻐하며 옥진이 낳은 자신의 아들에게 '비대比臺'라는 이름을 지어 주었다.

비대가 태어나고 얼마 안 있어 황제의 아우인 입종이 급환을 얻어 며칠 앓다가 곧 죽었다. 입종은 황제의 큰딸 지소의 남편이기도 했다. 황제로선 아우도 잃고 사위도 잃은 셈이었다. 슬픔과 상실감이 이루 말할 수 없이 컸다. 아들을 앞세운 연제태후도 식음을 전폐하고 울었다. 절에 나가 살던 보도후 역시 비보를 듣는 순간부터 눈물을 흘리며 입종의 사가로 달려가 장례 기간 내내 슬피 통곡하였다.

입종은 형인 황제를 도와 견마지로를 다한 인물이었다. 비교적 젊은 나이에 요절한 까닭도 태종과 더불어 실직주를 비롯한 동쪽 변방과 국경을 자주 다니다가 풍토병을 얻어온 게 화근이었다. 입종의 죽음으로 황실 전체가 비탄에 잠겨 한동안 헤어나지 못했다.

입종과 지소 사이엔 어린 아들이 하나 있었다. '삼맥종三麥宗'이었다. 입종이 죽었을 때 삼맥종의 나이는 고작 두 살, 옥진이 낳은 비대보다 겨우 한 살이 많았다. 입종의 장례를 치르고 난 뒤 황제는 지소와 삼맥종을 황궁에 들어와 살도록 허락했다.

이때부터 궁중에서는 연일 전쟁이 벌어졌다. 비대를 태자로 세우려는 옥진과 삼맥종에게 국통과 보위가 흘러가야 한다는 지소 사이의 전쟁이었다. 언뜻 보면 비대는 황제의 아들이니 옥진 쪽이 우세한 듯했으나 따지고 보면 그렇지도 않았다. 우선 지소가 제기한 문제는 비대가 정말로 황제의 아들이 맞느냐는 거였다.

"옥진은 영실의 처입니다. 묘도를 가질 때처럼 아버지 몰래 야합하지 않았다고 누가 보장할 수 있겠소?"

이 말을 전해 들은 옥진은 발칵 했다.

"공주가 남편을 잃고 정신머리가 어떻게 된 모양이구나. 비대의 생김새를 보면 몰라서 그따위 억지와 망발을 늘어놓는가?"

그러나 비대가 설령 황제의 아들이 명백하다고 해도 사정이 크게 달라질 건 없었다.

당시 신라는 신분과 지위를 논할 때 어머니 쪽 혈통母系이 아버지

쪽 혈통父系만큼이나 중요한 사회였다. 그런 관점에서 보도황후의 유일한 적통으로 진골정통의 계보를 고스란히 물려받은 지소는 여자로서 당대 최고의 지위를 확보한 사람이었다. 죽은 입종 또한 원종의 동복아우로 연제태후 소생이었다. 따라서 지소와 입종의 아들인 삼맥종은 부모 양쪽의 막강한 지위를 모두 이을 수 있었고, 황제와 황후 사이에 태어난 적장자가 아닌 다음에야 국통을 물려받기에 그만한 자격을 갖춘 이도 없었다.

거기 비하면 비대는 비록 황제의 씨앗이라고 해도 어머니 옥진의 지위가 낮아 태자가 되기 어려웠다. 옥진의 어머니 오도는 선혜후가 묘심과 사통하여 낳은 딸이라 아무 지위가 없었다. 그나마 믿는 구석은 이모인 보도황후였는데, 바로 그 황후의 적통이 지소였으니 애당초 대적조차 할 수 없는 처지였다.

모든 면에서 열세인 옥진이 꼭 한 군데 매달릴 곳은 황제의 마음이었다. 과연 황제는 삼맥종에게 보위를 물려줄 마음이 전혀 없었다.

본래 황제의 뜻은 영실에게 있었다. 그러나 비대가 태어나고, 지소가 대궐에 들어와 태자 자리를 놓고 다투기 시작하면서 영실은 자연스럽게 국통에서 멀어졌다. 그럼에도 황제는 영실에 대한 미련을 완전히 버리지 못했다.

"비대와 삼맥종은 아직 젖먹이다. 젖먹이들을 데리고 무슨 태자를 논하는가? 태자는 국통을 이을 사람인데, 먼저 그 사람의 됨됨이와 자질을 보아야지 단순히 신분의 귀천만 가지고 말할 문제가 아니다."

근신과 조당의 청원이 있을 때마다 황제가 후계 논의를 일축한 속뜻은 영실에 대한 미련과 집착 때문이었다. 이를 누구보다 잘 아는 이가 바로 옥진이었다. 옥진은 황제의 마음속에 자리잡은 영실을 밀어내고 그 자리에 비대를 앉히려고 날마다 갖은 노력과 정성을 기울였다.

황제도 동생과 딸의 아들보다는 자신의 핏줄로 태자를 삼고 싶은 것이 인지상정이었다. 그 뜻을 관철시키려면 여러 가지 무리수가 뒤따를 수밖에 없었다. 옥진의 일로 인심과 중망을 많이 잃은 황제로선 쉽지 않은 일이었다. 그 중에서도 가장 마음에 걸리는 문제는 큰딸 지소의 불같은 성미와 빈틈없는 처신이었다.

지소는 아버지 원종의 기질과 성품을 혀를 내두를 만큼 고스란히 빼다박은 딸이었다. 어려서부터 궁중의 나이 많은 내관과 나인들을 부리는 솜씨가 여러 사람의 입에 자주 오르내렸고, 힘든 일을 시키고 나면 반드시 값진 선물을 따로 챙겨주어 오히려 칭송을 샀다. 한번이라도 신세를 입은 사람은 잊지 않고 늘 고맙게 여겨서 궁인들은 지소가 무슨 부탁을 하면 서로 하려고 다툴 정도였다. 그러나 주변에서 잘못한 일이 있을 때는 결코 그냥 넘어가는 법이 없었다. 조목조목 이유를 묻고 사정을 캐서 스스로 이해하면 큰 잘못이라도 용서해 주었으나, 잘못을 감추려 들거나 솔직히 시인하지 않을 경우엔 아무리 작은 일도 끝장을 볼 때까지 파헤쳤다. 한번 화를 내면 주위가 온통 두려움에 떨며 숨을 죽였지만 이유 없이 화를 낸 적은 없었고, 잘못을 꾸짖고 나무랄 때는 고하高下의 구분을 두지 않았다.

더구나 자기 스스로 생활에 절도가 있고, 생각과 지혜가 비상하며, 처신과 언행에 허점이 없었기 때문에 아무도 불만스럽게 여기지 못했다.

"남정네 열이 덤벼도 지소 하나를 당해 내기 어렵겠다. 저희 아버지 자랄 때를 마치 본 듯이 따라 하는구나. 저런 바탕에 어째서 여자로 났누? 다른 것을 차고 나왔으면 국가와 사직이 두루 평안했을 것을!"

연제태후는 지소를 볼 때마다 그가 국통을 이을 남자로 태어나지 않은 것을 안타까워했다. 입종은 살아생전 엄처嚴妻의 기세에 눌려 제대로 기를 펴지 못했고, 누구한테나 안하무인인 영실이 세상에서 가장 무서워하던 사람도 바로 지소였다.

입종 사후에 대궐로 돌아온 지소는 아버지 원종의 그릇된 처사를 조목조목 따지고 나섰다. 영실의 처인 옥진을 절차도 밟지 않고 함부로 취한 일에서부터 중신들의 신망을 잃은 일, 어머니 보도후를 오랫동안 절에 방치한 일, 이름난 중신과 장수들이 제업을 돕기 위해 사방에서 고군분투하는데 정작 황제는 여인의 치마폭에서 헤어나지 못하는 실덕 등을 대놓고 비판하기 시작했다.

"무엇이든 짓고 만드는 데는 오랜 공역이 필요하지만 망치고 무너뜨리는 일은 한순간입니다. 성대라고 다를 까닭이 있습니까? 제 남편은 아버지의 성업을 보필하려고 여러 곳을 순행하다가 토질에 걸려 일찍 죽었습니다. 그가 지하에서 아버지와 옥진을 보고 어떻게 생각할지 궁금합니다."

"더 이상 실덕하지 마소서. 충신의 죽음을 예우하는 일은 더 많은 충신을 만듭니다. 아버지가 만일 제 아들을 태자로 세우면 만인이 아름답다고 칭송할 것이되 옥진이 낳은 아이로 태자를 삼으면 귀신과 사람이 다 함께 의심을 품고 후대가 크게 어지러워질 것입니다."

심지어 지소는 난처해하는 원종을 상대로 섬뜩한 협박도 서슴지 않았다.

"아버지가 옥진을 사랑하는 것만큼 저는 옥진이 밉고 싫습니다. 제가 만일 옥진을 괴롭히려고 들면 그는 단 하루도 대궐에서 배겨나지 못할 것입니다. 옥진의 눈에서 당장 피눈물이 나게 만들 수도 있습니다. 어머니가 옥진 때문에 머리를 깎고 비구니가 되었는데, 딸로서 옥진을 괴롭힌다고 누가 감히 저를 탓할 수 있겠습니까? 옥진이 밤마다 아버지를 붙잡고 대성통곡하는 꼴을 기어이 보시렵니까?"

한동안 지소가 대전에 들어가면 반드시 고성이 오갔다. 원종은 따지고 나무라는 딸을 상대로 달래도 보고, 호통도 쳐보았으나 여의치 않았다. 아버지 자격으로 무턱대고 억누르는 것밖에 다른 방법이 없었다. 말이나 논리로는 원종이 열세였다. 명분은 지소에게 있었고, 법도나 관례 역시 지소 편이었다. 급기야 원종은 딸을 피해 도망을 다니는 지경에 이르렀다. 천하의 원종에게도 지소는 두려운 존재였다.

"지소가 오면 내가 없다고 해라. 알았느냐? 내가 암호랑이를 대궐에 들여놓고 하루도 맘 편한 날이 없구나!"

그렇게 신신당부하는 황제를 보면서 내관과 궁인들도 전부 지소 편이 되어 갔다. 힘의 균형이 원종에게서 지소에게로 급격히 기울었다. 한 세대가 가면 또 한 세대가 오는 것은 자연의 섭리였다. 힘과 권세를 따라 인심이 이동하는 것 또한 세속의 순리였다. 대궐 안의 모든 소식과 정보가 고스란히 지소 귀에 들어갔다. 원종이 모르는 일은 있어도 지소가 모르는 일은 없었다.

대궐을 장악한 지소는 원종이 태자 선정을 미적거리자 할머니 연제태후를 구워삶았다. 태후에게 지소는 장손녀이자 며느리요, 삼맥종은 오직 하나뿐인 손자였다. 비대가 원종의 핏줄인지도 의심스러웠지만 설령 그렇다고 쳐도 옥진의 아들 따위와 삼맥종을 비교할 수는 없었다. 게다가 입종의 요절을 누구보다 슬퍼하던 태후였다.

"황상은 어찌하여 내 마음을 편하게 해주지 않는가?"

지소의 청으로 태후는 원종을 찾아가 대뜸 언성을 높였다.

"무슨 말씀이온지……?"

원종이 어리둥절한 낯으로 모후를 바라보았다.

"태자를 정하는 일은 나라의 근간을 세우는 일이요, 자고로 국통을 굳건히 하고야 사직의 번영을 도모할 수 있는 법이오. 어미가 앞으로 살면 얼마나 더 살겠소? 부디 내가 죽기 전에 후사를 정하여 뒤를 든든히 만드는 모습을 보고 싶소. 그래야 지하로 돌아가 선제와 입종을 만나더라도 안심을 시킬 게 아니오?"

효심이 지극한 원종은 태후의 면전에 부복한 채로 그저 곤혹스러운 표정만 지었다.

"어미의 심정과 처지를 헤아린다면 서둘러 주오. 창졸간 생때같은 자식을 앞세우고 났더니 뒷일이 더욱 두렵구려!"

태후가 거역하기 힘든 이유를 내세워 원종을 닦달했다.

"등통의 머리를 빌려야겠네. 공의 그 현묘한 지혜로 어서 나를 이 궁지에서 구해 주시게나. 과연 어찌해야 비대를 태자로 세울 수 있겠는가?"

원종은 위화를 불러 자신의 고민을 털어놓고 협조를 구했다. 그 이면에는 비대가 위화의 혈통이니 당연히 자신을 위해 꾀를 내리라는 믿음이 깔려 있었다. 황제로부터 저간의 사정을 모두 들은 위화가 잠시도 망설이지 않고 대답했다.

"비대를 태자로 세울 수는 없습니다. 신의 딸은 골품이 없을 뿐더러 당초에 영실과 함께 살았으니 안 된다고 생각합니다. 황자라는 칭호만으로도 이미 과할 따름입니다."

위화의 칼날 같은 단언에 원종은 크게 낙담했다.

"공은 자신의 딸과 외손의 일이다. 어찌 그처럼 무심한가?"

그러자 위화가 웃으며 말했다.

"분수를 깨달아 사리사욕에서 벗어나게 만드는 것은 윗사람으로서 행할 당연한 도리입니다. 지금 옥진의 뜻은 비록 이해는 하지만 욕심에 지나지 않습니다. 천리天理와 인륜人倫을 다 같이 거스르는 역행입니다. 이를 만류하지 않고 가만히 두고 보는 것이 진실로 무심한 일입니다."

위화는 조용한 목소리로 덧붙였다.

"복잡하고 어려운 일일수록 순리에 따르시는 게 제일 좋습니다."

"무엇이 순리인가?"

"가만히 놓아두면 저절로 되는 것이 곧 순리입니다."

원종은 자신이 믿었던 위화에게서마저 해답을 얻지 못하자 하는 수 없이 지소의 아들 삼맥종을 태자로 삼았다. 그가 바로 뒷날의 '진흥제'다.

옥진은 크게 마음이 상하여 한동안 색공을 거부하고 자신의 전각에 틀어박혀 걸핏하면 눈이 붓도록 울었다. 위화가 하루는 옥진을 찾아가서 말했다.

"지위가 높은 것과 평생을 행복하게 사는 것은 별개의 문제다. 반드시 지위가 높아야 행복한 자가 있는가 하면, 지위가 높기 때문에 매사가 불편하고 한가할 틈이 없어서 불행해지는 이도 있다. 그런데 지위가 높아야 행복한 자는 사실은 행복을 모르는 경우가 태반이다. 영실의 경우가 바로 그렇다. 사람은 지위가 높고 낮음에 상관없이 행복하게 살 줄 알아야 한다. 지금 당장은 비대를 태자로 세우지 못해 속이 상하겠지만 비대의 인생을 멀리 내다보면 오히려 잘된 일이다. 자유롭고 광활한 천지 풍광을 바깥에 그림처럼 걸어 두고 매일 국사에 시달리며 황궁에 갇혀 지내는 인생이 행복할 리 있느냐? 너도 결국엔 그 이치를 알 것이니라."

이 일로 옥진은 위화와 완전히 등을 돌렸다. 위화에게 조금씩 열어 가던 마음의 빗장을 다시 닫아걸고 말았다. 옥진이 야멸친 눈빛으로 위화를 쏘아보았다.

"만인이 다 아버지 같은 줄 아십니까? 천 사람 만 사람 의견이 다 다르니 제발 아버지처럼 생각하라고 강요하지 마세요. 저와 비대를 도와주지는 못할망정 황제에게 도리어 공주의 아들로 태자를 삼으라고 간하였다니, 사람으로서 어찌 그럴 수가 있나요? 아버지가 저한테 해준 게 무엇이 있다고 저를 찾아와 그 따위 훈계를 늘어놓으십니까? 평생을 거지처럼 돌아다니다가 그나마 제 덕에 벼슬도 살면서 어찌 그토록 은공도 모르고 고마움도 모르시나요? 분수와 주제를 깨달을 사람은 제가 아니라 아버집니다. 저는 두 번 다시 아버지를 만나지 않겠습니다."

그러나 지소는 위화와 황제가 나눈 대화를 궁인들로부터 전해 듣고 매우 흡족한 얼굴로 위화를 극찬했다.

"과연 위공이다. 나는 어려서부터 위공의 행적을 유심히 보며 자랐는데 그가 사람 사이에서 동고동락하며 펼친 풍류는 지금의 성대를 이룬 또 하나의 커다란 공적功績이라 할 만하다. 황실과 백성을 잇는 가교가 곧 위공이며, 위공이 펼친 풍류다. 위공의 풍류는 도道라고 부르기에 손색이 없다. 위공이 아니면 백성들이 지금처럼 도를 널리 깨우치진 못했을 것이다. 황실과 조당이 아무리 유식하면 무엇하리. 위공이 평생 펼친 풍류는 시조대왕이 나라를 연 이후로 이 땅에서 아무도 하지 못했던 일이다."

원종은 이십칠 년간 제위에 있었다. 오백 년 이상 신라와 국경을 접하고 유구한 역사를 이어오던 가야6국 가운데 제일 먼저 금관국(금관가야)이 신라에 귀속되었다. 원종이 보위에 있을 때인 서기 532년의 일이다. 원종의 세대가 그만큼 크게 융성했다는 증거다. 원종은 금관국이 망하고도 일고여덟 해를 더 살았다. 원종의 시호는 법흥法興인데 신라의 성대가 법흥으로부터 시작되었다.

법흥 사후에 삼맥종이 황제의 위를 이었으나 나이가 어려 꽤 오랫동안 지소가 국정을 도맡았다(『삼국사기』에는 삼맥종, 즉 진흥왕이 즉위할 때 나이를 7세로 기록하고 있다). 지소는 황제의 모후 자격으로 태후가 되었다. 황실과 조당 안팎의 많은 사람들이 이를 옳게 여겼다.

국정을 맡고 얼마 안 있어 지소태후는 '화랑花郞'이란 조직과 제도를 구상하고 위화를 우두머리로 삼아 '풍월주風月主'란 명칭을 하사하였다.

"멋은 한 사람한테서도 나오지만 풍류는 여러 사람이 어울리는 곳에서 나온다. 혼자 놓고 보면 멋있는 사람도 무리에 섞어놓으면 초라해질 수 있고, 둘이 만났을 때는 보이지 않는 장단점도 많은 무리에 어울리는 순간이면 확연해진다. 사사로운 사이에서는 더러 흰 사람이 검게 보이고, 검은 사람이 희게 보이는 경우도 있지만 여러 사람이 어울리는 곳에서는 마치 햇빛 아래 만물이 제 색깔을 발하듯 사람의 진색眞色과 진가眞價가 가감 없이 드러나는 법이다. 그래서 진실로 흑백과 옥석을 구분하려면 여러 사람이 어울리는 기회를 많이 만들어 주는 것이 옳다."

지소태후는 만조의 중신들이 모두 모인 편전에서 친히 위화의 손을 붙잡고 말했다.

"멋을 좇고 풍류를 배워 위공을 닮으려는 젊은이가 세상 도처에 얼마나 많이 있겠습니까? 그들이 위공의 그늘에서 가르침을 얻고, 천하를 마음껏 주유하며 뜻과 기개를 길러 장차 수백, 수천 명의 위공 같은 인물이 생겨난다면 국가에도 반드시 큰 이익이 될 것입니다."

화랑이란 '위화魏花를 따르는 낭도郎徒'에서 따온 말이었고, 풍월주는 위화가 펼친 풍류의 가치를 존중해 그 주인으로 삼는다는 뜻이 담겨져 있었다. 위화가 지소태후의 뜻과 명을 받들어 화랑의 세부 기구들을 조직하며 말했다.

"국가를 경영하는 일은 사람을 경영하는 일입니다. 좋은 법과 제도도 사람이 만들고, 나쁜 법과 제도도 결국엔 사람이 만들기 때문에 사람을 잘 경영하면 국가와 기업이 무궁히 번창하고, 그렇지 못하면 하루아침에 망하기도 합니다. 사람을 경영하는 일은 곧 사람 사이의 관계와 소통을 원활히 하는 것입니다. 신은 평생 사람과 사람 사이에서 무수한 관계를 경험하고, 소통에 관한 다양한 사례를 연구하였으니 미력하나마 이를 바탕으로 사직과 제업을 도울 수가 있겠습니다."

이에 태후가 전폭적으로 지원했다. 전국에서 수많은 청년과 장정들이 화랑에 들기를 희망했다. 화랑은 곧 전국적인 규모를 갖춘 거대한 조직과 집단이 되었다.

『삼국사기』 진흥왕조에 나오는 화랑에 대한 기록은 다음과 같다.

'나라에서 아름답고 잘 생긴 남자를 뽑아 곱게 단장시켜 화랑이라 이름을 짓고 이를 받들게 하자 무리들이 구름처럼 모여들었다. 이들은 도의를 연마하고, 가락을 즐기고, 명산과 대천을 찾아다니며 유람했다. 비록 먼 곳이라도 다니지 않는 데가 없었다. 이런 과정에서 사람의 옳고 그름, 장점과 결점을 알게 되어 그 중에서 훌륭한 자를 가려 조정에 추천하였다. 김대문은 『화랑세기』에서 '어진 재상과 충성스러운 신하가 여기에서 나오고, 뛰어난 장수와 용감한 군사가 그 중에서 배출되었다'고 하였다.'

『삼국사기』에 인용된 최치원崔致遠의 '난랑비 서문(鸞郞碑 序文-난랑은 화랑의 이름이다)'을 살펴보면 화랑에 대해 다음과 같은 설명이 나온다.

'우리나라에는 현묘한 도道가 있으니 이를 풍류라 한다. 이 교教의 근원은 〈선사(仙史-화랑의 역사)〉에 상세히 실려 있는데, 삼교三教-儒, 佛, 仙를 포함하고 중생을 교화한다. 그들은 집에 들어오면 부모에게 효도하고 밖에 나가서는 나라에 충성하니 이는 노魯나라 사구(司寇-공자를 말함)의 뜻이요, 자연의 순리를 좇고 말 없는 가르침을 행하는 것은 주周나라 주사(柱史-노자)의 종지와 같으며, 모든 악행을 멀리하고 선행만 받들어 행함은 축건태자(竺乾太子-석가)의 교화 그대로다.'

당나라 기록에서도 신라 화랑에 대한 설명이 있어서 옮겨본다.

'귀인의 자제子弟 가운데 아름다운 사람을 가려 뽑아서 분을 바르고 곱게 단장시켜 이름을 화랑이라고 부른다. 나라 사람들이 모두 존경하고 높이 섬긴다.'

모든 것은 위화의 풍류에서 비롯되었다. 위화가 없었으면, 그가 평생 사부대중 사이를 떠돌며 펼친 풍류가 아니었으면 화랑은 만들어지지 않았고, 화랑이 없었다면 신라의 삼국통일도 불가능했을지 모른다. 당연히 후대의 모습도 지금과는 많이 달라졌을 것이며, 어쩌면 우리도 이 세상에 태어나지 않았을 공산이 크다.

그 뒤로 화랑은 무려 32대의 풍월주를 거치며 삼국통일 이후 680년 어름까지, 일백 년 이상 존속하다가 '신공'을 마지막으로 폐지되고 낭도들은 전부 병부에 귀속되었다.

위화는 원종보다 오래 살았다. 그가 평생을 살며 얻은 교훈은 모두 풍류라는 이름으로 후배 화랑들의 입을 통해 널리 회자되었고, 그가 남긴 말 한마디, 행동 하나하나가 전부 화랑들의 규범이 되었다. 이는 여러 세대에 걸쳐 민간과 지배층에 속속들이 지대한 영향을 끼쳤다. 하나같이 인생의 질을 높이고 인간의 격을 높이는 구실을 톡톡히 하였다.

"풍류란 선仙이며, 선이 곧 풍류다. 누구든 풍류를 알면 즐겁고 아름답게 살 수 있다."

화랑을 만든 뒤에 사람들이 풍류에 대해 물으면 위화는 그런 정의를 내려주었다. 그래서 풍월도를 '선도仙道'라고도 불렀다. 말년에 위화는 자신을 따르는 화랑과 낭도들을 모아놓고 다음과 같은 말을 자주 입에 담았다.

"재상 하나가 만 권의 글을 읽는 것보다 백성 만 사람이 각기 한 권의 책을 읽는 편이 훨씬 낫다. 그래야 국력이 크게 왕성해진다. 풍류 또한 이와 마찬가지다. 임금이 강한 것은 조당이 강한 것만 못하고, 조당이 강한 것은 군대가 강한 것만 못하며, 군대가 강한 것은 백성이 강한 것만 못하다. 비록 시일은 오래 걸리고 효과는 더디 나타날지언정 백성들이 모두 풍류를 알게 되면 신라는 천하에서 가장 강국이 될 것이다."

위화는 준실부인과 죽을 때까지 사이가 좋았다. 그러나 옥진과는 끝까지 화해하지 못했다. 옥진은 위화의 말이라면 무조건 따르지 않았고, 반대로 금진은 위화의 말이라면 무조건 따랐다. 오도와는 말년에 자주 오가며 늙바탕에 서로 등을 긁어주는 고아한 벗이 되었다.

준실이 낳은 딸 준화는 원종과 백제 보과공주 사이에서 태어난 '모랑'에게 시집가서 '준모'라는 딸 하나를 낳았다. 모랑은 3대 풍월주가 되었으나 일찍 죽었다.

위화의 아들 이화는 지소태후가 총애하여 늘 좌우에서 모시게 하였다. 그는 태후의 딸인 '숙명'과 사랑하여 아들 둘과 딸 둘을 낳았다. 아들의 이름은 '원광'과 '보리'요, 딸은 '화명'과 '옥명'이다. 원광은 출가하여 동방의 대성인大聖人이 되었고, 보리는 12대 풍월주에 올라 가문의 영예를 이었다. 이화는 모랑의 뒤를 이어 4대 풍월주에 올랐다.

화랑을 만들고 조직의 기틀을 다진 위화는 부제(副弟-차기 풍월주 지위를 물려받을 직책)로 삼은 '미진부'에게 풍월주 자리를 물려준 뒤 남은 여생을 한가로이 지냈다. 화랑 역시 자유분방한 위화를 끝까지 가둘 수 없었다고 사람들은 말했다.

미진부는 아시공과 삼엽공주의 아들이며, 벽화의 외손자다. 지소와 옥진이 서로 자신의 아들을 태자로 세우려고 다툴 때 아시와 삼엽이 나란히 지소를 지지하였다. 지소태후가 국정을 맡자 미진부를 폐신(특별한 사랑을 받는 신하)으로 삼았다. 이때 미진부의 나이 16세로 태후의 뜻에 능히 부합할 수 있었다.

초대 풍월주를 미진부에게 물려주고 물러난 위화에게 하루는 조정 대신들이 찾아와 지소태후가 지나치게 색을 밝힌다며 흉을 보았다. 태후의 상대는 어린 미진부 였다. 위화가 웃으며 말했다.

"밥을 좋아하는 이와 떡을 좋아하는 이가 다르듯이 색을 좋아하거나 싫어하는 것은 사람마다 다릅니다. 호색이 반드시 나쁜 것도 아니요, 절색切色, 금색禁色이 반드시 좋다고 말할 수도 없습니다. 색은 그저 색일 뿐입니다. 만일 호색을 무조건 나쁘다고 말한다면 지금과 같은 성대가 어찌 법흥제의 치세에서 나왔겠습니까?"

지소태후는 법흥제 원종의 유언에 따라 영실과 결혼했다. 비록 딸의 위세에 눌려 뜻을 이루지 못했으나 원종은 영실에게 보위를 물려주지 못한 일을 끝까지 애석하게 여겼다. 말년에는 영실을 국공國公으로 봉하면서까지 기회를 엿보았으나 지소의 빈틈없는 처신 때문에 뜻을 이루지 못했다. 그 애석함이 지소에게 영실과 결혼하라는 유언으로 남았다. 지소는 어처구니가 없었으나 임종에 이르러 선제가 남긴 유언을 무턱대고 거역할 수도 없었다.

지소와 영실은 전혀 어울리지 않았다. 지소는 이 일로 꽤 오랫동안 죽은 아버지를 원망했다.

"태후에겐 엄연히 영실공이 있는데 어찌하여 하필 말도 통하지 않는 어린아이와 어울린단 말입니까?"

중신들은 위화의 대답을 듣고도 미진부의 나이가 아직 어린 점을 들어 태후의 예사롭지 않은 색정을 염려했다. 위화가 여전히 웃는 낯으로 몇 마디를 보탰다.

"젊어서는 자신을 이끌어주고 가르쳐줄 만한 상대를 따르다가 나이가 얼마만큼 들고 나면 자신이 이끌어주고 가르칠 만한 상대를 찾는 것은 남녀가 다 마찬가지입니다. 사람은 일생동안 알게 모르게 부단히 사표師表를 구합니다. 그 가운데 특히 스스로 깊이 번민하고 고뇌하여 마침내 일가一家를 이룬 사람일수록 나이가 들면 바탕이 맑은 어린 사람에게 애정을 쏟는 수가 많습니다. 태후께서 미진부를 총애하는 것은 후대를 가르칠 만큼 인생에서 큰 묘리를 터득했기 때문입니다. 이는 국가를 경영하시는 태후의 높은 지위를 고려할 때 오히려 기뻐하고 경하할 일이지 걱정하거나 탓할 일이 아닙니다."

그리고 위화는 이렇게 덧붙였다.

"제 소견에 호색은 활달한 사람에게 많습니다. 태후께서 호색하다면 사람이 활달하다는 증거입니다. 다만 색을 스스로 다룰 줄 아느냐, 색에 함몰되어 관계와 소통을 망치느냐의 문제가 남았을 따름입니다. 태후께서는 명민하시므로 능히 색을 잘 다루실 거라고 봅니다. 어느 모로 보나 그다지 크게 심려할 일이 아닙니다."

위화의 예언은 적중했다. 지소태후가 국정을 맡은 뒤로 신라의 국세는 더욱 번창하였다.

한 해는 나라에 큰 흉년이 들었는데 위화가 끼니때마다 밥과 찬을 많이 남겼다. 남겨도 그냥 남기는 게 아니라 온갖 반찬들을 지저분하게 밥과 함께 섞어놓아 하인들이 뒷상을 물려서 먹지 못하도록 만들어놓곤 했다. 준실이 까닭을 묻자 위화가 소리를 죽여 말했다.

"흉년에 말 못하는 개들이 전부 죽게 생겼소. 내 집에서 기르는 개라도 살려야 하지 않겠소?"

한번은 묘화의 제자 하나가 산에 올라온 위화를 보고 물었다.

"저는 석공 출신으로 돌을 깎아 부처의 형상을 조각하는 사람인데 큰스님께서는 자꾸만 저한테 자기 자신을 닦으라는 말씀만 하십니다. 자신을 닦는 것은 학승들에게나 맞는 공부이지, 저 같은 자는 바깥에 나가 돌 깎는 기술이나 연마하는 편이 더 옳지 않습니까?"

그러자 위화가 근엄한 얼굴로 대답했다.

"한 가지 일을 평생 계속하면 그 속에 마지막으로 들어가는 것은 바로 자기 자신이다. 글을 쓰고 짓는 자는 글 속에, 도기를 굽는 자는 그가 굽는 질그릇에, 그림을 그리고 조각을 하는 자는 그림과 조각에 박아 넣는 것이 결국엔 자신의 모습이다. 그래서 무슨 일을 하든 제일 먼저 스스로를 닦으라는 것이다. 큰스님 말씀이 한 치도 그른 데가 없구나."

묘화가 이 말을 전해 듣고 위화에게 당분간 어리석은 학승들을 좀 가르쳐 달라고 청했다. 위화가 웃으며 고개를 저었다.

"내가 십 년만 젊었더라도 대사 말씀을 들었을지 모르지요. 젊다는 건 참으로 좋은 겁니다. 우리가 젊어서야 하룻밤에 산 하난들 왜 옮기지 못하겠소? 이제야 말이지만 나는 젊어서 밤마다 문제文帝도 되고, 등통도 되고, 우리 태종 장군처럼 만군을 호령하는 장수도 되었지요. 그러나 나이가 들면서 내가 할 일과 하지 못할 일이 눈에 보입디다. 지금 대사가 말씀하시는 것은 내가 하지 못할 일입니다."

이화가 숙명과 사랑하여 원광을 낳았을 때 방실방실 웃는 갓 난 손자를 품에 안고 위화가 말했다.

"세상은 큰 놀이터다. 이놈이 벌써 그걸 알고 마음껏 뛰어 놀 궁리를 하는 모양이구나."

마지막까지 유유자적하게 살던 위화가 마침내 노환으로 자리에 드러누웠다. 소문을 들은 선문仙門의 화랑들이 달려와 가르침을 구하자 그는 남은 기운을 짜내어 가까스로 입을 열었다.

"젊어서는 머리와 가슴에 횃불을 밝히려고 힘쓰고, 늙은 뒤에는 밝힌 횃불을 꺼뜨리지 않도록 조심해라. 머리와 가슴에 횃불이 없는 자는 죽은 사람과 같다. 횃불을 켜지 못한 자는 개도 따르지 않느니라."

위화가 잠시 숨을 고르고 다시 끊어진 말을 이었다.

"사는 동안에는 횃불을 절대로 꺼뜨려서는 안 된다. 아무리 몸이 고단하고 아파서 사경을 헤매더라도 그 횃불만은 꺼뜨리지 말아라. 그럼 그 횃불이 언젠가는 달처럼, 별처럼, 또는 해처럼 너희를 환히 빛나게 만들 때가 있을 것이다. 젊어서는 너무 이글거려서 고통스럽고, 늙어서는 자꾸 꺼지려고 해서 괴로운 것이 인생이다. 이를 잘 다루고 가꿀 줄 알아야 보통사람의 범주를 벗어날 수 있다. 천하를 살고 간 모래알처럼 많고 많은 사람 가운데 이름이라도 남긴 이가 과연 몇이더냐? 내 말을 반드시 명심하고 또 명심하라."

그날 밤에 화랑들이 모두 물러가고 나서 위화는 가만히 아들 이화를 불렀다.

"세상사는 전부 하루에 일어난다. 삶을 얻는 것도 하루요, 잃는 것도 하루다. 아무리 괴로운 일도 하루만 참으면 어제 일이 된다. 그러니 슬퍼도 하루 이상은 울지 말고, 좋은 일이든 궂은일이든 어제 일은 말끔히 잊는 게 좋다. 그래야 아침마다 참된 새 날을 맞이할 수 있느니. 생로병사와 오욕칠정이 모조리 다 하루 속에 있다. 알겠느냐?"

이화가 위화의 손을 붙잡고 고개를 끄덕이자 위화가 희미하게 웃음을 지었다.

"내일 하루는 우리 부자에게 특별한 날이다. 나도 내일 하루에 끝을 낼 테니 너도 내일 하루만 나를 위해 울어라. 대신 하루 만에 모든 게 끝나야 한다. 하루를 넘어가는 일은 이승의 일이 아니란다."

그 말을 마지막으로 위화는 말문을 닫았다. 이튿날 아침에 그는 식구들이 지켜보는 가운데 조용히 숨을 거두었다. 위화에 대한 『화랑세기』의 마지막 기록은 다음과 같다.

'화랑花郞의 시조이고 사문沙門의 아버지이며 청아靑我의 손자요 벽아碧我의 아들이다. 땅에서는 선仙이었고 하늘로 가서는 부처가 되어 우리 곁에 늘 원만圓滿하게 상주하니 공덕에 아무 모자람이 없다.'

위화는 말년에 아무 것도 탐하지 않았다. 열정을 잃은 대신 고요함을 얻었다고 자주 말했다. 그것이 위화에게는 풍류의 정점이었다. 그가 지어 부른 마지막 노래를 전한다.

한번 잃으면 한번 얻고
어제 울었으니 오늘은 웃는다
부귀영화도 물 위에 띄운 술잔처럼
내 앞에 이르면 돌고 돌더라

해도 둥글고 달도 둥근데
위화가 어디 있느냐고 묻지 마라
천년 만년이 지난 뒤에도
보름달이 뜨면 나는 사랑을 노래하리라

위화는 가고 화랑은 남았다.

# 가계도

· 요 주

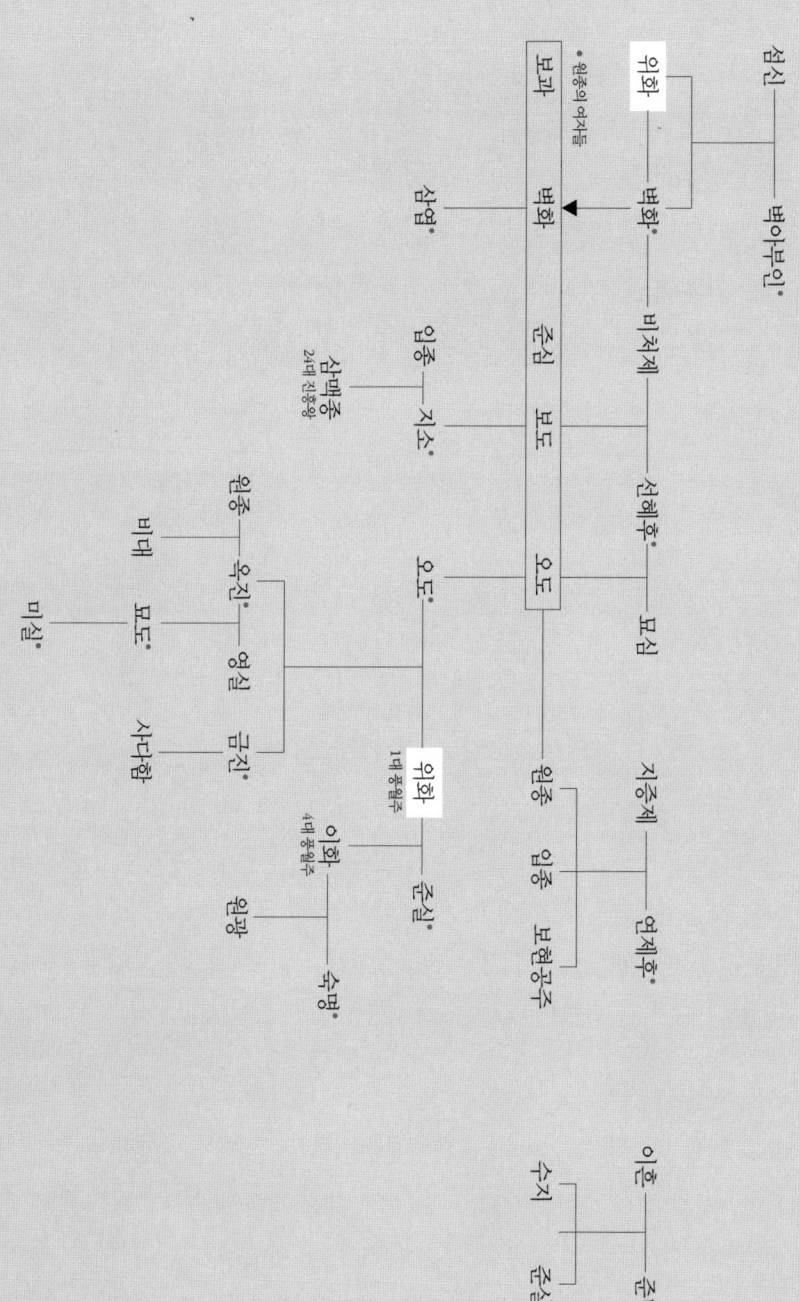